은퇴 산꾼,

고산에 서다

은퇴 산꾼, 고산에 서다

발행일	2020년 1월 22일		
지은이	황대연		
펴낸이	손형국		
펴낸곳	(주)북랩		
편집인	선일영	편집	강대건, 최예은, 최승헌, 김경무
디자인	이현수, 한수희, 김민하, 김윤주, 허지혜	제작	박기성, 황동현, 구성우, 장홍석
마케팅	김회란, 박진관, 조하라, 장은별		
출판등록	2004. 12. 1(제2012-000051호)		
주소	서울특별시 금천구 가산디지털 1로 168, 우림라이온스밸리 B동 B113~114호, C동 B101호		
홈페이지	www.book.co.kr		
전화번호	(02)2026-5777	팩스	(02)2026-5747

ISBN 979-11-6539-052-5 03810 (종이책)   979-11-6539-053-2 05810 (전자책)

이 도서의 국립중앙도서관 출판예정도서목록(CIP)은 서지정보유통지원시스템 홈페이지(http://seoji.nl.go.kr)와
국가자료공동목록시스템(http://www.nl.go.kr/kolisnet)에서 이용하실 수 있습니다.
(CIP제어번호: 2020003066)

산악인 황대연의 **고산 등반** 이야기

은퇴 산꾼,
고산에 서다

황대연 지음

고산이 나를 끊임 없이 부르기에
내 몸이 움직이는 한 나는 고산에 오른다

**한 노년의 산악인이 천신만고 끝에
몸과 마음으로 깨우친 진정한 고산 등반 여정**

북랩 book Lab

『은퇴 산꾼, 고산에 서다』를 엮으며

많은 사람이 내게 묻는다.

왜 위험을 무릅쓰며 고산에 가느냐고. 나는 왜 고산에 가는가?
산이 거기 있기 때문에? 아니면 할 일이 없어서?

어느 날 사업을 정리하고 은퇴를 하자 백수가 되었다. 하루아
침에 내 직함도, 존재감도 사라지고 할 일도 없었다. 노름판의 삼
팔따라지같이 별 볼 일 없는, 마치 아무짝에도 쓸모없는 잉여 인
간으로 전락한 기분이었다. 내 마음은 쓸쓸하면서도 조급해졌
다. 어느새 육십 대 중반을 넘어선 나이. 더 늦기 전에, 체력이 더
떨어지기 전에 고산에 가고 싶었다.

그 꿈을 이루기 위해서 처음으로 찾아간 곳이 에베레스트이다.
물론 정상에는 오르지 못했다. 하지만 그 매력에 이미 푹 빠져들
고 말았다. 고산에는 고산만이 가지고 있는 독특한 분위기와 아
름다운 풍광이 있었다. 각각의 산은 저마다의 매력을 간직한 채

자석처럼 나를 끌어당겼다. 그러나 그 대가는 혹독했다. 국내의 산과는 달리 고산에 오르면 고산 증세에 시달려야만 했다. 머리가 지끈대고 소화도 되지 않고 숨이 차오르는 고통을 겪어야만 했다.

사실 국내의 낮은 산이나, 해외의 높은 산이나 위험하기는 마찬 가지다. 산이 낮다고 해서 덜 위험하거나 높다고 해서 더 위험한 것은 결코 아니다. 다른 점이 있다면 고산중이다. 그러나 높이 오 른다고 해서 누구나 고산중을 겪는 것은 아니다. 자신의 한계는 어디까지인지 도전해 보지 않으면 알 수 없다. 어쩌면 자신의 한계 를 아는 것이야말로 고산 등반의 진정한 의미일지도 모르겠다. 또 한, 적당한 곳에서 멈출 줄 아는 것이 고산 등반의 지혜라 하겠다.

뭐 하나 내세울 게 없는 대단찮은 나도 고산에 다녀왔거늘, 누 군들 가지 못하랴. 아직 두 다리에 힘이 있는 사람이라면 망설이 지 말자. 어느 날 고산 정상에 서 있는 자신을 발견하고 스스로 대견하다고 여길 수도 있을 것이다. 단, 등반의 완성은 무사히 집 에 돌아오는 것이라는 말은 잊지 말아야 한다.

은퇴 산꾼, 고산에 서다

지금 이 시간에도 수많은 풍경이 주마등처럼 내 머릿속을 스치며 지나간다. 고산의 여운은 아직도 길게 나의 삶 언저리를 맴돌고 있다. 몸은 돌아왔으나 마음은 아직도 그곳에 머무르고 있다. 그곳에서 보고 듣고 느끼고 체험한 바와 그 과정을 가감 없이 이 책에 적어 보았다.

　늘 나를 성원해 준 가족과 지인들 그리고 함께한 모든 분께 감사드린다. 더불어 고산 등반을 무탈하게 마칠 수 있도록 도움을 준 하나 트래킹과 혜초 트래킹 스태프분들께 감사의 말씀을 드린다. 끝으로 고산을 찾으시는 모든 분의 건승을 기원하는 바이다.

2020년 1월

산악인 황대연

차례

01

신의 산,
에베레스트(Mt. Everest)

등반 일자: 2017. 05. 01.~2017. 05. 16.

길을 나서며

히말라야 에베레스트! 에베레스트는 산을 좋아하는 사람이라면 누구나 한 번쯤은 가 보고 싶어 하는 산이다. 또한, 나의 버킷 리스트이기도 하다. 하지만 엄두가 나지 않아 미루던 일이다. 마침 허영호 대장이 에베레스트 등정을 하기 위해 지금 베이스캠프에 있다고 한다. 백두대간과 9정맥 종주도 마무리되어서 시간도 있다. 다만 적지 않은 나이에 현실적으로 가능할지가 문제이다. 그렇다고 망설이고 있을 수만은 없지 않은가. 용기를 내보는 수밖에.

우리 속담에 "길을 떠나려거든 눈썹도 빼어 놓고 가라."라고 했다. 이 말은 짐을 잘못 꾸리면 조그마한 것이라도 짐이 되고 거추장스럽다는 말이 아닌가 싶다. 그만큼 길을 나설 때 가장 중요한 것 중의 하나는 짐을 어떻게 효율적으로 꾸리느냐 하는 것이다.

출발을 앞두고 이것저것 준비할 것도 많다. 필요 물품을 하나하나 체크하며 짐을 꾸리고 보니 무게가 문제이다. 인천 공항에서 네팔의 카트만두 공항까지는 문제가 없으나 카트만두에서 루크라까지 가는 네팔 국내선이 문제다. 이때 이용하는 경비행기는 1인당 15kg이 상한선이다. 몇 년 전에 적정 중량을 초과하여 비행하다 사고가 난 뒤로 철저히 통제한다고 하니, 무게를 맞추는 수밖에 달리 방법이 없다. 모두 필요한 것들이지만, 조금씩 덜어 내고 저울에 달아 보기를 거듭한 끝에 무게를 맞출 수 있었다. 아쉽지만 "이가 없으면 잇몸으로 산다."라는 속담처럼 준비하고 다녀와야 할 듯하다.

줄이고 줄여서 더 이상 줄일 수 없는, 꼭 필요한 준비 물품은 이러하다.

여권, 여권 사본, 증명사진 1매, 수첩, 볼펜, 카고백, 배낭, 침낭(현지 대여), 중등산화, 방풍 재킷, 보온 재킷, 등산 바지 3벌, 등산 셔츠 6벌, 장갑(동계용, 사계절용), 모자(챙 모자, 털모자, 빵모자), 속옷 6벌, 양말 6켤레, 선글라스, 스틱, 핫팩 20개, 세면도구(칫솔, 치약, 수건), 물통, 보온 물통, 아이젠, 스패츠, 티슈, 물티슈, 우의, 우산, 선크림, 립크림, 귀마개, 눈가리개, 헤드 랜턴, 보조 배터리, 휴대폰, 비상약(고산증약, 감기약, 진통제, 두통약, 소화제, 청심환, 밴드), 간식류(건과일, 건과류, 초콜릿, 마른오징어, 사탕, 육포), 환전(달러 환전 후 현지 화폐 환전).

출발 준비를 하면서 마음은 벌써 에베레스트에 가 있다. 더불어 바라는 것이 있다면 에베레스트와 함께 살아가고 있는 많은 사람의 삶을 들여다보고, 그들의 삶 속에 녹아있는 것이 무엇인지 조금이나마 알 수 있다면 더 바랄 것이 없겠다는 마음이다.

에베레스트

Day 1

▲**주요 구간**: 인천 공항(Incheon Airport)~네팔 카트만두(Napal Kath-
mandu)

가족의 배웅을 받으며 길을 나섰다. 아침 일찍 손자와 영상통
화도 했다. 인천 국제공항 흡연 부스에서 마지막 담배를 피우고
절반 이상 남은 담배와 라이터를 쓰레기통에 넣었다. 이 시간부
터 금연이다. 오래전부터 담배를 끊기로 마음먹었으나 사십여 년
동안 피워온 담배를 끊기란 쉽지 않았다. 이번 기회를 이용하여
자연스럽게 끊기로 하였다.

공항 출국장에 들어서자 많은 사람이 이리저리 바쁘게 움직이
는 모습이 보인다. 이 많은 사람은 모두 어디로 가는 것일까? 문
득 궁금해진다. 사는 게 뭔지, 생업에 매여서 해외에 처음 나가는
나는 그저 어리둥절할 뿐이다.

대원 여섯 명이 모였다. 모두 처음 보는 얼굴이다. 이들은 누구
일까? 직업도, 나이도, 사는 곳도, 생김새도 다르다. 같은 점이 있
다면 아마도 산을 좋아한다는 점일 것이다. 그렇다. 이들은 모두

은퇴 산꾼, 고산에 서다

산을 닮아 있었다. 이들과는 앞으로 같은 풍경을 보고 같은 식사를 하며 같은 길을 걷게 될 것이다. 이들의 활기찬 모습을 보니 한결 마음이 놓인다.

네팔행 대한항공 비행기에 탑승하려고 줄을 서서 기다리는데 뜻밖에 엄홍길 대장이 옆을 스쳐 지나간다. 긴 줄에 막혀서 그를 부르지도 못했다. 탑승 후 비즈니스석을 찾아가 잠시 인사를 나눴다. 그는 남체 바자르에 있는 병원 개원식에 참석차 가는 길이다. 일정을 보니 개원식은 5월 11일이고 우리는 12일에 그곳에 머무르는 일정이다. 아쉽다고 말하자 팡보체까지 다녀올 예정이라며 볼 기회가 있을 것이라고 한다.

엄홍길 대장과는 서울대학교 국토문제연구소와 『월간 산(山)』이 공동으로 개최한 '산과 문화' 프로그램에서 처음으로 인연을 맺었고, 이후 오대산 산행을 함께했다. 그 후 히말라야 트래킹을 함께하고 네팔에 지어지는 학교를 방문하기로 했었으나 무산되어 아쉬움이 남아있던 터에 그를 다시 만난 것이다.

엄홍길 대장은 '산과 문화' 프로그램에서 자신의 산행 이야기를 풀어 놓았다.

"해발 8,000m 이상은 인간의 영역이 아니고 신의 영역이다. 나는 히말라야 8,000m급 14개봉을 세계 8번째로 등정하였으며 얄룽캉[Yalungkang(해발 8,505m)]과 로체샤르[Lhotseshar(해발 8,382m)]까지 잇달아 올라 16봉 등정 기록을 수립했다. 거기에 이르기까지 38번을 도전하면서 여러 차례의 죽을 고비를 맞이했으며 세르파를 포함한 동료 10명을 잃었다. 그때마다 다시는 산에 가지 않겠다고 다짐했지만, 숙명적으로 갈 수밖에 없었다. 신이 허락해 준 숫자만큼 네팔에 16개의 초등학교를 짓기 위해 2008년에 휴먼 재단을 설립하였다. 팡보체 휴먼 스쿨 건립을 시작으로 현재 9개의 초등학교를 건립하였으며 나머지 학교의 건립이 진행 중이다."

엄홍길 대장과 오대산에 함께 오를 때, 산에 오르는 이유가 무엇인지 궁금해서 넌지시 그에게 물었다. 그의 답은 이러했다.

"그것은 목표와 신념이 있기 때문이다. 누구나 각자의 목표가 있으며 나의 목표는 산이다. 산이 좋아서, 한계를 극복하고 싶어서 간다."

비행기가 이륙하자 아기의 울음소리가 들려온다. 아빠와 엄마가 아기를 어르고 달래는 소리가 한동안 들려오더니, 잠이 들었는지 조용해진다. 손자 생각이 난다. 손자는 돌 무렵의 나이에 괌을 오가는 비행기에서 울지도 않고 잘 놀면서 다녀온 일이 있다.

오후 9시 05분, 네팔 카트만두 공항에 도착했다. 인천 공항을 이륙한 지 7시간 5분 만이다. 현지 시각으로는 오후 5시 50분이다. 네팔과는 3시간 15분의 시차가 있다. 지금부터는 기상, 식사, 수면 등 모든 일정을 이곳 시간에 맞춰서 생활하게 된다. 스마트폰에는 네팔 시각과 한국 시각이 동시에 표시되어 나타난다. 참

편리한 세상이다.

카트만두 공항에 내리자 가장 먼저 눈에 띄는 것은 삼성전자 휴대폰 광고판이다. 착륙장에서 수하물 찾는 곳까지 몇 개의 광고판이 이어져 있다. 세계 1등 기업은 역시 다르다는 느낌이 든다. 내 어깨가 저절로 으쓱거린다.

네팔 현지 여행사 직원과 가이드가 우리 일행을 환영한다며 꽃다발을 목에 걸어준다. 보랏빛 꽃향기가 은은하다. 꽃 이름은 '서예배뜨리'라고 한다.

안나푸르나 호텔 로비에 있는 힌두교 삼층 탑

승합차로 숙소인 안나푸르나 호텔로 이동했다. 호텔은 네팔의 수도인 카트만두 중심지에 자리 잡고 있다. 호텔 로비에 있는 자그마한 삼층 탑이 눈길을 사로잡는다. 자세히 보니 특이하게 금속으로 되어있다. 힌두교의 탑이다.

출국 전에 환전한 달러를 가이드를 통해서 다시 네팔 화폐로 환전했다. 에베레스트 길을 걸으며 소소한 비용으로 쓰기 위해서이다. 네팔의 화폐는 루피(Rupee)이며, 1루피는 한화로 약 10원이다.

저녁 식사를 하기 위해서 식당으로 갔다. 거리에는 가로등이 드물게 있으나 촉수가 낮아서인지 어둠침침하다. 신호등조차 거의 없고 공기도 탁하다. 시골의 어느 소도시에 온 느낌이다. 공기가 탁한 것은 다섯 개의 큰 산이 도시를 에워싸고 있어서 공기의 순환이 원활하지 못해서라고 한다.

네팔 전통춤을 추는 무희들

은퇴 산꾼, 고산에 서다

식당의 전면 무대에서 무희들이 네팔 전통춤을 선보인다. 좀처럼 보기 힘든 그들의 춤에 빠져든다. 식사 메뉴는 네팔 정식인 달밧(Dalbhat)이다. 밥은 안남미로 지어서 바람에 흩날리듯 입에서 날아다니고 찰기가 없다. 네팔 전통주인 퉁바(Tungba)도 나왔다. 술을 마시지 않는 나는 입만 살짝 대 보았으나, 그런데도 무척 독해서 "카~!" 소리가 저절로 나온다.

에베레스트
Day 2

▲ **주요 구간**: 카트만두(Kathmandu, 1,400m)~루크라(Lukla, 2,840m)~
타도코시곤(Thado koshigaon, 2,580m)~가트(Ghat,
2,592m)~팍딩(Phakding, 2,610m)
▲ **도상 거리**: 루크라~팍딩 8㎞

새벽 4시, 모닝콜이 울린다. 루크라로 가는 경비행기는 줄을 서는 순서대로 태운다. 빨리 가야 빨리 탈 수 있기에, 호텔 측에 미리 모닝콜을 미리 부탁했었다.

머리가 떵하고 눈이 따갑다. 지난밤 동안 한숨도 자지 못해서이다. 잠자리가 바뀌고 이 생각, 저 생각이 꼬리를 물고 일어나잠이 달아났다. 혹시 금단 증상일지도 모른다는 생각이 든다. 첫날부터 컨디션 조절에 실패하다 보니 걱정이 앞선다.

일행들에게 지난밤에 잠을 못 잔 것과 금연에 대해서 말했다. 누군가가 "이곳에 와서 금연은 잘못이다. 자칫 금단 증상과 고산증세가 헷갈릴 수 있다. 정상에 갈 때까지 고산 증세를 이겨내고 그 후에 금연하는 것이 좋다."라고 한다. 듣고 보니 일리 있는 말이다. 나 자신을 위해서도 그렇고 일행들에게 피해를 주지 않기위해서도 금연은 정상에 오른 뒤에 하는 것이 좋을 듯하다. 네팔

은퇴 산꾼, 고산에 서다

담배 한 갑을 샀다. 한 대 피워보니 잘 빨리지도 않으면서 머리가 핑 도는 듯하여 매우 독하다.

　루크라에 가는 경비행기는 카트만두 공항 옆에서 탑승한다. 카고백과 배낭은 물론이고 사람 무게까지 저울에 단다. 즉, 무게 총량제를 실시하고 있다. 바로 탑승할 수 있었던 것은 운이 좋아서이다. 만약 날씨가 좋지 않으면 몇 시간씩 대기하는 것은 예사이고 심하면 며칠간 대기하는 경우도 있다.

　경비행기는 에베레스트에 대한 호기심과 두려움을 싣고 루크라를 향하여 날아간다. 기내에는 기장 한 명, 부기장 한 명, 승무원 한 명과 승객 열다섯 명을 포함하여 총 열여덟 명이 탔다. 여승무원이 기내 서비스로 '누가 맛 사탕'을 돌린다. 빨간색 유니폼을 입은 늘씬한 여승무원의 모습이 인상적이다.

경비행기에서 바라본 네팔의 산악 지대

경비행기는 산줄기를 따르기도 하고 넘나들기도 한다. 어느새 흰 구름이 저만치 아래에 내려다보인다. 네팔은 역시 산악 국가이다. 비어있는 산이 없을 정도로 산줄기를 따라서 옹기종기 마을이 형성되어 있다. 마을 주변은 온통 손바닥만 한 다랑밭이 구불구불 펼쳐져 있다. 손톱보다 작게 보이는 집들의 지붕은 햇빛이 반사되어 거울처럼 반짝인다. 모두 한 폭의 그림같이 조화롭고 아름답다. 저 아름다움 속에도 분명 부농과 빈농의 차이는 있을 것이란 생각이 불현듯 든다.

경비행기가 심하게 흔들린다. 기류 때문인 듯하다. 기내 방송이 나왔으나 알아들을 수 없다. 산줄기 양지쪽에는 눈이 녹아 있고 음지쪽에는 눈이 쌓여있다. 우리나라의 산과 똑같은 모습이다.

경비행기는 400여 ㎞ 거리를 삼십여 분 동안 비행하여 루크라의 작은 공항에 안착한다. 히말라야 산악 지대로 들어가는 첫 관문에 들어선 것이다.

루크라에 오니 공기부터 다르다. 미세먼지조차 없는 듯 맑고 시원하다. 파란 하늘에는 흰 구름이 두둥실 흘러간다. 멀리 설산이 아스라이 보인다. 만년설을 머리에 이고 가슴까지 눈이 쌓여있다. 구름은 산허리를 감싸 흐르며 설산 봉우리를 더욱더 신비롭게 만든다.

카고백 일부가 중량 초과로 다음 비행기 편에 오게 되어 두 시간 정도를 기다려야만 한다. 주변을 살펴보았다. 공항 화장실은 쪼그리고 앉아서 볼일을 봐야 하는 구조이다. 볼일을 본 뒤에는

은퇴 산꾼, 고산에 서다

바가지에 물을 떠서 변기에 부어야 한다. 청소하는 아주머니는 대걸레를 들고 이곳저곳 바닥을 닦는다.

공항 옆의 헬기장에서는 환자를 이송하거나 물자를 실어 나르는 헬기 여러 대가 수시로 이착륙을 한다. 공항 담벼락에는 실종자를 찾는다는 벽보가 붙어있다. 실종자는 갈색 머리와 갈색 눈을 가진 서른여덟 살 프랑스 남성이다. 제보자에게 십오만 루피를 주겠다는 내용이 사진과 함께 실려 있다. 두렵기도 하고 슬프기도 하며 안타깝기도 하다.

오늘 도보로 이동하는 거리는 8㎞이다. 루크라에서 팍딩까지 가는 가장 짧은 구간이며 이례적으로 고도를 낮춰주는 구간이다.

이제 본격적으로 에베레스트를 향하여 나아간다. 물, 간식 등 이동 중 필요한 물품만 배낭에 챙기고 나머지는 카고백에 넣어서 포터에게 맡기니, 일반 등산보다 가벼운 차림이다.

상점들이 줄지어 늘어서 있는 루크라 상점 거리를 지난다. 상점 거리에는 없는 것이 없다. 비행기 매표소, 이발소, 은행, 커피숍, 식료품점, 등산용품점은 물론이고 등산화 수선점도 있다. 양지바른 곳에는 개가 늘어진 채로 오수를 즐긴다. 사람들이 지나가건 말건 상관하지 않고 세상에서 가장 편한 자세로 배를 깔고 누워 잠을 자거나 시선 잃은 눈을 껌벅인다. 우리 속담의 "개 팔자가 상팔자다."라는 말이 생각난다.

네팔 여성 셰르파 파상라무 추모 동상 게이트

상점들이 끝나는 곳에서는 경찰 두 명이 체크인 박스에 앉아서
입산 신고를 받는다. 가이드가 대표로 입산 신고를 하고, 네팔
여성 셰르파인 '파상라무(Pasang Lhamu)' 추모 동상이 있는 게이
트를 지난다. 이 여성 셰르파는 1993년에 네팔 여성으로서는 최
초로 에베레스트 정상에 올랐으며, 하산하던 중에 고산 증세에
시달리던 동료 셰르파를 돌보다 함께 숨졌다. 자신보다 동료의
생명을 우선시한 그녀의 고귀한 희생정신과 도전 정신은 네팔 여
성들을 일깨워 주고 꿈과 희망을 심어 주었다. 네팔의 영웅인 파
상라무의 모습을 바라보며 두 손을 모아 예를 드린다.

자연스럽게 가이드가 앞장서고 하나투어의 김 과장이 후미에
서 대원들을 챙긴다. 나아가는 길은 산허리를 굽이굽이 돌아가
며 이어진다. 죽은 자의 추모 돌무더기 세 곳을 지난다. 마치 옛
시간 속으로 들어가는 듯한 느낌이다.

은퇴 산꾼, 고산에 서다

마니석

마니차를 돌리는 필자

몇 개의 작은 마을을 지난다. 크고 작은 바위에는 불교 경전이 양각되어 있다. 바위에 검은색 칠을 하고 양각된 글자는 하얀색 칠을 해 놓았다. 그 모습이 웅장하고 정교하게 빚어낸 예술 조각처럼 신비롭고 아름답다. 이같이 경전이 새겨진 바위를 '마니석(嘛呢石)'이라고 한다.

지나는 사람마다 불교 경전이 새겨져 있는 원통을 돌리며 무엇인가를 기원한다. 그 모습이 숙연하게 다가온다. 이 원통은 '마니차(嘛呢車)'라고 하며, 손에 쥘 수 있는 작은 것부터 몇 미터에 달하는 큰 것까지 다양하다. 마니차를 돌리며 '옴마니밧메훔(Omm-ani padmehum)'이라는 진언을 외우면 경전을 읽는 의미가 있다고 한다.

마니석이나 마니차를 지날 때는 반드시 왼쪽으로 간다. 이는 예로부터 내려오는 불문율이다. 지나는 사람 모두 그렇게 한다. 이같이 에베레스트 문물과 하나하나 마주하면서 보고 듣고 느끼고 길을 이어간다.

등에 짐을 가득 짊어진 좁교(dzopkyo)와 당나귀들의 옆을 스치며 앞서거니, 뒤서거니 나아간다. 적게는 대여섯 마리에서 많게는 열대여섯 마리씩 떼를 지어서 짐을 나른다. 묵묵히 짐을 나르는 광경에 사로잡힌다. 좁교의 목에 걸린 방울 소리가 은은하고 잔잔하게 울려 퍼진다.

이곳에서 짐을 나르는 방법은 크게 세 가지가 있다. 좁교나 당나귀, 야크(yak) 등 동물을 이용하여 나르는 방법과 포터가 나르

은퇴 산꾼, 고산에 서다

는 방법, 헬기로 나르는 방법이 그것이다. 헬기로 나르는 경우는 포터나 동물이 나를 수 없거나 시간이 긴급한 경우이다. 히말라야를 찾는 산악인이나 트래커의 짐은 포터나 동물이 나른다. 우리의 짐은 포터 두 명이 나른다. 대원 여섯 명의 짐 무게는 대략 80kg이므로, 포터 한 명이 40kg 정도의 짐을 지고 가는 것이다.

첫 번째 출렁다리를 건너서 계곡을 가로지른다. 계곡에는 빙하가 녹은 우윳빛 색깔의 물이 바위에 부딪히며 하얀 물보라를 일으키고, '�솨아~' 하는 요란스러운 소리를 내며 흘러간다. 그 위에 굵은 와이어로 지탱하는 철제 다리가 걸쳐져 있다. 철제 다리는 그 길이가 대략 70여 m 이상 되는 듯 길고, 걸음을 옮길 때마다 출렁인다. 아래를 바라보니 천길 계곡에 아찔하고 현기증이 난다. 긴장감을 감추지 못하고 앞만 보고 건넌다.

타도코시곤 마을에 있는 롯지에 이르러서 점심을 먹는다. 메뉴는 비빔밥이다. 계란프라이까지 올려놓은 것이 100% 한국식이다. 밥이 부족하면 더 먹으라고 더 가져다준다. 식재료는 미리 준비하여 싣고 온 것이다.

길에는 좁교와 당나귀의 똥이 군데군데 널려있다. 자칫 한눈팔다가는 똥을 밟을 수도 있다. 요리조리 똥을 피하며 걸음을 옮긴다. 똥냄새가 코를 자극하기도 하지만, 역겹지는 않다. 좁교와 당나귀는 짐을 나르다 똥이 마려우면 걸어가면서 배설한다. 이들에게는 별도의 배설 장소가 있는 것도 아니고 배설을 할 시간을 주는 것도 아니다. 꽁무니에 배설 주머니를 달아주는 것은 어떨까 잠시 생각해 본다. 문득 나의 어린 시절이 떠오른다. 내가 어렸을 때, 시골 마을 길 여기저기에도 소똥이나 개똥이 나뒹굴었다. 오다가다 똥을 밟으면 길가의 풀이나 흙에 쓱쓱 문질러 닦았었다.

줍교나 당나귀를 모는 사람 중에는 남성도 있지만, 여성도 있다. 이들 중 절반 정도는 맨발에 슬리퍼 차림이다. 그들은 포터에 비하면 조금은 일이 수월하다. 짐은 가볍게 지고, 짐 나르는 줍교나 당나귀를 몰고 가면 되기 때문이다.

이곳에서 뜻밖에도 우리나라 사람을 만났다. 사십 대 부부와 일곱 살 남자아이다. 반가움에 한동안 서서 인사를 나눴다. 이들은 딩보체까지 다녀오는 길이라고 한다. 이들의 표정에서 성취감이 느껴진다. 히말라야를 가슴에 가득 품고 내려오는 모습에서 여유와 행복감이 느껴진다. 아이는 이렇게 키워야 하지 않을까? 마냥 오냐오냐하고 귀엽게만 키우면 커서 마마보이밖에 되지 않는다. 부부의 현명함에 박수를 보낸다.

두 번째 출렁다리를 건너가 오늘의 목표 지점인 팍딩 마을에 다다랐다. 롯지(Lodge)에 짐을 풀었다. 롯지는 산장이나 숙박업소를 말한다.

더운물이 나오는 간이 샤워장에서 샤워부터 했다. 샤워 비용은 이백 루피로, 한화로 약 이천 원이다. 샤워는 오늘이 마지막이다. 앞으로는 세수조차 물티슈로 해결해야 한다. 몸에 물이 닿지 않도록 하여 체온이 떨어지는 것을 방지해야 한다. 그래야 고산 증세를 예방할 수 있다.

주방 요원 네 명은 식자재를 지고 다니며 매 끼니마다 음식을 만들어 준다. 저녁 식사로는 수육과 상추쌈에 된장국이 곁들여 나왔다. 현지인이 우리나라 음식을 똑같이 만드는 것이 신기하다. 이들은 우리나라에 와서 배운 것이 아니고 따라다니며 어깨 너머로 배웠다고 한다. 그런데도 음식 맛이 우리 입에 맞도록 요리하는 것을 보면 놀랍기만 하다.

그들의 차림새는 흙과 때에 찌든 등산복 차림이다. 등산복도 제대로 된 등산복이 아니고 일상복에 가깝다. 씻지도 않아서 꾀죄죄한 모습이다. 쉽게 말하면 노숙자의 행색이지만, 음식은 정갈하게 차려 내온다. 미심쩍은 면이 있어서 음식 만드는 과정을 슬쩍 엿보았다. 식판을 닦고 또 닦는다. 식판 닦는 것 하나만 봐도 믿음이 간다.

롯지의 방은 2인 1실이며 방마다 합판으로 칸막이가 되어 있다. 방에는 나무 침대 두 개가 놓여있고 얇은 매트리스에 이불과 베개가 있다. 옆방에서 나는 침대 삐걱거리는 소리와 문 여닫는 소리, 코 고는 소리도 들린다. 조명은 백열등으로 삼십 촉이 될까 말까 할 정도로 침침하다. 책을 읽거나 글을 쓰는 일은 언감생심이다. 난방 시설은 전혀 없다. 화장실도 건물 구석에 하나밖에 없어서 밤에 자다가 일어나 볼일을 보기 위해서는 미리 위치를 확인해 놓아야 한다.

지난밤에 잠을 설쳐 무척 피곤하기에, 오늘은 저녁 식사 후 바로 잠자리에 들었다. 집에서 가지고 간 두꺼운 옷을 입고 침낭 속에 들어가니 생각했던 것보다 춥지는 않다. 그러나 누워있으려니 머리가 시려 왔다. 서둘러 빵모자를 쓰고 귀마개와 눈가리개도 했다.

잠결에 침낭 채로 침대 아래로 굴러떨어졌다. 다행히 침대가 높지 않아서 다치지는 않았다. 옆 사람이 깰까 봐 한동안 그대로 있다가 다시 기어 올라갔으나 잠이 잘 오지 않는다. 아침 여섯 시까지 자다 깨기를 거듭했다.

나중에 얘기해 보니 나와 함께 방을 쓴 노 선생은 내가 침대에서 굴러떨어질 때 잠에서 깨어서 삼십여 분 후에 침대에 다시 올라간 것을 알고 있었다. 또한, 내가 중간에 몇 차례 코를 골았다고 한다. 집에서도 피곤하면 코를 고는 습성이 있는데 그대로 나타난 모양이다. 첫날부터 그의 잠을 설치게 해서 어찌나 미안하던지.

노 선생은 서울에서 건축 설계사로 활동하며, 나이는 예순셋이다. 산행 경험이 풍부하고 매사에 합리적이며 박학다식하다. 몸을 닦을 때 물티슈로는 부족하다고 알코올까지 준비해 온 깔끔한 성격이다. 가지고 온 고추장과 견과류를 대원들에게 나누어 주는 자상한 면도 있다.

에베레스트

Day 3

▲ **주요 구간**: 팍딩(Phakding, 2,610m)~츄모와(Chhumowa, 2,760m)~몬
조(Monjo, 2,835m)~조르살레(Jorsale, 2,740m)~남체 바
자르(Namche bazar, 3,440m)
▲ **도상 거리**: 11㎞

기상 후 3일 만에 처음으로 화장실에 갔다. 화장실은 좌변기로
되어 있으나 볼일을 보고 나서는 바가지에 물을 떠서 부어야 한
다. 볼일을 봐서 그런지 밀린 숙제를 마친 듯 개운하고 한결 컨디
션이 좋다.

오늘 일정은 팍딩에서 남체 바자르까지이다. 거리는 약 11㎞이
고 고도는 830m 정도 올려준다. 오전 여섯 시에 일어나서 포터
에게 짐을 꾸려 보내고, 일곱 시에 아침 식사를 했다. 잠시 쉬었
다가 여덟 시에 길을 나섰다.

얼마나 갔을까, 한 사람이 들것에 실려 내려온다. 말이 통하지
않아서 자세히는 모르겠으나 안타까움에 마음이 아려온다.

소나무 숲길을 지난다. 소나무 사이로 예쁜 꽃이 수줍은 듯이
얼굴을 내민다. 생김새가 우리나라 동백나무와 비슷하다. 진녹색

짐을 나르는 좁교. 뒤에서 몰이꾼이 몰아간다

의 작은 잎은 윤기가 흐르고, 꽃의 색깔이 다양하다. 빨간색과 분홍색은 물론이고 하얀색도 있다. 네팔의 국화인 '랄리구라스'이다.

포터들과 앞서거니, 뒤서거니 하며 나아간다. 좁교와 당나귀 무리도 짐을 가득 짊어지고 나아간다. 그 뒤에서는 몰이꾼이 가는 나뭇가지를 가지고 '휘~휘' 소리를 내며 몰아간다. 동물이나, 사람이나 표정은 감출 수 없는 걸까? 짐을 지고 올라가는 좁교나 당나귀는 힘들어하는 기색이 역력한데, 내려오는 좁교나 당나귀는 짐을 내려놓고 빈 몸으로 내려와서인지 한결 편안하게 보인다. 좁은 길에서 좁교나 당나귀, 포터와 마주치면 잠시 멈춰서 길을 비켜준다.

깎아지른듯한 고봉과 고봉 사이의 계곡 옆으로는 침엽수림이

은퇴 산꾼, 고산에 서다

울창하다. 낭떠러지 사면 길옆에는 추락을 방지하기 위해서 돌을 쌓아놓았다. 얕은 돌담은 마치 성곽길을 걷는 듯한 착각에 빠져들게 한다.

오가는 사람들과 마주치면 "나마스테."라며 인사를 나눈다. 나마스테(Namaste)는 인도, 네팔, 티베트 등에서 쓰이는 인사말이며 '내 안의 신이 당신 안의 신에게 인사합니다'라는 뜻이다. 우리나라에서 "안녕하세요."라는 인사말과 같은 뜻으로 쓰인다.

마을에 여섯 살 정도의 어린아이가 있기에 "나마스테."라고 인사를 건네니, "나마스테." 하며 달려와 손을 내민다. 그 모습이 어찌나 사랑스럽고 귀엽던지, 초콜릿 하나를 꺼내주니 주변에 있던 여섯 명이 너도나도 손을 내민다. 초콜릿을 받아들며 좋아하는 아이들의 천진난만한 표정이 순수하고 아름답다.

이를 본 황 선생이 "이곳 아이들에게 초콜릿이나 사탕을 주는 것은 좋지 않다. 이를 닦지 않기 때문에 충치가 생긴다. 연필이나 노트 등을 준비해서 주면 좋다."라고 한다. 황 선생의 말이 틀린 것은 아니지만, 이 귀여운 아이들의 해맑은 눈동자를 보고 어찌 그냥 지나칠 수 있단 말인가. 사실 이곳 현지인들의 모습은 어른이나, 아이들이나 똑같다. 차림새나 용모를 보면 옷도 갈아입지 않는 듯하고 씻지도 않는 듯하다.

롯지나 상점, 집, 기도처 등의 지붕은 대부분 함석을 얹은 함석지붕이다. 드물게는 판자를 얹은 너와집도 있다. 함석지붕은 겨울에는 춥고 여름에는 덥다. 보온이 안 되지만, 자재 운반과 비용 때문에 그렇게 한 것이 아닐까 생각된다.

불교 탑을 지나고 60여 m가량의 출렁다리를 건넌다. 이번에도 물소리를 귀로 들으며 앞만 보고 건넌다. 다리 아래의 계곡에서는 만고의 세월과 함께 빙하가 녹은 물이 힘차게 흘러간다.

출렁다리 좌우 난간에는 불경이 쓰인 작은 오색 깃발 수백 개가 바람에 펄럭인다. 작은 오색 깃발에 적힌 불경은 바람을 따라서 세상으로 흩어지며 불심을 전한다고 한다. 지금까지 건넜던 모든 출렁다리에는 오색 깃발이 붙어있다. 이 작은 오색 깃발을 '타르초(Tharcho)'라고 한다.

츄모와 체크 포스트에서 입산 신고를 한다. 가이드가 입산 신고를 하는 동안 말을 탄 사람이 스쳐 지나간다. 말을 타고 가면 어떤 느낌일까. 호기심이 발동한다. 한 구간만 추억을 만들고 싶었으나 자칫 낙마할 수도 있다며 대원들이 만류한다.

타르초가 붙어있는 출렁다리

은퇴 산꾼, 고산에 서다

몬조 마을에 이르러서야 쉬어간다. 거대한 바위에는 어김없이 불교 경전이 새겨져 있다. 마을마다 예외 없이 있는 마니석이다. 마니석을 지나며 "옴마니밧메훔."을 읊고, 마니차를 돌리며 안전을 기원한다.

몬조 티켓 카운터에서 입산료를 낸다. 사가르마타 국립공원(Sagarmatha National park) 입장료이다. 현지 화폐로 4,400루피이므로 한화로는 약 44,000원이다. 관광 수입이 상당하겠다는 생각을 잠시 해 본다.

60여 m 정도의 긴 출렁다리 앞에 섰다. 당나귀 사십여 마리가 출렁다리를 건너간다. 그 모습이 장관이다. 동물에게는 공포심이 없는 걸까, 아니면 훈련에 의한 것일까? 출렁이면 출렁이는 대로, 리듬을 타듯 무심하게 다리를 건너는 당나귀의 모습이 경이롭기까지 하다.

조르살레 마을 롯지에 이르러서 점심을 먹는다. 잠시 후 긴 출렁다리를 또 건넌다. 한동안 나아가다 보니 출렁다리가 또 나타난다. 이번에는 아래에도 있고 위에도 있는 이중 출렁다리이다. 아래에 있는 출렁다리는 오래전에 만들어진 것으로 안전상 폐쇄되었으며, 이를 대체하여 5년 전에 새로 만든 것이 위 출렁다리이다.

100여 m가 넘을 정도로 매우 긴 위 출렁다리를 건너 계곡을 가로지른다. 이곳 출렁다리에도 어김없이 타르초가 바람에 날리고 있다. 타르초가 날리는 소리는 바람이 경전을 읽어 주는 소리

출렁다리를 건너는 당나귀

라고 한다. 바람이 읽어 주는 경전 소리를 듣고 싶어서 잠시 걸음
을 멈추고 귀 기울여 본다.

　잠시 쉬는 동안 주방 팀을 만났다. 주방 요원이 지고 다니는 짐
을 지어 보았다. 포터의 짐에 비하면 절반도 안 되는 무게이지만
목이 아파 걷기는커녕 서 있기조차 어렵다. 아무나 할 수 있는
일이 아니다.

　에베레스트가 보이는 첫 지점에 올라섰다. 그러나 에베레스트
는 구름에 가려서 보이지 않는다. 잠시 쉬어 가기만 한다. 주변을
둘러보니, 소나무가 울창하게 숲을 이루고 있다. 소나무는 소나
무인데 어딘지 모르게 뭔가 다르다. 잎을 살펴보았다. 여섯 잎으

　　　　　　　　　　　　　　　　　은퇴 산꾼, 고산에 서다

로 되어 있다. 잎이 하나면 전나무, 두 개면 토종 소나무, 세 개면 리기다소나무, 다섯 개면 잣나무인데 여섯 개의 잎이다. 여섯 잎 소나무는 네팔 소나무일까?

남체 바자르 입구에 있는 폴리스 체크 포스트에서 체크한다. 잠시 나아가 남체 바자르 마을에 들어선다. 마을 입구에는 분수대가 있고 물길을 따라서 누각이 연이어 있다. 그 옆에는 랄리구라스가 줄지어 피어있다. 닭들이 모이를 쪼고 개들은 양지바른 곳에서 오수를 즐기고 있다. 역시 개 팔자가 상팔자인가 보다. 참으로 평화로운 풍경이다.

남체 바자르에서 가장 먼저 한 일은 슬리퍼를 구입한 것이다. 이곳에 올 때 짐 무게를 맞추기 위하여 가지고 오지 못해서이다. 상점에서 팔백 루피를 부르는 것을 황 선생의 흥정으로 오백 루피, 한화로 약 오천 원에 샀다.

황 선생이 오늘의 룸메이트이다. 그는 대구에서 개인택시 운송업을 한다. 나이는 쉰네 살이지만, 나와 같은 장수 황씨이며 항렬로 따지면 아저씨뻘이어서 내가 아저씨라고 부른다. 산행 경험이 풍부하고 대원 중에서 가장 활동적이다. 가끔 수첩을 꺼내어 경유한 지점과 시간을 자세히 기록하는 꼼꼼한 면이 있다. 또한, 담배를 즐겨 피운다. 공항 면세점에서 사 왔다며 담배 한 갑을 선뜻 내어 주고, 가지고 온 육포를 대원들에게 골고루 나눠주는 등 인정이 많다.

방이 추워서 방보다 따뜻한 롯지 식당에서 식후 세 시간 이상 머물며 이런저런 대화를 나누며 시간을 보냈다. 식당에 머무는 동안 오백 루피, 한화로 약 오천 원에 유료 와이파이를 신청하여 집에 소식을 전하였다.

롯지에서 우연히 우리나라 사람을 만났다. 그는 혼자이고 힘이 없어 보였다. 일행과 함께 왔으나 팡보체에서 고산증이 와서 홀로 내려왔다고 한다. 이는 결코 남의 일이 아니다. 나에게도 올 수 있는 일이다. 하지만 이제 와서 어쩌랴. 하는 데까지 해 보는 수밖에.

이곳 롯지의 이름은 '사쿠라 롯지(Sakura Lodge)'이다. 롯지 식당에는 일본 잡지가 비치되어 있다. 왜 '사쿠라'라는 일본식 이름을 쓰는지, 혹 롯지의 주인이 일본 사람인지, 아니면 어떤 사연이 있는

박정희 대통령이 락파텐징에게 수여한 훈장증

은퇴 산꾼, 고산에 서다

지 궁금했다. 일본이 산악 강국으로 이름을 떨칠 때 이곳에 헬기장과 호텔을 건립하면서 일본인 사장과 의형제를 맺었다고 한다.

식당을 천천히 둘러보았다. 뜻밖에 박정희 대통령이 고상돈과 함께 에베레스트 정상에 오른 네팔 셰르파 락파텐징에게 수여한 체육 훈장인 백마장 훈장증이 진열되어 있다. 그 옆에는 당시 대한산악연맹 김영도 회장의 감사패도 나란히 있다. 가슴이 뛰었다. 이곳에서 보물을 만날 줄이야.

고상돈은 1977년 9월 15일에 한국인 최초로 에베레스트 정상에 올랐다. 그때 함께 오른 셰르파가 락파텐징이다. 고상돈이 에베레스트에 올랐을 때 텔레비전에 생중계되던 모습과 귀국할 때 카퍼레이드 하던 모습이 생생하게 떠오른다. 정상에 선 고상돈이 "여기는 정상, 더 오를 곳이 없다."라고 외치던 모습은 지금도 잊을 수 없다. 정부는 그날을 기념하기 위해서 9월 15일을 산악인의 날로 제정하였다.

우리의 영웅 고상돈은 1979년에 북미 최고봉 매킨리 등정 직후 하산하다 빙벽에서 추락해서 숨을 거뒀다. 서른한 살의 젊은 나이에 한국 산악계의 전설이 되었다.

우연의 일치인지 이곳 롯지는 바로 락파텐징의 롯지이다. 그분을 뵙고 싶었다. 그분에게서 그때의 상황을 듣고 싶었다. 근황을 물으니, 올해 여든이 되셨으며 연세가 많아서 롯지는 자녀에게 물려주고 카트만두에 머물고 계신다고 한다. 일정이 어떻게 될지는 모르겠으나 카트만두에서 그분을 찾아뵙고 싶다.

에베레스트

Day 4

▲**주요 구간:** 남체 바자르(Namche bazar, 3,440m)~에베레스트 뷰
호텔(Everest view hotel, 3,880m)~샹보체(Syangboche,
3,720m)~남체 바자르(Namche bazar, 3,440m)
▲**도상 거리:** 6㎞

잠에서 깨어 눈을 뜨자, 황 선생이 상기된 얼굴로 엄지손가락
을 세우며 밖에 나가 보라고 한다. 롯지 정면에 눈 덮인 거대한
설산봉우리가 아침 햇살을 받아 눈부시게 반짝인다. 이게 바로

남체 바자르 앞 콩데

은퇴 산꾼, 고산에 서다

한 폭의 그림이지, 그림이 따로 있다더냐. 보면 볼수록 아름다워서 눈조차 뗄 수 없다. 한동안 넋을 잃고 바라보기만 했다.

그동안 그 산이 6,000m대의 산이라는 것만 생각날 뿐, 산의 이름은 생각나지 않았다. 이름은 들었으나 아름다움에 취해 머릿속에 입력되지 않아서이다. 집에 돌아와 지도를 펼쳐놓고 확인해 보니, 그 산은 해발 6,086m의 콩데(Kongde)이다.

오늘은 이곳 남체 바자르에서 하루 더 머물며 고산 적응을 한다. 언덕에 있는 에베레스트 뷰 호텔까지 고도 440m를 올라가고, 샹보체 마을을 거쳐서 한 바퀴 돌아 내려온다.

몇 개의 롯지를 지나서 마을 뒷길로 오른다. 잠시 후 갈림길에 이르러 좌측 능선으로 오른다. 우측 길은 내일 가야 할 팡보체 방향이다.

가이드가 내 배낭을 달라고 한다. 내가 제일 나이가 많기에 대신 메어 주겠다는 배려이다. 능선을 타고 오르다 보니 금세 땀방울이 볼을 타고 흐르고 셔츠까지 축축해진다. 겉옷을 벗어서 배낭에 넣었다. 체온을 유지하는 것이 중요하기 때문이다.

적정 체온을 유지하는 것은 산악 활동에 있어서 가장 중요한 것 중의 하나이다. 수시로 변하는 산악 환경에서 적정 체온을 유지하기 위해서는 수시로 옷을 입고 벗어야 한다. 쉽게 말하면, 더우면 벗고 추우면 입어야 한다. 땀을 흘려서 옷이 젖으면 체온이 떨어진다. 체온이 조금 떨어지는 것이 아니라 마른 옷에 비하면 무려 240배의 열을 빼앗아 간다. 이를 방지하기 위하여 속옷, 보온 옷, 겉옷 등 세 가지 레이어링 시스템(Layering system)을 적절히 활용하여 어떤 상황에서도 체온을 유지해 주어야 한다. 더욱이 이곳은 고산 지대가 아닌가.

샹보체 비행장에 오르니 활주로 터만 남아있다. 빈 활주로는 쓸쓸함이 묻어났다. 몇 년 전, 일본 정부에서 자국 산악인들을 실어 나르기 위해 이곳에 경비행기 활주로를 만들고 호텔을 건립하였다. 산악인들을 카트만두에서 바로 이곳까지 경비행기로 실어 날랐는데, 그중 한 명이 고산 적응이 안 되어 사망하는 사고가 일어났다. 일시에 2,600m 이상 고도를 올렸기 때문이다. 이 사고 이후 일본 산악인들의 경비행기 이동이 전면 중단되었다. 이후 이 활주로는 물자 수송을 위한 헬기 이착륙장으로 사용되고 있다.

샹보체 인근에는 키 큰 나무가 하나도 없다. 키 작은 구상나무와 이름 모를 나무들이 온 산을 덮고 있다. 셰르파 리조트 건물이 있는 언덕에 오르자 바람이 차갑다. 자칫 체온이 떨어질까 봐 벗었던 겉옷을 꺼내서 다시 입었다.

일본이 자국 산악인들을 위해 지었다는 '에베레스트 뷰 호텔'에 이르렀다. 사망자가 발생하면서 한동안 폐업 상태로 있었으나, 지금은 고산 적응을 원하는 사람들이 꾸준히 이곳을 찾고 있다.

은퇴 산꾼, 고산에 서다

에베레스트 뷰 호텔 야외 벤치에서

전망 좋은 야외 벤치에서 배낭을 내린다. 우리 대원 외에도 이십여 명의 산악인들이 커피를 마시며 고산 적응을 한다. 커피를 주문하자 믹스 커피를 주전자에 담아다 준다. 일곱 명이 충분히 마시고도 남을 정도로 넉넉한 양이다. 일곱 잔에 1,500루피이므로, 한 잔에 대략 한화로 2,200원이다.

쿠숨캉, 담세르크, 강데캉, 아마다블람, 로체, 로체샤르, 촐라테가 한눈에 들어온다. 모두 6,000m대의 산이다. 산봉우리마다 만년설이 덮여있다. 구름에 가리면 사라지고 구름이 흘러가면 잠시 모습을 드러낸다. 도열하듯이 솟아있는 눈 덮인 고봉들은 장엄미의 극치를 이룬다. 겹겹이 둘러싸고 있는 산 때문인지 아련하고 몽환적인 분위기가 물씬 풍겨온다.

멀리 에베레스트는 구름에 가려있다. 자신의 자태를 호락호락하게 보여줄 에베레스트가 아니다. 삼십여 분 정도를 기다려 보지만, 구름은 에베레스트를 떠나지 않는다. 마냥 기다릴 수 없어서 하산 길에 들었다. 이곳에서의 커피 한 잔은 나의 마음을 다독이는 쉼표가 되었다.

활주로까지 다시 내려와 우측 활주로 윗길로 나아간다. 남체 바자르 마을이 한눈에 내려다보인다. 샹보체 마을을 거처 롯지에 돌아왔다. 올라갈 때는 천천히 오르며 호흡에 맞춰서 발걸음에 리듬을 타야만 했다. 그러나 내려올 때는 빨리 내려와도 아무런 지장이 없었다.

점심 식사는 라면과 찐 감자, 삶은 계란이다. 평소 면 종류는 즐기지 않는데 라면 맛이 일품이다. 하기야, 산중에서 맛없는 음식이 어디 있으랴.

스마트폰의 배터리가 다 소진되었다. 배터리를 최대한 아끼려고 비행기 탑승 모드와 절전 모드로 설정해 놨으나 사진을 찍어서인지 이틀 반 만에 모두 소진되었다. 충전 비용은 250루피로, 한화 약 2,500원을 주고 충전을 하였다.

나는 어딜 가나 사진을 즐겨 찍는다. 사진을 잘 찍어서가 아니다. 멋진 풍광을 보면 나도 모르게 찍게 된다. 그렇다고 성능 좋은 카메라가 있는 것도, 사진에 관하여 조예가 깊은 것도 아니다. 다만 스마트폰으로 찍을 뿐이지만, 내 눈에는 카메라로 찍은 것

은퇴 산꾼, 고산에 서다

과 비교해도 별반 차이가 없다. 하기야 고성능 카메라가 내장된
스마트폰이 나오면서 전 국민이 사진작가인 시대가 아닌가.

　오후 시간은 휴식 시간이다. 남체 바자르 마을을 둘러보았다.
이 마을은 티베트에서 이주해 온 할아버지와 할머니들의 자손들

남체 바자르 마을

남체 바자르 감자밭

이 셰르파 일을 하며 살아가는 셰르파의 마을이다.

마을 좌측의 산비탈과 곳곳의 공터에서는 얕은 돌담을 쌓고 감자를 재배한다. 토질이나 기후 조건 탓에 감자밖에 재배가 안 된다. 자연을 거스르지 않고 자연에 순응하며 살아가는 그들. 척박한 땅을 거부하지 않고 살아가는 그들의 모습에 마음이 푸근해진다.

마을에는 자그마한 힌두교 사원이 있고 불교 사원도 있다. 우체국, 은행, 환전소, 병원, 치과, 이발소와 많은 롯지가 있다. 학교도 있고 경찰서도 있다. 각종 기념품점, 등산용품점, 식료품점, 생활용품점, 음식점, 커피숍, 푸줏간 등 없는 것이 없다. 웬만한 소도시 못지않다. 히말라야에 있는 마을 중에서도 가장 큰 마을이다.

엄홍길 대장이 지었다는 병원도 들러 보았다. 산악인들과 현지인들의 고산병 치료를 위해서 세운 병원이다. 신축 건물이어서 깨끗했고 1층은 진료실로, 2층은 직원 숙소로 사용하고 있다. 외벽에는 'The Mountain Medical Institute'라는 현판이 붙어있다. 신이 나를 살려둔 것은 세상에 무엇인가 좋은 일을 하라는 신의 뜻으로 받아들인다는 그의 말이 떠오른다.

오늘도 이만 닦고 나머지는 물티슈로 대충 닦았다. 그리고 바로 침낭 속으로 들어갔다. 어젯밤에는 식당에서 시간을 보내느라 늦은 시각에 침낭에 들어갔더니 잠을 설쳐서 몸이 무거웠다.

은퇴 산꾼, 고산에 서다

앞으로는 무조건 밤 여덟 시 이전에 잠을 청하려 한다. 잠이 안 와도 눈을 감고 누워만 있어도 어느 정도 피로 해소가 된다.

옆방에서 기침하는 소리에 잠에서 깼다. 자다가 귀마개가 빠진 것이다. 귀마개를 찾아서 다시 귀를 막았으면 좋겠으나, 뒤척이는 소리에 옆 사람이 깰까 봐 그대로 누워있었다. 잠결에 머리를 긁고 빵모자를 다시 써야 하는데 그냥 자서인지 머리가 서늘하다. 더듬더듬 빵모자를 찾아서 귀까지 덮어쓰고 다시 잠을 청한다.

에베레스트
Day 5

▲**주요 구간**: 남체 바자르(Namche bazar, 3,440m)~캉주마(Kyangju-
ma, 3,550m)~풍기텡가(Phungi thanga, 3,250m)~텡보체
(Tengboche, 3,860m)~디보체(Deboche, 3,820m)
▲**도상 거리**: 10㎞

　오전 여섯 시에 기상하여 카고백에 짐을 꾸려서 포터에게 맡긴
다. 일곱 시에 식사하고 잠시 쉬었다가 여덟 시에 길을 나선다.
이는 특별한 일이 없는 한 규칙적이다.

　기상과 동시에 주방 요원이 따뜻한 홍차를 가져다준다. 식당에
모이면 식탁 위에 냅킨을 놓고 그 위에 수저를 가지런히 놓으며
식판에 음식을 담아온다. 밥과 김치, 깍두기는 고정 메뉴이고 국
과 반찬은 식사 때마다 바뀐다. 일식 오찬이다. 집에서 먹는 것
과 조금도 다르지 않다. 식사가 끝나면 과일이나 커피가 후식으
로 나오고 따뜻한 보리차가 나온다. 형식으로 보면 고급 레스토
랑 못지않다. 이 과정도 규칙적이다.

　오늘은 남체 바자르에서 디보체까지 약 10㎞를 간다. 고도는
380m를 올려준다. 뜨거운 보리차를 보온병에 담아서 배낭을

은퇴 산꾼, 고산에 서다

꾸렸다. 찬물을 마시면 체온이 떨어져 고산증이 올 수 있기 때문이다.

우리가 휴식을 취하는 동안 주방 팀은 설거지를 하고 짐을 꾸린 후에 먼저 출발했다. 그들은 우리보다 먼저 도착하여 점심 준비를 한다. 주방 팀을 보면 주방장은 배낭만 메고 가고 주방 요원 세 명이 식재료를 지고 간다. 그들 간에 위계질서가 뚜렷하다.

말 두 마리가 사람을 태워 간다. 두 명 모두 뚱뚱한 서양 여자이다. 보통 뚱뚱한 게 아니라 평지를 걷기에도 힘들 것같이 매우 뚱뚱하다. 돌계단을 오를 때면 말이 힘이 드는지 서너 계단을 오르다 멈추기를 거듭한다. 말 주인은 수입이 있어서 좋고 말을 타는 사람은 편해서 좋겠지만, 말이 안쓰럽다.

마을 위의 이정표가 있는 갈림길에서 우측 팡보체 방향으로 나아간다. 길에는 당나귀와 좁교의 똥이 어지러이 널려있다. 치우는 사람도 없다. 무심코 걷다가는 밟기 일쑤다.

디보체로 가는 길은 산허리를 따라서 구불구불 이어진다. 저만큼 아래에는 엊그제 지났던 이중 출렁다리가 내려다보인다. 아래에서 볼 때는 아찔하더니만, 이곳에서 내려다보니 주변과 어우러져 아름답다.

날씨가 무척 맑다. 시선은 나도 모르게 하늘로 향한다. 하늘엔 구름 한 점 없다. 티끌까지 보이는 듯하다. 산허리를 한 굽이 돌아서자 멀리 에베레스트가 얼굴을 내민다. 이제야 에베레스트가 그 모습을 아낌없이 보여 준다. 에베레스트와 마주하자 모든 피로가 씻은 듯이 사라진다. 정상에는 마치 눈이 바람에 흩날리듯 흰 구름이 흩날린다. 가히 환상적이다.

저 모퉁이를 돌면 어떤 길이 펼쳐질까? 한 굽이를 돌아서자 불교 탑이 있고, 또 한 굽이를 돌아서자 불교 탑이 또 있다. 에베레스트가 한 발씩 가까워지고 있다. 한 발, 한 발 신의 영역으로 들어서고 있다. 한 걸음씩 나아가 그 품에 들어선다.

기부 박스 앞에 앉아계신 할아버지

할아버지가 닦은 산허리 길

산허리 길 아래와 위는 경사가 급한 천 길 낭떠러지이다. 이 길을 정비하는 것인지, 두 사람이 돌을 징으로 다듬어서 길 아래쪽이 무너져 내리지 않도록 정성 들여서 석축을 쌓고 있다. 길 한쪽에는 팔십 대 할아버지 한 분이 기부 박스(Donation box) 앞에 앉아계신다. 이 할아버지가 산악인들이 오가며 기부한 돈으로 길을 닦고 있는 것이다.

2000년부터 시작하여 십칠 년 동안 약 2㎞의 길을 닦았으며, 앞으로도 계속될 것이라고 한다. 남체 바자르 위의 산허리부터 길이 넓고 평탄한 것이 이 할아버지의 노고에서 비롯되었다는 것을 비로소 알 수 있었다. 좁고 위험한 급사면 길을 2~3m의 넓고 안전한 길로 만든 집념의 할아버지이다. 감동이고 또 감동이다. 망설임 없이 2달러를 기부함에 넣었다. 뒤따라오던 대원들도 선뜻 기부에 동참한다.

아마다블람. 필자의 뒤로 펼쳐진 설산 봉우리

멀리 아마다블람(Amadablam)이 정면에서 우리를 맞아준다. 아마다블람의 고도는 해발 6,814m이며 세계 삼대 미봉(美峰) 중 하나이다. 그 모습이 수려하고 부드러우면서도 또렷하고 강렬하다. 그 자체가 한 폭의 그림이다. 그 아름다움을 필설로 표현할 수는 없지만, 왜 미봉이라 부르는지 알 것만 같았다.

세계 삼대 미봉으로는 이곳 아마다블람과 함께 히말라야산맥에 있는 해발 6,997m의 마차푸차레(Machhapuchhre)와 알프스산맥에 있는 해발 4,478m의 마터호른(Matterhorn)을 꼽는다.

당나귀 무리가 짐을 지고 지나간다. 당나귀는 사람의 짐을 지고, 사람은 당나귀의 먹이인 건초를 지고 간다. 이것이야말로 동물과 사람의 상부상조가 아닌가.

에베레스트 길에 설치된 쓰레기통

에베레스트로 가는 길에는 일정 간격을 두고 쓰레기통이 설치되어 있다. 대략 높이 1.7m, 길이 2.5m 정도로 돌을 쌓고 지붕에는 함석을 얹었다. 위에는 두 군데의 투입구가 있고 아래에는 두 군데의 배출구가 있다. 투입구는 플라스틱과 종이, 유리와 캔을 구분하여 투입하게 되어 있다. 쓰레기통 때문인지, 에베레스트로 가는 길은 깨끗하다. 사가르마타 국립공원에 찬사를 보낸다.

리우샤사(Leushyasa)라는 작은 마을을 지나서 풍기텡가 마을에 이르러 점심을 먹는다. 메뉴는 수제비이다. 밀가루를 반죽하여 손으로 떼어낸 형식은 만점이다. 그러나 맛은 어딘지 모르게 2% 정도 부족하다.

잠시 후 100여 m 정도 되는 긴 출렁다리를 건넌다. 좁교 무리가 무거운 짐을 지고 힘겨운 듯 지난다. 좁교 몰이를 하는 사십 대의 여성은 좁교의 뒤를 따르며 좁교의 걸음을 재촉한다. "나마스테."라고 인사를 나누며 초콜릿 하나를 꺼내 주니 "땡큐."를 연발한다.

관광객들의 출입 신고 지점에서 입산 신고를 한다. 입산 신고만 벌써 여러 번째이다. 이곳에는 물레방아 수차를 이용하여 마니차 십여 개가 일렬로 서서 돌아간다. 손으로 돌리는 것처럼 천천히 도는 것이 아니라 매우 빠르고 힘차다. 그 모습이 이색적이긴 하지만, 마니차는 손으로 돌리며 무엇인가를 기원해야 의미가 있는 것 아닐까?

또다시 출렁다리를 건너고 지그재그로 펼쳐진 급경사 길을 오른다. 텡보체에 오르는 길은 40° 이상의 급경사 구간이다. 거리도 2㎞가 조금 넘는 듯하고 600m의 고도를 올려 줘야 한다. 숨이 턱까지 차오른다. 들숨과 날숨을 리듬 삼아서 오름길을 재촉한다.

오름길 주변에는 랄리구라스가 무리 지어 피어있다. 나무에 열매가 주렁주렁 달리듯이 수많은 꽃송이가 주렁주렁 피어있다. 만개한 랄리구라스는 텡보체 정상까지 이어져 있으며 지나는 사람들을 응원한다. 랄리구라스는 네팔의 지폐에도 들어가 있다. 숨은 그림처럼 밝은 곳에 비춰 보면 랄리구라스가 보인다.

텡보체 마을에는 크고 넓은 불교 사원이 자리하고 있다. 사원

랄리구라스 앞에서

은퇴 산꾼, 고산에 서다

은 새 단장을 했는지 깔끔하다. 1993년에 지진이 나서 파괴되었으며 그 후에 다시 복원했다고 한다.

사원 앞 공터에는 말 두 마리가 앉아서 쉬고 있다. 까마귀 한 마리가 내려앉아 말꼬리에 붙어있는 것을 쪼아 먹는다. 이 또한 상부상조가 아닌가. 아까는 당나귀와 사람의 상부상조를 보았고 지금은 말과 까마귀의 상부상조를 본다. 세상은 이래야 한다. 사람과 사람의 상부상조, 사람과 동물의 상부상조, 동물과 동물의 상부상조. 모두 아름다운 광경이 아닌가.

이 선생이 말에게 다가가 마주 앉아 대화를 나눈다. 보기 드문 멋진 광경이다. 문득 '침팬지의 어머니'로 불리는 제인 구달이 생각난다. 이 선생은 말과 어떤 대화를 나눴을까? 그를 다시 만나는 날에 꼭 물어봐야겠다.

이 선생은 오대양 육대주를 여행하는 여행 마니아이다. 그의 나이는 쉰하나이지만 자유로운 삶을 위하여 결혼도 하지 않았다. 대원 중에서 유일하게 스틱을 사용하지 않으면서도 편안하게 걷고, 모든 언행에서 여유로움이 묻어난다. 그의 넉넉한 영혼이 부럽기만 하다.

텡보체에서 디보체까지는 내리막길이다. 거리도 짧다. 삼십여 분 정도 내리막길을 따라가니 디보체이다. 길 좌우에는 랄리구라스가 터널을 이루고 있다. 텡보체에 오르는 길에는 꽃이 만개했는데, 이곳에는 아직 꽃을 피우지 못하고 있다. 음지이기 때문이다. 내려오는 길에 만개한 꽃을 볼 수 있었으면 좋으련만.

뒤에서 노랫소리가 들려온다. 돌아보니 포터 네 명이 하루 일이 끝났는지 빈 몸으로 내려오면서 노래를 부른다. 물론 내가 알아들을 수 없는 네팔 노래이지만, 매우 흥겹다. 그들의 표정은 매우 밝고 맑으며 발걸음까지 가볍다. 행복해하는 그들의 모습이 내 마음속으로 고스란히 전해져 온다.

이들이 힘든 일을 하면서 행복해하는 것은 종교적인 힘 덕분 아닐까? 네팔은 가난하고 아직도 힌두교의 계급인 카스트(Caste) 제도가 남아있다. 물론 법적으로는 철폐되었으나 관습적으로는 아직 남아있다. 그러나 이들에게는 종교가 있다. 국민 대부분이 불교나 힌두교의 신자이다. 이들에게 종교는 삶이자 생활의 일부이다.

디보체 마을의 롯지에 이르러 오늘 일정을 마무리한다. 잠시 마을을 둘러보았다. 마을에는 커다란 불교 사원이 있다. 사원을 보수하면서 퇴색해 가는 단청도 새로 단장하는지 공사가 한창이다.

오늘도 물티슈를 이용하여 대충 몸을 닦아내고 셔츠와 속옷, 양말을 갈아입었다. 방에는 옷걸이조차 없다. 벽에 못 몇 개만 박아놔도 되는데 그조차 없다. 스틱을 세워서 옷을 걸쳐놓고 벽에 기대어 놓았다.

저녁 8시, 바로 침낭에 든다. 잠을 이루든, 못 이루든 아침 여섯 시까지는 침낭 속에 누워 있어야겠다. 지난밤에 그렇게 해 보니 한결 몸이 가벼웠다.

은퇴 산꾼, 고산에 서다

에베레스트
Day 6

▲**주요 구간**: 디보체(Deboche, 3,820m)~팡보체 휴먼 스쿨(Pangbo-
che Human school, 4,040m)~소마레(Shomare, 4,010m)~
딩보체(Dingboche, 4,410m)
▲**도상 거리**: 10㎞

　오늘은 디보체에서 딩보체까지 10㎞를 가고, 고도는 590m 올
려준다. 처음으로 맞이하는 4,000m대에 진입하는 구간이다. 지
금까지는 다행히 큰 무리는 없었으나 고산 증세가 오는 것은 아
닌지 걱정이 앞선다.

　날씨도 지금까지는 영상의 날씨였으나 지난밤에는 영하 1도까
지 떨어졌다. 고도가 높아질수록 기온도 떨어지기 마련이어서 이
래저래 걱정이다.

　기온은 고도와 바람과 습도에 따라서 달라진다. 고도가 100m
높아지면 기온은 0.7도가 떨어지고, 바람이 초속 1m로 불 때마
다 기온은 1.6도가 떨어진다. 만약 고도를 1,000m 오르고 바람
이 초속 5m로 분다면 기온은 15도가 떨어지는 것이다. 거기에
습도가 높으면 체감 온도는 더 떨어지기 마련이다. 내가 백두대
간을 종주하면서 저체온증으로 위험에 노출되어 몇 차례 고비를
넘긴 적이 있었던 것도 이 때문이다.

다보체 마을 마니석

　불교 사원 옆으로 난 길을 따라서 나아간다. 길 중앙에는 납작한 돌에 불교 경전이 새겨진 작은 마니석이 줄지어 늘어서 있다. 50여 m나 길게 늘어선 모습이 중앙 분리대를 연상케 한다. 이곳 풍습대로 마니석의 왼쪽 길로 간다. 현지 풍습대로 행동하는 것이 현지 문화를 존중하는 방법이 아닌가. 잠시 후 또다시 중앙 분리대 같은 마니석이 20여 m 정도 이어진다. "옴마니밧메훔."

　사오십 대 정도의 여성 세 명이 지나간다. 바지를 입고 그 위에 긴치마를 입었다. 세르파 전통의상이다. 현지 여성들은 당나귀나 좁교, 야크 몰이꾼과 포터를 제외하고는 거의 전통 치마를 입고 생활한다.

　출렁다리가 끊어진 채로 계곡에 처박혀 있다. 몇 년 전에 폭우로 파손되었으며, 그 위쪽에 새로운 출렁다리를 세우는 공사가 진행 중이다. 잠시 계곡 길을 따르다가 임시로 만들어놓은 작은 나무다리로 계곡을 건넌다.

불교 탑을 지난다. 불교 탑의 전후좌우 네 면 모두에는 커다란 눈이 그려져 있다. 티베트 불교의 상징인 부처님의 눈이다. 부처님의 눈은 중생들의 때 묻은 영혼을 맑게 해 주고 불심을 천지사방에 널리 알리려는 것처럼 오가는 사람들을 내려다본다. 그 눈길이 인자하고 따스하다. 불심을 느껴보고 싶어서 살며시 탑에 손을 대 보았다. 손끝의 감촉이 가슴 깊이 일렁이며 불심이 그대로 전해져 오는 듯하다.

곧이어 또 하나의 부처님 눈이 그려진 불교 탑과 마주하고 불교 게이트를 통과한다. 불교 게이트에는 갈림길이 있다. 갈림길에서 아래쪽으로 가면 팡보체 마을로 가는 지름길이고, 위쪽으로 가면 마을 위에 있는 엄홍길 휴먼 스쿨에 이른다. 우리는 윗길로 들어섰다. 엄홍길 휴먼 스쿨에 들러보기 위해서이다.

고도 4,000m에 들어섰다. 시험 삼아 평소 스타일대로 빠르게 치고 나가 봤다. 3분도 안 되어 헉헉대며 숨이 턱까지 차오른다. 속도를 줄이지 않을 수 없다. 천천히 가는 수밖에 다른 방법이 없다.

팡보체 휴먼 스쿨에는 한글로 '엄홍길 휴먼 재단 팡보체 휴먼 스쿨'이라고 쓰인 현판이 걸려있다. 건립 기부자 마흔두 명의 이름이 새겨진 동판도 있다. 동판에는 김형오 국회의장 등 이름만

엄홍길 팡보체 휴먼 스쿨

들어도 알 만한 사람들의 이름이 새겨져 있다.

학교 건물은 네 개의 동이 'ㄷ'자로 연결된 단층 건물이다. 교실
은 수학 교실(Math room), 과학 교실(Science room), 영어 교실
(English room), 네팔 교실(Nepal room)로 구분되어 있고, 각 교실
에는 나무 책상과 의자가 몇 개씩 놓여있다. 자그마한 운동장에
는 미끄럼틀, 시소, 철봉 등 간단한 운동 기구와 농구대가 있다.
화장실은 운동장 가장자리에 있으며 삼각형의 구멍이 뚫려있는
자연 발효 화장실이다. 토요일이어서인지 교실의 문은 잠겨있고
학생들의 모습도 보이지 않는다. 내려올 때 시간이 되면 다시 한
번 들러서 학생들이 공부하는 모습을 보고 싶다.

은퇴 산꾼, 고산에 서다

헬기가 굉음을 내며 학교 아래에 있는 계곡 사이를 날아간다. 발아래에서 헬기가 날아가는 모습을 보는 건 처음이다. 그만큼 높이 올라왔기 때문이다.

학교에서 나와 내리막길에 들어섰다. 주변에 키 큰 나무들은 하나도 없다. 야크와 좁교의 먹이가 되는 키 작은 나무들만 온 산에 가득하다. 야크와 좁교가 먹이를 뜯으러 다니던 길이 바둑판처럼 펼쳐져 있다.

소마레 마을 롯지에 이르러서 점심을 먹는다. 마을이라고 해봐야 롯지 몇 동이 있을 뿐이다. 화장실은 본채와 떨어져 외부에

야크와 좁교가 먹이를 뜯으러 다니던 길

있다. 이곳 화장실은 어떻게 생겼을까? 궁금증이 일면 가만있지 못하는 성격이기에 볼일도 없는데 들어가 보았다. 비탈을 이용해 지어 놓아서 변을 보면 분비물이 2m 정도의 아래로 떨어진다. 변이 어느 정도 쌓이면 솔잎이나 낙엽을 넣어서 자연 발효시킨다. 이것이야말로 친환경 구조가 아닌가.

눈이 내린다. 잠시 내리고 그쳤으나 축복을 내려 주는 듯하다. 우측 계곡 위에는 아마다블람이 만년설을 머리에 이고 대장부다운 위용을 자랑한다. 그 아래의 봉우리는 위에서부터 계곡까지 무너져 내린 흔적이 뚜렷하다. 몇 년 전에 폭우로 산사태가 일어나서 그렇다. 당시의 모습이 그대로 눈에 보이는 듯하고 무너져 내리던 소리가 귀에 들리는 듯하다. 하얀 맨살을 드러낸 채로 그때의 상처가 고스란히 남아있어서 마음이 아프다. 산사태의 흔적을 언뜻 보면 마치 우리나라의 스키장을 보는 듯하다.

딩보체 마을 입구에 있는 불교 사원이 우리를 맞아준다. 황금색 모자를 쓰고 하얀 얼굴에 하얀 옷을 입은 부처님이 내려다본다. 속세에서 쌓아둔 삶의 무게를 덜어내고 욕망에 찌든 마음을 내려놓으라는 가르침이 들려오는 듯하다.

사원 네 귀퉁이에 있는 장대에서는 커다란 룽다(Lungda)가 바람에 펄럭이고, 사방에는 타르초가 바람에 휘날린다. 룽다와 타르초의 깃발은 오색으로 되어있다. 흰색은 구름을, 파란색은 하늘을, 노란색은 땅을, 초록색은 바다를, 빨간색은 불을 상징하며

은퇴 산꾼, 고산에 서다

딩보체 불교 사원

모든 생명의 근원을 나타낸다. 바람에 오색 깃발이 날리면 세상
에 불경이 퍼져서 평화가 찾아온다고 한다.

　딩보체 마을 롯지에 이르러서 오늘 일정을 마무리한다. 고산
적응을 위하여 내일까지 이곳에 머문다.

　롯지 사장은 우리가 한국인이라는 것을 알아보고 엄홍길 대장
이 로체에 오를 때 세르파를 했다고 너스레를 떤다. 정말 그런
줄 알고 반가움에 기념사진 한 컷을 남겼다. 그런데 그게 허풍이
다. 그러나 유머로 봐줄 만큼 밝고 꾸밈이 없다.

　오늘의 룸메이트는 하 교수이다. 하 교수는 안성에 살며 평택
에 있는 한국복지대학교 귀금속보석공예과의 교수로 재직 중이

다. 나이는 예순셋이나, 독특한 하이톤의 음색은 팝페라 가수를 떠올리게 한다. 아침 일찍 일어나 우리를 깨우는 부지런한 성격이다. 귀금속 계통의 장인으로 교수까지 오른 입지전적인 인물이며, 귀금속디자인학 박사답게 귀금속 관련 제품만 보면 각별한 관심과 애정을 표명한다.

잠자리에 들기 전에 롯지 사장과 손짓, 발짓을 하며 잠시 대화를 나눴다. 방값은 500루피, 한화로 약 5,000원을 받는다. 부수입으로는 음식값과 충전 요금, 온수 사용료를 받고 있으나 큰돈은 안 된다. 우리처럼 단체로 오는 사람들은 주방 팀을 데리고 다니며 음식을 해 먹기 때문에 방값 외에는 소득이 없다고 한다. 그래도 그는 행복하다며 웃음을 짓는다. 춥다고 하니 무쇠 난로에 야크 똥 한 바가지를 넣고 불을 붙여 준다.

그렇다. 그들이 행복한 것은 물질 때문이 아니다. 경제적인 풍요로움이 곧 행복은 결코 아니다. 행복은 마음속에 있다. 그들을 행복하게 만드는 마음은 무엇일까? 모든 것은 오로지 마음이 지어낸다는 '일체유심조(一切唯心造)'가 아닐까?

에베레스트

Day 7

▲**주요 구간**: 딩보체(Dingboche, 4,410m)~낭카르창(Nangkartshang, 5,083m)~딩보체(Dingboche, 4,410m)
▲**도상 거리**: 6㎞

하루에도 봄과 겨울이 번갈아서 찾아온다. 지난밤 동안 기온은 영하 4도까지 떨어졌다. 밤은 겨울이고 낮은 영상 10도까지 오르는 봄이다. 해가 떨어져 세상이 어둠에 잠기면 겨울이 찾아온다.

지난밤에는 잠을 자다 한기가 느껴지고 머리가 시리고 지끈대어 잠에서 깼다. 빵모자를 귀까지 덮어쓰고 침낭 지퍼를 목까지 끌어 올렸다. 잠결에 목이 타기에 보온병에 받아놨던 물을 따라보니 차갑게 식어있다. 추워서 그런지 자고 일어나서까지 머리가 지끈댄다. 조금 지끈대는 것이 아니고 빠개질 듯이 아프다. 두통약부터 먹었다.

지난밤에는 황 선생과 김 과장이 고산 증세로 고생했다. 수면 중에 호흡 곤란이 왔다고 한다. 황 선생은 산행 경험이 풍부하고 김 과장은 일행 중에서 가장 젊고 건장하다. 두 사람 모두 체력으로 따지면 대원 중 으뜸이다. 그런데도 고산 증세가 온 것이다.

고산 증세는 누구에게나 올 수 있다는 것을 말해 주고 있다. 앞으로도 1,000m 이상의 고도를 올려 줘야 하는데 걱정이 이만저만이 아니다.

가이드는 "가이드를 한 사람 중에 나이가 가장 많은 분은 일흔 살의 서양 사람이다. 동양 사람은 예순 살 넘은 분이 있긴 한데 몇 명 안 된다. 걱정하지 마라. 선생님이 최고다."라며 엄지손가락을 치켜세우며 용기를 준다.

오늘 일정은 고산 적응을 위해 마을 뒤에 있는 낭카르창에 다녀오는 것이다. 670m의 고도를 올라가 5,000m대 진입에 대해 적응을 한다. 이곳도 많은 사람이 고산 적응을 위해서 오르는 곳이다.

낭카르창에 오르는 길은 지그재그로 이어진 급경사의 오름길이다. 거친 숨소리가 터져 나오고 머리가 지끈댄다. 십여 분 정도 오르다 삼사 분씩 쉬며 숨 고르기를 거듭한다. 황 선생이 컨디션이 좋지 않은지 이십여 분 정도 일정을 진행하다 자진하여 롯지로 되돌아간다. 의외로 이 선생이 끄떡없이 오른다. 산행 경험이 많지는 않지만, 고산에 대한 적응력이 뛰어난 듯하다. 본인 스스로도 지구력 하나는 자신 있다고 말한다.

세 시간 가까이 되어서야 낭가르창 정상에 이르렀다. 정상에는 룽다가 걸려있던 긴 장대 하나가 있을 뿐이다. 장대에 있던 룽다와 타르초는 바람에 찢기어 훼손되어 있다.

은퇴 산꾼, 고산에 서다

낭카르창 정상에서

 정상에서 바라보는 히말라야 산군은 평온하고 따뜻한 햇볕 같은 기운을 느끼게 한다. 세속에 찌든 나의 영혼이 깨끗하게 정화되는 느낌이다. 바람이 불어온다. 바람에 히말라야의 숨결이 전해져 온다. 잠시 눈을 감아 보았다. 귓가에 아련한 노랫소리가 들려온다.

 앉아 있으려니 몸이 식어간다. 오래 머무르고 싶어도 머무를 수가 없다. 하산 길에 접어들었다. 하산은 오를 때에 비하면 한결 수월하다. 올라갈 때는 숨이 턱턱 막혔으나 내려올 때는 아무 거리낌이 없이 내려올 수 있었다. 두 시간이 채 되지 않아 하산을 완료하였다.

 무난하게 5,000m대에 진입하여 고산 적응을 했다. 행운의 여신이 어디까지 미소를 지어 줄지 알 수 없기에 하루하루가 긴장의 연속이다.

고산증이란 저지대에서 고지대로 이동할 때 공기 중의 산소가 희박해지면서 몸에 나타나는 증상이다. 주로 호흡 곤란, 두통, 현기증, 식욕 부진, 구토, 설사, 수면 장애 등의 증세가 나타난다. 만약 폐부종이나 뇌부종이 오면 소변량이 줄고, 눈과 얼굴이 붓고, 무력해지며, 운동 실조 현상이 나타난다. 이때는 지체 없이 하산해야 생명을 구할 수 있다.

고산 증세를 예방하기 위해서는 천천히 걷고 단계적으로 고도에 적응하는 시간을 가져야 한다. 몸에 물이 닿지 않도록 하여 체온을 유지해야 하고, 충분한 수분을 섭취하여야 하며, 금연과 금주를 하고, 과식을 삼가야 한다. 일반적으로 고산 증세는 2,500m에서 20%, 3,000m에서 40%, 4,000m에서 70%가 오는 것으로 알려져 있다.

오후에는 휴식이다. 누워서 한숨 자고 일어나면 좋겠다는 생각이 굴뚝같았으나 그럴 수도 없다. 고산증이 쉽게 올 수 있기 때문이다.

마을을 둘러보았다. 딩보체는 마을 전체가 돌담으로 이루어져 있다. 워낙 돌이 많은 산악 지대이기도 하지만 다른 방법도 없었을 것이다. 돌담은 그 자체로 주변과 어우러져 조화롭고 아름답다. 돌담을 경계로 롯지가 있고 상점이 있고 밭이 있으며 공터가

야크 똥을 말리는 모습

있다. 공터에는 좁교나 야크의 똥을 말리는 곳도 있고 야크를 풀
어놓은 곳도 있다.

좁교와 야크 똥은 말려서 연료로 쓴다. 그러나 말과 당나귀 똥
은 냄새가 심하여 연료로 사용하지 않는다. 동물마다 먹는 것이
다르기 때문일까? 문득 동양 사람과 서양 사람도 먹는 것이 다르
므로 변 냄새도 다를 것이란 생각이 든다.

저녁 식사 후에는 후식으로 밀크티에 쿠키 한 조각이 곁들여
나왔다. 이곳의 밀크티는 홍차에 야크 젖을 넣은 것이다. 한 모금
마셔 보니 고소하고 부드러우며 진하다. 한 잔 가득 마시고 더 청
해서 마셨다. 홍차의 향긋함과 부드러운 야크 젖이 섞여서 우러
나는 깊은 맛은 몸과 마음에 쌓인 피로를 저절로 풀리게 한다.

식후 커피는 늘 있으나 아침과 점심에는 한 잔씩 마시지만, 저

녁에는 마시지 않는다. 나는 몇 년 전부터 오후 늦은 시간에 커피를 마시면 그날은 잠이 오지 않아서 애를 먹는다.

밤이 되니 눈이 온다. 눈이 와도 쌓이지는 않는다. 낮에 강한 자외선을 받아서 지열이 높기 때문에 오는 대로 다 녹는다. 그러나 여름이 지나면 그대로 쌓인다. 밤에는 눈이 오더라도 내일 낮에는 맑았으면 좋겠다는 기대를 하며 침낭에 든다.

은퇴 산꾼, 고산에 서다

에베레스트

Day 8

▲ **주요 구간**: 딩보체(Dingboche, 4,410)~두크라(Thokla, 4,620)~로부체
  (Lobuche, 4,910m)
▲ **도상 거리**: 9㎞

    지난밤 저녁 일곱 시 반부터 아침 여섯 시까지 무려 열 시간 반을 침낭 속에 있었다. 자다 깨기를 거듭하며 깰 때마다 몇 시나 됐는지 시간을 확인하고 다시 잠을 청했다.

    고도 4,000m대에 머무르려니 옷만 갈아입어도, 등산화 끈만 매도, 짐을 풀거나 싸기만 해도, 심지어 자다가 뒤척이기만 해도 호흡이 빨라지고 심호흡을 하게 된다.

    오늘은 딩보체에서 로부체까지 약 9㎞를 이동하고 고도 500m를 올려준다. 출발 준비를 하고 밖에 나오니 찬 바람이 불고 얼음이 어는 초겨울처럼 냉기가 매섭게 파고든다. 잠시 변온 동물처럼 햇볕이 내리쬐는 롯지 담벼락 아래에서 온기를 받으며 체온을 올려 주었다.

    마을 뒤의 능선을 가로질러 불교 탑을 지나서 나아간다. 능선 곳곳에는 돌탑이 쌓여있고 돌탑 위에는 어김없이 타르초가 얼기

치즈와 버터를 만드는 움막

설기 매여 있다. 죽 늘어선 고봉 사이로 허허벌판인 길을 따라간
다. 적막하고 황량하기만 하다.

　한동안 나아가자 움막 세 동이 나타난다. 움막은 돌을 쌓아서
만들고 지붕은 너와집 형태이다. 주변에는 돌담이 여기저기 늘어
서 있다. 움막을 들여다보니, 움막은 비어있다. 폐가인지 궁금하
여 가이드에게 물으니, 이곳에 여름에 좁교와 야크를 몰고 와 방
목하면서 치즈와 버터를 만든다고 한다.

　움막 옆 공터에서는 사람도 쉬어 가고 좁교도 쉬어 간다. 좁교
와 야크는 히말라야를 찾는 사람들의 짐을 나르거나 롯지나 상
점에 필요한 물품과 현지인의 생필품 등을 나른다. 짐의 무게는

은퇴 산꾼, 고산에 서다

네팔 정부에 의하여 60kg으로 제한되어 있다. 그러나 실제로 이 규정이 잘 지켜지는지는 알 수 없다.

좁교와 야크는 늘 사람과 동고동락하기 때문인지 사람과 거리감이 없고 친밀감까지 느껴진다. 잠시 쉬는 좁교의 눈을 가만히 바라보았다. 그 눈에는 순수함과 평화가 들어있고, 평생 일만 하고 살아야 하는 운명을 타고난 것을 아는지 슬픔이 방울방울 맺혀 있다.

야크

좁교

좁교(dzopkyo)는 저지대에 사는 물소 암컷과 고지대에 사는 야크 수컷 사이에서 태어난 동물이다. 소와 야크의 장점을 이어받아서 힘이 세고 저지대와 고지대를 두루 오르내리며 일한다. 사람이 일을 시키려고 만들어낸 동물이 바로 좁교이다.

이에 반하여 야크(yak)는 적혈구 수가 많고 심폐 기능이 고지대에 적응되어 고도 4,000m 이상의 고지대, 즉 러시아 및 몽골 북부와 티베트, 히말라야 고산 지대에서 살아간다. 추위에 강하고 더위에 약하여 저지대에 내려오면 힘을 쓰지 못한다.

좁교와 야크의 생김새는 언뜻 보면 비슷하다. 좁교의 뿔은 앞으로 휘어져 있고 야크의 뿔은 뒤로 휘어져 있다. 좁교는 털이 짧으나 야크는 다리, 배, 엉덩이에 털이 길게 나 있다. 사람들은 야크의 털을 이용하여 모자, 장갑, 양말은 물론이고 옷까지 만든다.

좁교와 야크는 살아서는 사람의 짐을 나르고 젖을 제공해 주며 심지어 똥까지 연료로 쓰라고 내어 준다. 죽어서는 고기와 가죽을 제공해 준다. 이같이 살아서는 물론이고 죽어서까지 아낌없이 제 몸 모두를 내어 준다. 그런데도 사람은 일만 시키고 그 이득을 취하는 데만 급급한 것은 아닌지.

왼쪽에는 타부체(tabuche)와 촐라테(cholatse)가, 앞에는 로부체(lobuche)가 만년설의 위용을 떨치며 당당하게 늘어서 있다. 모두 6,000m대의 산이다. 잠시 후 로부체 뒤로 푸모리(pumori)가 얼굴을 내민다. 뾰족한 삼각형의 봉우리 모습이 삼태기를 엎어놓은 듯하다. 푸모리는 히말라야 주 능선에 있는 해발 7,165m의 산이다. 한 걸음씩 발걸음을 뗄 때마다 전혀 새로운 히말라야의 모습이 나타났다가 사라진다. 신비스러운 그 모습이 나의 마음을 사로잡는다.

딩보체와 페리체의 갈림길에 이른다. 갈림길에 있는 바위에는 하얀 페인트로 '← DIN, → PHE'라고 방향을 표시하고 있다. 딩보체 방향은 지나온 방향이고 페리체 방향은 내려갈 때 가야 할 방향이다.

너덜로 이루어진 계곡을 가로지른다. 졸졸 흐르는 계곡물에 잠시 손가락 하나를 담가 보았다. 무척 차갑다. 단 10초를 견디기도 어려울 만큼 매우 차갑다. 졸졸 흐른다 한들 빙하가 녹은 물이 아닌가.

두크라 마을 롯지에 이르러서 점심을 먹고 느긋하게 휴식을 취한다. 목표 지점이 얼마 남지 않아서 급할 게 없다. 마을마다 빵집이 있는데 이곳 작은 마을에도 빵집이 세 곳이나 있다. 서양 사람들이 많아서이다.

한쪽 구석에서 가이드가 옷에 뭔가를 쓱쓱 문질러 바른다. 모양과 향을 보니 물파스 같기도 한데 확실치는 않다.

"뭐를 바르는 건가?"

그는 "별거 아니다."라며, 뒷머리를 긁적이며 멋쩍은 웃음을 짓는다.

늘 같은 옷만 입고 있는 걸 보면 아마도 땀 냄새를 제거하려는 듯하다. 갈아입을 옷이 없어서일까? 하기야, 만약의 상황에 대비하기 위해 산소 호흡기까지 메고 다니고 있으니, 여분의 옷을 가지고 다니기도 쉽지 않을 것이다.

　포터(porter)가 짐을 지고 간다. 우리 팀 포터처럼 카고백 세 개를 통째로 묶어서 이마에 끈을 대고 지고 가는 포터도 있고, 커다란 바구니에 짐을 담아 이마에 끈을 대고 지고 가는 포터도 있다. 많게는 70kg까지 지고 가는 경우도 있다. 가다가 힘들면 군데군데 엉덩이 높이로 돌을 쌓아서 단을 만들어 놓은 곳에 짐을 내리고 쉰다. 단이 없는 곳에서는 선 채로 T자형 지팡이 모양의 받침대로 짐을 받치고 쉬었다 간다.

짐을 나르는 포터들

　　　　　　　　　　　　　　　　　은퇴 산꾼, 고산에 서다

포터는 짐을 날라다 주고 생활하는 사람들이다. 험한 산길을 등산화도, 운동화도 아닌 슬리퍼에 맨발 차림으로 오르는 포터가 전체 포터 중에서도 절반 정도나 된다. 포터 중에는 드물게 십오 세 내외의 어린 소년, 소녀도 있다. 대부분의 포터는 스마트폰에 이어폰을 연결하여 음악을 들으며 간다. 그렇게라도 해야 무게에 대한 압박감을 다소나마 해소할 수 있어서일 것이다.

그들이 짐을 지고 갈 때 뒤에서 보면 지게를 지고 가는 모습과 흡사하다. 우리나라에서는 옛날에 짐을 나를 때면 지게를 사용했다. 둘 다 등에 짐을 지는 것인데 지게는 어깨의 힘을, 끈은 목의 힘을 필요로 한다. 우리나라 지게와 이들의 끈이 비교되는 대목이다. 과연 어느 쪽이 더 많은 짐을 더 쉽게 나를 수 있을까? 만약 짐 나르는 경기를 한다면 어느 쪽이 이길까? 막상막하가 아닐까? 예측 불가다.

두크라에서 오름길이 시작된다. 오름길은 너덜 길의 연속이다. 중간마다 잠시 앉아서 숨을 고르며 오른다. 차가운 바람이 세차게 불어온다.

사십여 분 정도를 올라가 평평한 곳에 이르니 여기저기에 돌무더기가 있고 타르초가 바람에 날린다. 돌무더기가 예사롭지 않아 보인다. 에베레스트에서 유명을 달리한 산악인과 셰르파의 넋이 잠든 곳이다.

산악인과 셰르파 추모 돌탑

우리나라 사람으로는 유일하게 충남고 OB 산악회의 송원빈 님이 이곳에 있다. 히말라야의 별이 된 송원빈 님의 돌탑 앞에서 잠시 묵념을 드린다. 이곳에는 추모 돌탑이 백오십여 개가 있다. 그들의 넋이 히말라야를 떠나지 못하고 바람에 맴도는 듯하여 숙연해진다.

너덜 길은 계속 이어진다. 크고 작은 바위들과 돌조각들이 태고의 세월을 머금은 채로 여기저기 누워있다. 너덜은 계곡까지 이어져 그 끝이 보이지 않는다. 고봉들에 갇혀서 더 이상 나아갈 곳이 없는 것처럼 보이는 곳에 이르니, 바로 이곳이 오늘의 목표 지점인 로부체 마을이다.

롯지에 들어서니 자그마한 동상이 우리를 맞이해 준다. 힌두교

은퇴 산꾼, 고산에 서다

의 신이다. 짐을 풀고 나니 눈발이 휘날리기 시작한다. 주변에 눈 구름이 몰려와 아무것도 보이지 않는다. 한 시간가량 눈이 오고 그쳤으나 온 천지가 하얗다. 롯지도, 계곡도, 주변을 둘러싼 고봉들까지도 하얗다. 보이는 것은 온통 하얀색 일색이다.

롯지 식당에는 많은 사람이 모여서 담소를 나누고 있다. 방이 추우니 모두 식당에 모여서 시간을 보낸다. 한쪽 구석 탁자에 책이 있다. 그 옆에는 각국의 카드가 있다. 혹시나 했으나 역시 우리나라 화투도 있다. 이곳에서 화투를 치는 느낌은 어떠할까? 노 선생, 황 선생과 함께 잠시 고스톱을 쳐 보았다. 물론 내기가 아니라 단순히 재미로 친 것이다.

에베레스트

Day 9

▲ 주요 구간: 로부체(Lobuche, 4,910m)~고락셉(Gorakshep, 5,140m)~
에베레스트 베이스캠프(Everest Base Camp, 5,364m)~고
락셉(Gorakshep, 5,140m)
▲ 도상 거리: 17㎞

오늘 일정은 로부체에서 고락셉까지 가고, 허영호 대장과 합류하여 베이스캠프에 다녀오는 것이다. 이동 거리는 약 17㎞이고 고도는 454m 올려 준다.

지난밤에는 기온이 영하 7도까지 떨어졌다. 밤새 머리가 지끈대는 것이 추워서 그런 줄로 생각했으나 자고 일어나도 진정이 되지 않는다. 엊그제 4,000m대에 진입하면서 머리가 심하게 아팠던 것을 보면 고산 증세임이 틀림없다는 생각이 든다. 두통약을 먹었으나 효과가 없어서 결국 고산증약을 먹었다.

길을 나섰다. 너덜이 쌓인 계곡 길이 이어진다. 잠시 후 로부체로 가는 갈림길을 지난다. 세상은 온통 하얗고, 나는 지금 순백의 세상을 걷고 있다. 내 눈앞에는 6,000m대의 로부체, 7,000m대의 푸모리와 눕체가 펼쳐져 있다. 계곡 길은 끝이 없는 것처럼

은퇴 산꾼, 고산에 서다

이어진다. 긴 계곡 길을 따라서 너덜과 계속 동행한다.

조그마한 봉우리를 지그재그로 오른다. 짧은 거리지만, 등에 땀이 나고 호흡이 거칠어진다. 능선에 올라서 잠시 쉬어간다. 길은 사면으로 이어져 계곡을 옆에 끼고 나아간다. 사면 길도 너덜의 연속이다. 계곡을 가로지르기도 하고 계곡과 사면을 오르락내리락하기도 한다. 발아래에서 눈구름이 솟아오른다. 눈구름은 고봉들을 하나하나 집어삼키며 눈발을 뿌린다.

로부체 마을에서 2시간 40분 만에 이른 곳은 고락셉 마을이다. 고락셉은 자그마한 마을이지만, 히말라야 품속에 있는 마을의 정점이다. 그야말로 땅보다 하늘이 더 가깝다. 더 이상 마을도 없고 롯지나 상점도 없다. 이곳에서 칼라파타르에 오르기도 하고, 에베레스트에 오르려면 베이스캠프 지대에 가서 캠프를 구성해야 한다.

롯지에는 다른 곳과 마찬가지로 세계 각국의 흔적이 있다. 우리나라의 흔적으로는 태극기가 있고 한국여성산악회, 나홀로산우회, 송백산악회, 평택산누리산악회, 보리수산악회 등 많은 산악회의 흔적이 벽에 붙어 있다.

눈이 계속 내린다. 무심코 주변을 서성이는데 갑자기 앞이 잘 보이지 않는다. 세상은 온통 하얗고, 하얀 눈에 반사되는 자외선이 매우 강하게 눈을 자극한다. 모든 것이 사라지고 온통 뿌옇게 보이고 눈이 부셔서 눈을 뜨기조차 힘든 지경이다. 말로만 듣던 설맹 현상이란 게 이런 건가? 급히 선글라스를 찾아서 썼다. 선글라스 없이는 아무것도 할 수 없는 세상이다.

　이곳에서 허영호 대장과 합류하기로 하였으나 그의 모습이 보이지 않는다. 전화가 터지지 않으니 연락도 되지 않는다. 주방장을 베이스캠프에 먼저 보냈으나 그마저 함흥차사이다. 그렇다고 해서 마냥 기다리고 있을 수만은 없었다.

고락셉에서 베이스캠프를 향하여

은퇴 산꾼, 고산에 서다

베이스캠프를 향하여 길을 나섰다. 눈 쌓인 길이 얼어붙어서 미끄럽다. 평평한 길에서 두 번이나 미끄러졌다. 국내의 산을 생각하고 만만하게 보고 아이젠을 카고백에 넣어둔 채로 온 것이다. 이를 본 가이드가 자신이 착용했던 아이젠을 나에게 벗어 준다. 사양해도 자신은 괜찮다며 벗어 준다. 가이드의 마음 씀씀이가 고맙다.

베이스캠프에 가는 길도 너덜 지대 오르내림이 거듭된다. 하얀 눈이 너덜을 덮긴 했으나, 억겁의 세월이 고스란히 새겨져 있는 세월의 흔적은 모두 덮을 수가 없었나 보다. 크고 작은 바위에 새겨져 있는 검은 반점과 흰 반점이 억겁의 세월을 말해 주고 있다.

멀리 베이스캠프가 시야에 들어온다. 노랗고, 파랗고, 빨간 형형색색의 캠프가 셀 수 없을 만큼 줄지어서 들어서 있다. 환상적인 광경에 잠시 발걸음을 멈춘다.

계곡 하나를 건너서 계곡과 계곡 사이에 있는 칼날 같은 능선을 따라서 나아간다. 에베레스트 등정을 위해 많은 사람이 이미 걸어간 길이다. 또 하나의 계곡을 건너서 베이스캠프에 이른다.

베이스캠프를 상징하는 돌탑이 우리를 맞이해 준다. 돌탑에는 타르초가 얼기설기 얽힌 채로 바람에 나부낀다. 정상에 오르기 위해 세계 각국에서 온 산악인들은 이곳에서 신께 무사 성공을 기원하고 정상에 오른다.

베이스캠프 돌탑

베이스캠프에 구급 헬기가 날아오고 있다

에베레스트 베이스캠프에서

캠프 지대에서 가장 높은 헬기장에 올라섰다. 잠시 머무르다
보니 구급 헬기가 착륙한다. 누군가를 부축해서 헬기에 태우고
바로 이륙한다. 헬기의 프로펠러 바람에 눈(雪)이 날려 눈(眼)을
뜰 수가 없고 모자가 날아가려 한다.

베이스캠프는 전 세계 등반가들이 에베레스트 정상에 오르기
위해서 캠프를 설치한 곳이다. 이곳은 끝이 아니라 새로운 시작
점인 것이다. 눈사태가 있었는지 캠프 앞까지 눈이 쏟아져 내려있

다. 거대한 에베레스트를 배경으로 세워진 캠프에서 세계 각국에서 온 원정대들의 숨소리가 들려오는 듯하다.

위대한 대자연의 파노라마. 숨이 멎을 것 같은 광경에 사로잡혀서 넋을 잃는다. 눈앞에 펼쳐진 대자연의 장엄함이 경탄스럽다. 아니, 장엄함만으로는 부족하다. 신령스럽기까지 하다.

세상의 지붕 앞에 서서 나는 우주와 하나가 되고 마음은 온 세상을 가득 품는다. 참으로 황홀한 순간이자 뿌듯함이 밀려오는 순간이다. 에베레스트의 무한성과 영원함 앞에 인간은 한낱 연약하고 보잘것없는 미물에 불과하다는 생각에, 나 자신이 한없이 작아지는 듯하다.

어둠이 내려앉기 전에 롯지로 되돌아가야 한다. 우물쭈물하다 자칫 위험에 노출될 수 있기에 발걸음을 되돌린다.

왔던 길을 되짚어서 고락셉 롯지에 돌아왔다. 허영호 대장은 바로 우리의 뒤를 따라왔다. 그는 캠프 원에서 머물다가 감기에 걸려서 우리 일정에 바로 합류하지 못했으며, 몸을 회복시키기 위해 고도를 낮춰 4,000m 아래에 있는 디보체까지 내려가야 한다고 한다.

허영호 대장은 올해가 에베레스트 등정 삼십 주년 되는 해이며 여섯 번째 등정이다. 1987년에 처음으로 에베레스트에 등정하던 과정을 이야기하고, 3극점과 7대륙 최고봉 등정에 성공한 이야기, 티베트에서 정상을 거쳐서 네팔로 내려와 횡단 등정에 성공

은퇴 산꾼, 고산에 서다

한 이야기 등 이야기가 끝없이 이어진다. 이번 등정 계획에 대한 설명도 빠뜨리지 않는다.

"디데이(D-day)가 결정되면 베이스캠프를 출발하여 첫째 날은 캠프 1(해발 6,500m)까지, 둘째 날은 캠프 2(해발 7,300m)까지, 셋째 날은 캠프 3(해발 8,000m)까지, 넷째 날에는 정상(해발 8,848m)에 오른다. 산소통은 캠프 2 지점부터 사용한다. 디데이는 날씨가 결정한다. 그러나 5월 20일을 넘길 수는 없다. 그때가 지나면 아열대 몬순 기후로 우기가 시작되어 눈이 많이 온다. 등정은 우기가 아닌 봄, 가을, 겨울 시즌만 가능하다. 지금 베이스캠프에는 100여 개의 캠프가 있고 800명 정도가 와 있다. 그중에서 500여 명은 캠프요원이고 300여 명은 등정을 한다. 그중 절반 정도만 등정에 성공한다."

허영호 대장은 이야기를 이어가며 연신 기침을 한다. 그를 위해서나, 나를 위해서도 휴식은 필요하다. 가지고 간 그의 책 『걸어서 땅끝까지』에 사인을 받았다. 이틀 후에 디보체에서 다시 만나기로 하고 아쉬운 작별을 고한다.

산을 좋아하는 사람이라면 누구나 한 번쯤 가 보고 싶어 하는 산. 세계의 지붕으로 일컬어지는 에베레스트는 지구 최대 산맥인 히말라야 쿰부히말 지역에 위치한 산이다. 서쪽의 파키스탄에서 인도 북부를 지나서 중국, 네팔, 부탄의 동쪽에 이르는 장장 2,500㎞에 달하는 히말라야산맥 중에서도 가장 높은 산으로 고

구름에 가린 에베레스트 정상

도는 해발 8,848m이다.

에베레스트라는 이름은 19세기 초에 인도를 통치하던 영국이 지도 제작을 목적으로 측량을 하면서, 측량의 공이 큰 조지 에베레스트 경의 이름을 붙여서 오늘에 이르렀다. 에베레스트의 원래 이름은 티베트어로 초모룽마(Chomo lungma)이며 세계의 여신을 뜻한다. 네팔에서는 사가르마타(Sagarmatha)라 부르며 눈의 여신을 뜻한다. 티베트를 합병한 중국에서는 초모룽마를 중국어로 바꿔서 주무랑마(珠穆朗瑪)라고 부른다.

은퇴 산꾼, 고산에 서다

1924년, 영국의 조지 말로리(George mallory)는 에베레스트에 올랐으나 돌아오지 못했다. 그가 정상에 올랐다가 실종되었는지, 올라가는 도중에 실종되었는지는 지금까지도 미궁에 빠져있다. 그의 유해는 실종 75년만인 1999년에 에베레스트 북쪽 비탈에서 발견되었다. 그는 산을 오르는 이유에 대해 "산이 거기 있기 때문에(because it is there)."라는 유명한 말을 남겨, 지금까지도 산악인들 사이에서 회자되고 있다.

1953년에는 뉴질랜드의 에드먼드 힐러리(Edmund hillary)와 네팔 셰르파 텐징 노르가이(Tenzing norgay)가 인류 최초로 정상에 올랐다. 그 후 에드먼드 힐러리는 뉴질랜드 5달러 지폐에 얼굴을 올리는 영예를 얻었다.

1978년에는 이탈리아의 라인홀트 매스너(Reinhold messner)가 최초로 무산소 등정에 성공하였으며, 히말라야 8,000m급 14좌를 세계 최초로 완등하였다.

우리나라에서는 1977년에 김영도 대장이 이끄는 고상돈이 한국 최초로 에베레스트 등정에 성공하였다. 고상돈은 1979년에 북아메리카 최고봉 매킨리 등정 후 하산하던 중에 추락사하여 영원한 전설이 되었다.

고상돈이 에베레스트에 오르기까지 우리나라 산악인들에게는 많은 아픔이 있었다. 한국산악회 소속 제1기 에베레스트 원정대는 설악산의 '죽음의 계곡(옛 지명 반내피)'에서 동계 훈련을 하던 중 1969년 2월 계곡의 막영지에서 눈사태를 당하여 10명 전원이 사망하였다. 이 사고는 우리나라 산악 사고 중에서도 최악의 참사로 기록되어 있다.

히말라야 8,000m급 14좌를 완등한 한국인으로는 엄홍길(한국 최초, 세계 8번째), 박영석(한국 2번째, 세계 9번째), 한왕용(한국 3번째, 세계 11번째), 김재수(한국 4번째, 세계 27번째), 김창호(한국 5번째, 세계 31번째) 등이 있다.

이 중에서도 박영석은 히말라야 8,000m급 14좌와 세계 7대륙 최고봉과 3극점을 세계 최초로 성공하여 산악 그랜드 슬램(Mountain grand slam)을 달성했다. 사나이 중의 사나이로 불리던 그는 2011년 안나푸르나 등정 중에 추락사하여 산악계의 별이 되었다.

여성 산악인들의 성취도 눈부시다. 오은선은 2010년에 세계 여성 최초로 히말라야 8,000m급 14좌를 모두 올랐다. 그러나 칸첸중가는 정상에 오르지 못했다는 의혹이 제기되고 있다.

오은선과 경쟁 중이던 고미영은 히말라야 8,000m급 14좌 중에서 3좌를 남겨놓고 2009년에 낭가파르바트 등정 후 하산하다 추락사했다.

한국 여성 최초로 에베레스트에 오른 지현옥은 1999년 안나푸르나 등정 후 하산하다 실종되었다.

내가 지현옥을 알게 된 것은 백두대간을 종주할 때다. 백두대간 조령산 정상에는 그를 추모하는 나무 비가 세워져 있다. 나무 비에는 "들꽃처럼 산들산들 아무것도 없었던 것처럼 영원한 자연의 품으로 떠난 지현옥 선배를 기리며…"라고 쓰여 있다. 히말라야에서 스러진 많은 사람과 산이란 무엇인가에 대하여 많은 생각을 하게 해 주었다.

만년설이 쌓인 산은커녕 해발 2,000m 이상의 고도를 가진 산은 찾아볼 수 없는 것이 우리나라 산악의 현주소 아닌가. 이렇게 평지 같은 곳에서 우리 산악인들은 자랐고, 그들은 우리나라를 산악 강국으로 만들었다. 지금은 스포츠 클라이밍의 김자인, 아이스 클라이밍의 박희용, 신운선 등 젊은 산악인들이 세계의 흐름에 맞춰서 좋은 성적을 내고 있다. 그들 모두가 자랑스럽다.

현재까지 전 세계에서 천 명이 넘는 사람들이 에베레스트에 오르다가 영원히 살아서 내려오지 못한 것으로 알려져 있다. 그중 절반 이상이 회수가 불가능하여 사망한 그 자리에 아직도 동결된 상태로 잠들어 있다. 삼가 그들의 명복을 빌며 추모하는 바이다.

2015년에 개봉한 영화 〈에베레스트〉의 기억이 지금도 생생하다. 이 영화는 실화를 바탕으로 한 휴먼 원정대 프로젝트를 다룬 영화이다. 실제로 박무택은 엄홍길이 아끼는 후배이며 엄홍길과 함께 네 번이나 등정을 한 인연이 있다.

> 2014년, 계명대학교 산악부 팀이 에베레스트 등정에 도전했다가 박무택, 장민, 백준호 등 세 명이 끝내 살아오지 못한다. 이 소식을 들은 엄홍길은 일 년 뒤

휴먼 원정대를 조직하여 이들의 시신을 찾으러 나선다. 원정대는 두 명의 시신은 끝내 찾지 못하고 박무택의 시신만 찾았으나 얼어버린 시신의 무게가 상당하고 기상이 악화되어 시신을 전망 좋은 양지로 옮기고 돌무덤을 만들어놓은 뒤 철수한다.

히말라야 8,000m급 14좌, 세계 7대륙 최고봉, 3극점은 다음과 같다.

○ **히말라야 8,000m급 14좌**

　　1. 에베레스트(Everest, 8,848m)
　　2. 케이투(K2, 8,611m)
　　3. 칸첸중가(Kangchenjunga, 8,586m)
　　4. 로체(Lhotse, 8,516m)
　　5. 마칼루(Makalu, 8,463m)
　　6. 초오유(Chooyu, 8,201m)
　　7. 다울라기리(Dhaulagiri, 8,167m)
　　8. 마나슬루(Manaslu, 8,163m)
　　9. 낭가파르바트(Nangaparbat, 8,125m)
　　10. 안나푸르나(Annapurna, 8,091m)
　　11. 가셔브룸 1봉(Gasherbrum 1, 8,068m)
　　12. 브로드피크(Broad peak, 8,047m)
　　13. 가셔브룸 2봉(Gasherbrum 2, 8,035m)
　　14. 시샤팡마(Shishapangma, 8,027m)

○ **7대륙 최고봉(7Continental peaks)**

1. 에베레스트(Everest, 8,848m, 아시아)
2. 아콩카과(Aconcagua, 6,959m, 남아메리카)
3. 매킨리(Mckinley, 6,194m, 북아메리카)
4. 킬리만자로(Kilimanzaro, 5,895m, 아프리카)
5. 엘부르즈(Elburz, 5,642m, 유럽)
6. 빈슨 매시프(Vinson massif, 4,897m, 남극)
7. 칼스텐츠(Carstenz, 4,884m, 오세아니아)

○ **3극점(3poles)**

1. 에베레스트(Everest, 높이 8,848m, 아시아)
2. 남극(South pole, 거리 1,100㎞, 남극 90°S)
3. 북극(North pole, 거리 980㎞, 북극 90°N)

에베레스트

Day 10

▲**주요 구간**: 고락셉(Gorakshep, 5,140m)~칼라파타르(Kalapatthar, 5,550m)~고락셉(Gorakshep, 5,140m)~로부체(Lobuche, 4,910m)~두크라(Thokla, 4,620m)~풀랑카포(Phulang-karpo, 4,344m)~페리체(Pheriche, 4,240m)
▲**도상 거리**: 16㎞

　오늘은 쿰부 히말라야 최고의 뷰포인트인 칼라파타르 정상에 오르고, 다시 내려와서는 페리체까지 간다. 고도는 410m 올렸다가 1,310m 내린다.

　지난밤 기온은 영하 13도까지 내려갔다. 아침은 칼라파타르에 다녀와서 먹기로 한다. 칼라파타르에 올라야 하는데 기운이 없다. 머리는 계속 지끈대고 무력감까지 나타난다. 밤에 잘 때 중간에 일어나서 화장실에 다녀오고는 했는데, 지난밤에는 아침까지 한 번도 일어나지 않았다. 소변량까지 줄어든 것을 보면 고산증이 온 것이다. 의심의 여지가 없다. 이러다 잘못되는 것은 아닌지 두렵기까지 하다.

　오르느냐, 마느냐 선택의 기로에서 무척 망설여졌으나 하 교수가 강하게 다녀올 것을 주장하고, 나 역시도 이곳에 오르지 못하면 두고두고 아쉬움이 남을 것 같았다.

　　　　　　　　　　　　　　　　은퇴 산꾼, 고산에 서다

아이젠부터 착용했다. 너덜 사이로 지그재그로 난 오름길을 재촉해 보지만, 마음만 그러할 뿐, 몸이 따라 주지 않는다. 10분 정도 오르다 5분 정도 쉬기를 거듭한다. 거리는 2㎞ 정도로 짧으나 고도를 410m 정도 올라야 하니 당연히 경사가 급할 수밖에 없다. 오를수록 산소가 희박해져서 몸도, 마음도 힘이 든다. 수직과의 싸움이고 고도와의 싸움이다. 그야말로 삶과 죽음의 경계를 넘나드는 여정이 아닌가.

산소는 어디에나 있기에 누구나 의식하지 않고 산다. 그러나 산소가 없으면 살지 못한다. 하지만 산소를 고마워하며 살아가는 사람은 없다. 높이 오를수록 기압이 낮아지기 때문에 산소의 양이 그만큼 줄어든다. 칼라파타르의 고도는 5,550m이므로 공기 중의 산소 함유량이 약 50% 정도밖에 되지 않는다.

칼라파타르 정상에서

어느새 정상이다. 히말라야에서 사람이 장비 없이 두 발로 오를 수 있는 산 중에서 가장 높은 산, 해발 5,550m의 칼라파타르 정상이다. 그러나 정상에는 바위가 자리하고 있고, 바위에는 타르초가 얼기설기 매어져 있을 뿐이다.

정상에 서면 로체, 눕체, 마칼루, 촐라테, 아마다블람, 푸모리, 타부체, 초오유, 시샤팡마가 한눈에 보이고 에베레스트를 지척에서 볼 수 있다는데, 어디가 어느 산인지 알 길이 없고 구름이 모두 덮고 있어서 아무것도 보이지 않는다. 이럴 때는 눈으로 보지 말고 마음으로 보라고 했으나, 이미 몸과 마음은 온전히 나의 것이 아니다. 그저 멍할 뿐이다. 텅 빈, 태곳적의 정적만 흐르고 있다. 그렇지 않아도 고요한 세계가 완전히 침묵의 세계로 바뀐 듯하다.

한동안 말없이 앉아 있었다. 목석처럼 미동조차 하고 싶지 않았다. 그냥 이대로, 천 년이고 만 년이고 머무르고 싶었다. 나 자신이 바위가 되어 가는 것 같았다. 온전한 산이 되어 가는 것만 같았다.

구름이 걷히지 않는다. 기운도 없고 머리도 지끈댄다. 행운의 여신은 여기까지인가 보다. 하산 길에 들었다. 한 시간 반 동안 올라간 길을 되짚어서 한 시간 만에 일사천리로 내려왔다.

오전 열 시에 늦은 아침을 먹는다. 오늘은 노 선생의 생일이다. 미역국을 앞에 놓고 생일 축하 노래를 함께 부르며 그의 생일을 축하한다.

은퇴 산꾼, 고산에 서다

그런데 밥을 먹으려니 속이 메스껍고 구토가 나오려 한다. 밥은 반납하고 미역국만 먹었다. 다행히 눌은밥이 있어서 그럭저럭 아침을 때웠다. 두통, 메스꺼움, 식욕 부진, 무력감은 언제 풀리려나?

지난밤 나와 허영호 대장은 베이스캠프에서 머무르고 등정을 하기로 약속했지만, 정상에 오르는 꿈은 여기서 접어야만 했다. 꿈은 꿈으로 남겨둬야 더 아름다울 수 있는 것 아닌가. 고산 증세는 고도를 낮추면 저절로 소멸된다고 하니, 한시라도 빠르게 고산을 벗어나고 싶다는 생각뿐이다.

대원들과 함께

지금부터는 루크라를 향하여 내려간다. 로부체 마을을 지나고 두크라 마을 롯지에 이르러서 점심을 먹는다.

다시 길을 나서서 갈림길에 이르러 우측 계곡 길로 내려간다. 좌측 길은 올라올 때 지났던 딩보체로 가는 길이다.

계곡 길은 내려갈수록 넓어져 넓은 강을 따라가는 듯하다. 돌담과 너와집 대여섯 채가 있는 풀랑카포 마을을 지난다. 넓은 평지에는 야크가 여기저기서 풀을 뜯는다. 그림같이 평화로운 풍경이다.

페리체 마을에 이르러서야 오늘 일정을 마무리한다. 오늘은 넓은 계곡 길을 걸었다는 것밖에 생각나는 것이 없다. 점심과 저녁은 무엇을 먹었는지조차 생각나지 않는다. 몸이 자동으로 반응했다고나 할까. 목표 지점에 일찍 도착하기만 바라며 아무 생각 없이 걸었을 뿐이다. 무기력하고 만사가 귀찮아져서 저녁 식사 후 바로 침낭에 든다.

은퇴 산꾼, 고산에 서다

에베레스트

Day 11

▲ **주요 구간:** 페리체(Pheriche, 4,240m)~소마레(Shomare, 4,010m)~팡
보체(Pangboche, 3,930m)~디보체(Deboche, 3,820m)~
텡보체(Tengboche, 3,860m)~풍기텡가(Phungi thanga,
3,250m)~캉주마(Kyangjuma, 3,550m)~남체 바자르
(Namche bazar, 3,440m)
▲ **도상 거리:** 19㎞

　오랜만에 아주 달게 잤다. 아침에 일어나보니 지난밤에 누웠던 자세 그대로이다. 자세 한 번 안 바꾸고 잠에 빠진 듯하다. 하루 사이에 5,550m에서 4,240m로 무려 1,310m의 고도를 낮추니 잠도 잘 오고 머리 아픔, 메스꺼움, 무력감 등 고산 증세가 일거에 사라졌다. 저절로 입맛도 돌고 음식 맛도 좋다. 고산증이란 이런 것인가? 정말 신기하다.

　몸이 가뿐하니 날아갈 것 같다. 이른 아침, 마을을 둘러보았다. 마을 한가운데에는 불교 경전이 새겨진 납작한 마니석을 쌓아놓은 돌탑이 있다. 때마침 헬기 한 대가 하천변 헬기장에 착륙한다. 몇 명의 사람이 물자를 내린다. 헬기는 물자를 수송하거나 환자를 이송하기 위해 수시로 이착륙한다.

　마을에는 병원도 있다. 에베레스트에서 가장 가까운 곳에 있는 병원이다. 병원에는 의사와 간호사가 상주하고 있는지, 운영 시스템은 어떠한지, 시설은 어떠한지 등이 궁금해서 가 보니 문이 잠겨있다. 아홉 시부터 진료를 시작하기 때문에 아직 출근하지 않았다. 네팔에는 의사가 부족해서 이곳까지 오는 의사는 없고 대부분 뉴질랜드 인턴이 상주한다.

어제부터 일정이 바뀌었다. 어제는 정신이 없어서 일정이 바뀐 줄도 모른 채 대원들을 따라 움직였다. 애초에는 고락셉~로부체, 로부체~텡보체, 텡보체~남체 바자르, 남체 바자르~루크라까지 4일 일정이었다. 이를 고락셉~페리체, 페리체~남체 바자르, 남체 바자르~루크라까지 3일 일정으로 하루를 단축하여 내려간다.

일정이 변경된 이유는 날씨가 좋지 않으면 루크라에서 카트만두에 가는 경비행기가 이륙을 못 하므로, 만약을 위해서 하루 일찍 내려가는 것이다. 이같이 자연에서는 모든 계획이 임시변통일 뿐이다. 예기치 못한 일에 대비해야 하므로 모든 계획이 한낱 휴짓조각이 되는 경우가 흔하다. 따라서 오늘은 페리체에서 남체 바자르까지 19㎞를 가고, 고도는 800m 내려 준다.

올라갈 때와 같은 길을 걷고 있지만, 마음에 여유가 있어서인지 더 아름답게 느껴진다. 어느 곳을 향해 셔터를 눌러도 아름다운 배경이 된다.

하 교수는 활기찬 모습으로 이곳저곳을 배경으로 기념사진을 많이 남긴다.

황 선생은 벌써 촐라패스(Chola pass), 렌조패스(Renjo pass), 콩마라패스(Kongmala pass) 등 쓰리 패스를 계획한다.

노 선생은 발걸음이 가볍다. 저만큼 앞장서 한 굽이 돌아간다. 산을 많이 타본 노련한 모습이다.

이 선생은 고산 증세에서 회복하지 못한 듯 힘없이 걷는다. 김 과장과 가이드가 번갈아 그의 배낭을 대신 메어 준다.

김 과장은 여전히 아름다운 풍경과 대원들의 모습을 카메라에 담으며 뒤에서 대원들을 추스르며 나아간다. 그의 나이는 마흔 하나이며, 대원 중에서도 가장 젊고 건장하다. 하나 트래킹에 재 직 중이며 대원들을 이끌고 세계를 누비고 다녔다. 롯지에 방이 정해지면 가장 먼저 각방을 돌며 벌레퇴치 스프레이를 뿌려 준 다. 성실하고 책임감이 강하다.

어느새 엄홍길 휴먼 스쿨로 가는 갈림길이다. 휴먼 스쿨에 들 러서 학생들이 공부하는 모습을 지켜보고 싶었으나 대원들과 떨 어져서 혼자 갈 수는 없다. 곧장 팡보체 마을로 향한다.

길은 계곡 위의 사면으로 이어진다. 조금만 발을 헛디디면 천 길 낭떠러지 아래 계곡으로 굴러떨어질 것만 같다. 계곡에서는 태고의 신비를 간직한 빙하 흐르는 소리가 웅장하게 들려온다.

팡보체 마을에도 돌담이 있고, 돌담을 따라서 불교 경전이 새 겨진 마니석이 있다. 마을에 있는 키가 큰 구상나무들을 보자 얼 마나 반가운지 가슴까지 활짝 펴지는 듯하다. 키가 큰 나무가 있

팡보체 마을 위 빙하 계곡

다는 것은 4,000m 아래로 내려왔다는 증거가 아닌가.

　마을 사이를 흐르는 작은 개울에서 사십 대 남자가 비누 거품을 내며 빨래를 하고 있다. 빨래에서는 시커먼 땟물이 흘러나온다. 고산 증세 때문에 직접 세탁을 하지 못하는 외지인이 현지인에게 부탁하고 수고비를 준다. 어쩌면, 빨래 대행업이라고 할 수 있지 않을까?

　마을에서 우리나라 사람을 만났다. 구미에서 온 삼십 대 남자 네 명과 여자 한 명이다. 그들은 이곳에서 휴식을 취하고 정상에

은퇴 산꾼, 고산에 서다

오를 예정이란다. 젊고 건장한 그들은 정상에 오를 수 있을 것으로 믿어 의심치 않는다. 그들의 건승을 기원한다.

내려가는 사람과 올라가는 사람들은 표정부터 다르다. 발걸음도 다르다. 올라가는 사람들의 표정에는 기대감과 두려움이 섞여 있고, 내려가는 사람들의 표정에서는 성취감과 편안함이 느껴진다. 내가 올라갈 때 내려오는 사람들을 보면 그들이 부러웠다. 이제는 올라가는 사람들이 내려오는 나를 부러워하지 않을까?

디보체 마을 롯지에서 허영호 대장을 다시 만났다. 그는 이곳에서 이틀간 휴식을 취하고 등정에 나선다. 밀크티를 마시며 못다 한 이야기를 나눈다.

허영호 대장과 함께

"에베레스트 정상에 누구나 오를 수 있나?"

"에베레스트에 오르는 것이 이제 꿈만은 아니다. 1993년부터 상업 등반이 시작되었다. 1인당 팔만 달러, 한화로 약 팔천팔백만 원을 지불하면 셰르파가 정상까지 안내한다. 단 체력과 등반 기술은 있어야 한다. 개인적으로 등반을 하면 입산료로 천이백만 원, 셰르파 비용 팔백만 원, 기타 비용 이천만 원을 합하여 총 사천만 원 정도가 들어간다."

"이십여 년 전에 『걸어서 땅끝까지』라는 책을 쓸 때 에베레스트에 다시는 가지 않겠다고 했는데 또 왔다. 왜인가?"

그는 웃음으로 답변을 대신한다.

"앞으로 또 올 계획인가?"

"아직 모른다. 모든 것은 숙명으로 생각한다."

"2010년에 스물여섯 살 아들 재석이와 함께 에베레스트 정상에 올라가 사상 첫 부자 등정이라는 쾌거를 이루었는데, 지금 재석이도 산악인으로 활동하고 있는가?"

"아니다. 산악인은 너무 위험하다. 일반 직장에 다니고 있다."

"정상에 함께 오르지는 못하지만, 꼭 성공하기 바란다."

팔월 중순의 후지산 등반 때 함께 가기로 약속하고, 아쉬움을 뒤로하고 작별한다. 벌써 그날이 기다려진다.

이 글을 쓰는 중에 허영호 대장의 낭보가 날아들었다. 김 과장이 전해준 소식을 접하자, 내가 정상에 오른 것같이 기쁘다. 허영호 대장은 5월 21일 오전 9시에 에베레스트 정상에 섰다. 그의 나이는 64세이다. 이는 2007년에 66세의 나이로 정상에 오른 고 (故) 김성봉에 이은 국내에서는 두 번째 고령 기록이다. 세계 최 고령 기록은 80세의 나이에 정상에 오른 일본인 '유치로 무라'이 다. 그가 세계 최고령 기록까지 다시 세웠으면 좋겠다. 그의 체력 을 보건대, 그러고도 남음이 있다.

에베레스트 정상에 성공적으로 오른 허영호 대장의 등정 일성 은 이러하다.

"나이는 숫자에 불과하다. 세월의 지혜까지 겸비한 실버 세대 에게 무엇이든 할 수 있다는 용기를 심어 주고 싶었다."

그렇다. 젊음은 나이에 있는 것이 아니라 열정과 마음가짐에 있다. 사무엘 울만의 시 <청춘>에도 이런 글귀가 있지 않은가. "때로는 스무 살의 청년보다 예순 살 노인이 더 청춘일 수 있다."

이 선생이 더 이상 가기 힘들다는 의사 표시를 했는가 보다. 김 과장이 주선하여 때마침 이곳에 착륙한 헬기에 탈 것을 권유한 다. 남체 바자르까지 금액은 이백 달러, 한화로 약 이십만 원이 다. 헬기를 부르면 칠백 달러이지만 지나는 길에 마침 빈자리가 있어서 저렴한 것이다. 이 선생이 서둘러 헬기를 탄다.

다시 길을 나섰다. 텡보체를 지나 내리막길에 들어선다. 지그 재그로 내리막길이 이어지고, 길가에는 아직도 랄리구라스가 활 짝 핀 채 무리 지어 있다.

랄리구라스에 가까이 다가갔다. 자세히 보고 싶어서이다. 언뜻 보면 미모를 뽐내고 싶어서 한껏 멋을 내고 화장을 한 듯 화려해 보인다. 그러나 자세히 보니 나들이에 나선 시골 아낙의 모습을 닮아있다. 어딘지 모르게 세련되지는 않았으나 사치하지 않고 꾸밈없는 수수함이 묻어나 있다. 에베레스트에서 살아가는 순수한 영혼을 가진 사람들의 모습이 오버랩되어 떠오른다.

산악인들의 기부금으로 길을 닦고 있는 할아버지가 지팡이를 짚고 힘겹게 걸어오신다. 두 손 모아 "나마스테." 하고 인사를 드리니 힘없는 목소리로 받아 주신다. 할아버지 뒤에는 기부함을 진 젊은 사람이 뒤따르고 있다. 오르는 사람이 끊긴 시간이어서 집에 돌아가시는 듯하다. 올라올 때 기부했던 곳에 이르니 돌을 깨어서 석축을 쌓는 사람은 아직도 일을 계속하고 있다. 할아버지가 만든 길은 가히 에베레스트의 고속도로라고 불릴 만하다. 할아버지가 오래도록 건강하셔서 더 많은 길을 닦아 주셨으면 좋겠다. 할아버지의 건강과 평안하시기를 기원한다.

안개가 자욱하게 몰려온다. 신의 요술인가? 안개가 걷히면 굽이굽이 사면 길이 나타나고 안개가 몰려오면 몇 발자국 앞만 보인다. 그림 같은 사면 길이 사라졌다가 나타나기를 거듭한다. 마치 내가 신선이 되어서 선계를 걷는 듯하다.

남체 바자르에 이르니 지난번 묵었던 사쿠라 롯지에는 방이 없다. 박정희 대통령이 수여한 훈장증을 다시 한번 보며 당시를 다시금 회상해 보고 싶었다. 어쩔 수 없이 그 옆에 있는 롯지에 배낭을 내렸다.

은퇴 산꾼, 고산에 서다

사탕, 초콜릿, 믹스커피 등이 모두 터질 듯 팽팽하게 부풀어있고 개중에는 봉지가 터진 것도 있다. 튜브로 된 선크림은 새어 나와 있다. 올라갈 때부터 나타난 현상이다. 이는 고도에 따른 기압 차이 때문에 나타난 현상이다.

이를 본 누군가가 그렇다면 사람의 몸속에는 어떤 변화가 일어나는지 의문을 제기한다. 맞는 말이다. 사람의 몸속도 터질 듯 팽팽해진다. 바로 헛배부름 증상이 이를 말해 주고 있지 않은가. 에베레스트 길을 걸은 둘째 날부터 방귀가 많이 나왔다. 잠을 자려고 침낭 속에 들어가니 쉴 새 없이 터져 나왔다. 참을 수도 없었다. 집에서 이불 속에서 뀌었으면 냄새가 지독할 터인데, 침낭 속인데도 다행히 냄새는 나지 않았다. 음식물이 소화되는 과정에서 생긴 가스가 아니고 기압 차이에 따라 뱃속에 공기가 차고 그 공기가 빠져나오는 것이다. 이같이 고도가 높아지면 기압 차이로 인한 현상이 모든 것에서 나타난다.

에베레스트

Day 12

▲**주요 구간**: 남체 바자르(Namche bazar, 3,440m)~조르살레(Jor-sale, 2,740m)~몬조(Monjo, 2,835m)~츄모와(Chhumowa, 2,760m)~팍딩(Phakding, 2,610m)~가트(Ghat, 2,592m)~타도코시곤(Thado koshigaon, 2,580)~루크라(Lukla, 2,840m)

▲**도상 거리**: 19㎞

오늘은 남체 바자르에서 루크라까지 내려간다. 거리는 19㎞이고 고도는 600m 내려 준다. 올라갈 때 고산 적응을 위해 팍딩에서 하루 묵고 이틀에 걸쳐서 올라간 길이다.

어제 헬기를 탔던 이 선생이 아직 회복이 되지 않았는지 다시 헬기를 부른다. 비용은 칠백 달러, 한화 약 칠십칠 만원이다. 헬기 비용은 거리에 따라 다르다. 만약 베이스캠프에서 헬기를 부르면 이천 달러, 한화로 약 이백이십 만원이다. 언덕에 있는 헬기장으로 가는 그를 배웅하고 길을 나섰다.

남체 바자르 마을 입구에 있는 폴리스 체크포인트에서 하산 신고를 한다. 잠시 후 에베레스트를 마지막으로 볼 수 있는 지점에 이른다. 멀리 에베레스트가 잘 가라고 손을 흔들어주는 듯하다.

은퇴 산꾼, 고산에 서다

떠나는 아쉬움이 안개처럼 온몸에 밀려온다. '회자정리 거자필반 (會者定離 去者必返)'이라 했던가? 그 말을 위안으로 삼는다.

이곳에는 유일하게 유료 화장실이 있다. 돌로 쌓아서 만든 자그마한 화장실 건물 우측 한 칸은 무료이고 좌측 한 칸은 유료이다. 유료 화장실의 요금은 오십 루피, 한화 약 오백 원이다. 무료 화장실은 재래식 구조이지만 유료 화장실은 수세식이고 휴지도 비치되어 있으며 세면대와 비누도 있다. 돌담 하나 사이로 극과 극이 극명하게 대비된다. 우리네 삶도 이와 같지 않을까?

출렁다리를 건너려니 건너편에서 포터가 커다란 짐을 지고 건너온다. 출렁다리의 폭이 겨우 1m도 되지 않아 포터 또는 당나귀나 좁교가 짐을 지고 오다 중간에 마주치면 비켜설 수 없다. 당연히 기다려 줘야 하고, 그래야 하는 것이 그들을 위한 작은 배려이다.

몬조 게이트에 이르러 체크아웃을 한다. 올라갈 때 입산료를 내고 체크인했던 곳이다. 안내판은 남체 바자르에서 6㎞를 왔고, 루크라까지 13㎞가 남아있음을 알리고 있다.

학교에서 공부를 마치고 집에 돌아가는 학생들이 잇달아 보인다. 키 큰 고학년부터 키 작은 저학년까지 몇 명씩 짝을 이뤄서 간다. 학생들이 교복을 입은 모습이 신선하게 다가온다. 네 명의 초등학생에게 사진을 찍어도 되느냐 물으니, 자연스럽게 포즈를 취해 준다. 그 모습이 마냥 귀엽기만 하다.

어느새 마지막 출렁다리를 건넌다. 오가며 건넌 출렁다리만 해

학업을 마치고 귀가하는 학생들

도 대략 이십여 개가 된다. 수많은 출렁다리를 건너며 적응이 되어서일까? 이제는 아래를 봐도 공포심이 일어나지 않고, 스릴을 맛보는 재미까지 있다. 사람은 환경에 적응하는 능력이 탁월한 걸까? 어디를 가도, 어떤 환경에 처해도 이내 적응하게 마련이다.

팍딩에서 루크라까지 마지막 8㎞ 구간은 가도 가도 끝이 보이지 않는다. 더욱이 이 구간은 230m의 고도를 올려 줘야 하는 오름길이다. 점점 힘이 들고 지쳐간다. 어느 곳을 가도 마지막 구간이 가장 힘이 든다. 온종일 걷다 보니 체력이 소진되어서이기도 하고 목표 지점만 바라보고 어서 빨리 끝나기만을 바라기에 더 지루하고 힘이 드는 것은 누구나 마찬가지일 것이다.

세계 각국에서 온 많은 이국인과 소매를 스치며 앞서거니, 뒤서거니 하며 나아간다. 불교 탑 속에 앉아계신 부처님이 지나는

은퇴 산꾼, 고산에 서다

사람들을 내려다본다. 나도 모르게 경건한 마음이 되어, 잠시 고개를 숙여 합장을 한다. "옴마니밧메훔."

갑자기 천둥소리가 들려온다. 하늘을 보니 검은 구름이 달려온다. 그러더니 빗방울이 흩날리기 시작한다. 파상라무의 동상이 있는 게이트를 통과한다. 불교 탑을 지나고 루크라 상점가에 이른다.

헬기를 타고 먼저 내려온 이 선생이 커피숍에서 우리를 기다리고 있다. 그의 표정이 밝고 얼굴에 화색이 돈다. 역시 고산 증세

루크라 상점가

는 고도를 낮추면 저절로 해소된다. 이 선생의 배려로 맥주 또는 커피를 마시며 담소를 나누었다.

오늘 19㎞를 걷는데 7시간 10분이 소요되었다. 식사와 휴식 시간을 포함하여 평균 2.7㎞의 속도로 걸은 셈이다. 이 정도면 백두대간과 정맥을 걸을 때와 비교해도 그다지 손색이 없다. 역시 함께한 대원들은 한국을 대표하는 건각들이다.

롯지에 배낭을 내렸다. 루크라의 롯지는 다른 롯지에 비하면 호텔급이다. 방도 넓고 방마다 샤워기, 세면기, 양변기도 있고 화장실도 수세식이다. 온수도 나온다. 옷걸이도 있고 조명도 밝다. 충전할 수 있는 콘센트도 있다.

거울 앞에 섰다. 거울 속에서 낯선 사람이 나를 바라본다. 깜짝 놀라 자세히 보니, 이게 누구인가? 분명 나는 나인데, 너무나 낯설기만 하다. 검게 탄 얼굴에 반해서 선글라스에 가려져 있던 눈 주위만 하얗다. 하얀 수염이 얼굴을 온통 뒤덮었다. 집에서 이곳에 올 때는 분명 육십 대였는데 거울에 비친 지금의 모습은 칠십 대의 늙은이이다.

롯지 앞마당에 모두 모였다. 대원 여섯 명과 가이드 한 명, 포터 두 명, 주방 요원 네 명을 포함하여 모두 열세 명이다. 스태프 비용으로 1인당 백이십 달러씩 걷어서 동고동락한 스태프들에게 전달했다. 대원 대표로 연장자인 내가 스태프 대표인 가이드에게 전달하고 기념사진도 한 컷 남겼다.

저녁 식사 메뉴는 닭백숙과 닭튀김이다. 스태프가 해 주는 마지막 식사라서 그런지 푸짐하다. 맛도 좋다. 사실 맛보다는 식사 때마다 메뉴를 달리해 준 그들의 정성이 더 고맙다.

식당은 많은 사람이 다녀간 흔적으로 가득하다. 그중에서도 우리나라 사람들이 다녀간 흔적이 가장 많다. 대충 봐도 이십여 개가 넘는다. 태극기가 있고 연대, 고대, 상명대산악회와 각 지역 산악회의 크고 작은 현수막과 포스터, 스티커 등이 붙어있다. 그

박영석 그랜드슬램 포스터

중에서 특히 박근혜를 좋아하는 사람들 호박 가족 포스터와 박영석 그랜드 슬램 포스터가 내 눈길을 끈다. 어디를 가든 흔적을 남기려는 것이 우리 민족의 습성인 듯하다.

식당에 엄홍길 대장이 들어선다. 비를 맞고 걸어오면서 옷과 몸이 젖어서 샤워하고 옷을 갈아입느라 늦었다고 한다. 네팔에 올 때 비행기에서 잠시 만나고 다시 만난 것이다. 그의 일행은 많았다. 휴먼 재단 이사장과 이사들이 있고 언론사 취재진도 여러 명 있다. 남체 바자르에 개원한 병원을 증축하여 1층과 2층을 진료실로 확장하고 3층을 직원 숙소로 사용할 계획이라고 한다.

은퇴 산꾼, 고산에 서다

에베레스트
Day 13

▲**주요 구간**: 루크라(Lukla, 2,840m)~카트만두(Kathmandu, 1,400m)

　루크라에서의 마지막 날이다. 경비행기를 타고 카트만두로 가면 에베레스트와 작별이고 마침내 마침표를 찍는다.

　일정이 하루 당겨져 오늘 경비행기를 예약한 사람이 모두 타야 우리가 탑승할 수 있는 차례가 된다. 그때까지 기다려야 한다. 오전에 탈 수 있을지, 오후에 탈 수 있을지 아무도 모른다. 또한, 카트만두에서 이곳 루크라까지 경비행기가 와야 탈 수 있다. 만약 기상 상태가 좋지 않아 카트만두에서 경비행기가 이륙하지 못하면 마냥 기다려야 한다. 다행히 날씨가 좋다. 경비행기를 기다리며 주변을 서성이기도 하고 상점가를 한 바퀴 돌며 구경하기도 했다.

　비행장 위의 대리석 계단을 올라갔다. 그곳에는 부처님이 계시고, 타르초가 사방에서 부처님을 감싸고 있다. 파란 몸에 황금빛 왕관을 쓴 여자 부처님이 엄숙하고 단아한 모습으로 단 위에 앉아 계신다. 부처님 세계에 있는 녹색 여신으로서 '그린 타라 스타튜(Green tara statue)'이다. 부처님의 눈동자는 또렷하며 기품이 있

그린 타라 스타튜 불상

다. 에베레스트에 와서 무엇을 보고 무엇을 느꼈느냐고 물으시는 듯하다. 단 아래에는 정화수 일곱 잔과 정화수를 담은 주전자가 가지런히 놓여있다. '무탈하게 마치게 되어 감사합니다'라며, 삼배를 드렸다. "옴마니밧메훔."

그동안 식사를 담당했던 주방 요원 네 명과 가이드를 따로 불렀다. 감사의 마음을 담아 주방 요원에게 1인당 십 달러씩 주고, 가이드에게 삼십 달러를 주었다. 그들은 주어진 여건 속에서 최대한 우리 입맛에 맞도록 음식을 만들기 위해서 노력했고 정갈하게 만들어 주었다. 그들이 없었다면 입맛에 맞지 않는 현지 음식을 먹으며 길을 걸었을 터인데, 그랬다면 아마 벌써 탈진했을지도

은퇴 산꾼, 고산에 서다

모를 일이다. 물론 이들 모두에게 단체로 대가를 지불한 것이지만, 개인적으로 고마움을 표하고 싶어서였다.

포터 두 명은 우리의 짐을 나르며 고생했지만, 어제저녁을 마지막으로 일을 마치고 각자의 집으로 돌아갔다. 황 선생은 어젯밤에 그들이 집에 돌아가기 전에 감사의 뜻을 표했다고 한다. 나는 깜박하고 그 기회를 놓쳤다. 그동안 동고동락하며 도움을 준 모든 스태프에게 다시 한번 감사를 드린다.

포터와 주방 요원은 1일당 이천 루피, 한화로 약 이만 원을 받는다. 한번 일을 시작하면 평균 보름 정도 일을 한다. 대략 삼만 루피, 한화로는 약 삼십만 원의 벌이가 된다. 포터는 관광성 규정에 의하여 30kg 이내의 짐을 지게 되어 있으나, 그들은 더 많은 수입을 위해서 더 많은 짐을 나르기를 원한다. 포터나 주방 요원은 일이 없어 노는 사람이 부지기수이고 비수기 때는 아예 일이 없다. 가이드는 여행사 소속이어서 일이 없어도 월급이 나온다. 월급은 이만 루피, 한화 약 이십만 원이다.

포터는 가이드 일을 배워서 가이드가 되길 꿈꾸고, 주방 요원은 주방장이 되길 꿈꾸며, 주방장은 가이드가 되길 꿈꾼다. 가이드가 되면 무거운 짐을 지지 않아도 되고 안정적인 생활이 가능하기 때문이다.

당나귀나 좁교, 야크로 짐을 날라다 주는 몰이꾼은 부자에 속한다. 마리당 가격이 이천 달러로, 한화 약 이백이십만 원이다. 그러나 마리당 짐을 나르는 비용으로 1일 이십 달러의 수입이 발생

한다. 다섯 마리만 있어도 하루에 백 달러 수입이 되고 포터에 비하여 힘도 크게 들지 않는다.

아침 식사를 마지막으로 주방 요원이 철수했으므로, 점심은 롯지 식당에서 주문했다. 각자 먹고 싶은 것을 시켜서 나는 볶음밥을 시켰다. 볶음밥의 금액은 육백 루피, 한화 약 육천 원이다. 방은 삼백오십 루피, 한화 약 삼천오백 원이므로 방값보다 식사 한 끼 값이 더 비싸다.

오후 1시 40분, 드디어 경비행기가 카트만두에서 날아왔다. 경비행기는 탈 사람이 없어서 기다리다 짐만 싣고 오느라 늦어졌다고 한다. 정해진 시간이 없기 때문이다. 올 때와 마찬가지로 카고백, 배낭, 사람 무게까지 저울에 달아서 확인한다.

루크라 경비행장

루크라 비행장 대기실 벽에 시계가 걸려있다. 그런데 4시 37분을 가리키고 있는 게 아닌가. 뭔가 이상하다는 생각이 들어, 시간을 확인해 보니 2시 15분이다. 시계가 멈춰 있는 것이다. 왜일까? 배터리를 교체하면 되지 않을까? 아니다. 시간을 초월한 영원 속에서 히말라야와 함께하라는 메시지가 아닐까?

경비행기는 경사진 활주로를 발판삼아 힘차게 날아오른다. 하얀 구름이 발아래에 있고 그 아래에 또 구름이 있다. 갖가지 형태의 구름이 쉴 새 없이 움직이며 물결치듯 흘러간다. 비행기가 가는지, 구름이 가는지, 비행기와 구름은 빠른 속도로 교차한다. 나도 모르게 심호흡을 한다. 멀어져 가는 히말라야산맥을 눈으로 쓰다듬으며 그 모습을 가슴 깊이 담는다. 비행기는 삼십여 분만에 히말라야 품속을 벗어나 카트만두에 안착한다.

에베레스트

Day 14, 15, 16

▲**주요 구간**: 네팔 카트만두(Nepal Kathmandu)~인천 공항(Incheon Airport)

출발 전날에 가이드를 따로 불렀다. 이대로 헤어지기에는 아쉬움을 넘어서 무언가 목에 걸린 것 같은 느낌이 들어서이다. 나는 가이드에게 틈만 나면 묻고 또 물었다. 궁금한 것이 있으면 무조건 붙들고 늘어졌다. 그들의 삶에 대하여 조금이나마 더 알고 싶었고 정확하게 기록하고 싶어서였다. 가이드는 귀찮다는 내색 없이 성실하게 답변을 해 주었다. 그 점이 내가 고맙게 느끼는 점이다.

가이드 인드라 림부와 함께

은퇴 산꾼, 고산에 서다

가이드의 이름은 인드라 림부(Indra Limbu)이다. 165㎝ 정도의 자그마한 키에 나이는 서른이다. 그토록 젊은 나이에 열 살 된 딸과 여덟 살 된 아들을 두고 있다. 그렇다면 스물에 자식을 두었다는 말인데, 우리의 옛 조혼 풍습이 아직 남아있는 듯하다. 포터로 사 년 정도 일하며 가이드 일을 배웠고, 가이드로 활동한 지는 삼 년째라고 한다.

자연을 벗 삼아 히말라야의 품속에서 가이드 일을 하는 그는 행복할까? 그게 궁금했다. 그는 가이드 일에 매우 만족하고 있으며 행복하다고 한다. 바로 내가 기대했던 답이 그의 입에서 나온 것이다. 사람은 누구나 스스로 하고 싶은 일을 해야 만족할 수 있고 행복할 수 있는 것이다.

내가 입었던 등산의류와 물품을 주고 가면 어떻겠냐고 넌지시 물었다. 가이드는 고맙다고 한다. 한두 번 입었던 것이어서 꼭 빨아 입어야 한다고 하니 그래도 고맙다고 한다. 사용하던 것을 준다는 것이 쉽지 않은 일이어서 망설이기도 했으나, 그의 생각을 확인하고 가벼운 마음으로 줄 수 있었다. 물론 한 번도 사용하지 않은 것도 여러 개 있다. 등산 셔츠 네 벌, 등산 양말 네 켤레, 속옷 네 벌, 내의 한 벌, 타월 두 개, 플래시, 배터리, 슬리퍼, 빵모자, 아이젠 등을 모조리 담아서 주었다.

이는 결코 그를 동정해서가 아니다. 단지 조금이나마 도움이 되었으면 좋겠다는 바람일 뿐이다. 돌아오는 길에 내 카고백은 텅 비었다. 배낭을 카고백 속에 넣어서 짐을 꾸렸다.

어느새 모든 일정이 마무리되었다. 귀국하기에 앞서서 대원들의 소감을 들어 보았다.

김 과장: 힘든 일정을 무탈하게 마치게 되어 모든 분께 감사드린다. 좋은 추억으로 남으시길 바란다.

노 선생: 모두 고생하셨고 앞으로 살아가는 데 많은 도움이 될 것 같다. 늘 건강하시길 바란다.

이 선생: 여행과는 또 다름을 느꼈다. 많은 경험과 추억을 만들었다. 모두 건강하시길 바란다.

하 교수: 좋으신 분들과 함께하고 건강하게 끝날 수 있어서 좋았고 생애 잊을 수 없는 추억이 되었다.

황 선생: 나는 매우 만족한다. 벌써 또 오고 싶어진다. 며칠 지나면 향수병에 걸릴 것 같다.

나도 한마디 했다. 여러분과 함께 좋은 추억을 만들 수 있어서 좋았다. 늘 건강하고 행복하시길 바란다.

끝으로 가이드의 소감도 들어보았다. 모든 것은 가이드가 할 일이고 최선을 다했다고 하며 부족한 점이 있었다면 양해를 바란다고 한다.

카트만두에 머무는 동안 네팔 현지 여행사 대표는 타멜 거리와 재래시장, 스와얌부나트 사원을 안내하였다. 이분도 우리나라 말을 잘한다. 몇 년 전에 우리나라에서 삼 년간 근무했었다고 한다.

은퇴 산꾼, 고산에 서다

현지 여행사 대표의 배웅을 받으며 카트만두를 떠난다. 그는 공항에서 대원들의 목에 일일이 빨간 스카프를 걸어 준다. 빨간 스카프에는 불교 문양과 경전이 프린트되어 있다. 스카프의 이름은 '카다'라고 하며, '카다'는 떠나는 사람에게 '잘 가시고 건강하시라'는 뜻이 담겨있다. 이같이 '카다'를 목에 걸어주고 건강을 기원하는 것이 네팔의 전통이다.

공항에는 빨간색, 노란색 카다를 목에 두르고 빨간 모자를 쓴 사람들이 무리 지어 있다. 세어 보지는 않았으나 대략 오십여 명이 넘는 듯하다. 그들을 배웅하려는 가족들까지 엉켜서 인산인해다. 알고 보니, 그들은 해외 취업을 나가는 길이었다. 바로 우리나라로 가는 네팔의 젊은이들이다. 그들은 앞으로 우리나라 산업 현장 곳곳에서 일하게 될 것이다. 그들을 보며 1970년대에 중동에 근로자를 파견하여 외화를 벌어오던 그 시대가 떠오른다. 네팔 젊은이들의 건투를 빈다.

나마스테, 카트만두!

나마스테, 히말라야!

나마스테, 에베레스트!

02

일본 최고봉,
후지산(Mt. Fuji)

등반 일자: 2017. 08. 26.~2017. 08. 28.

후지산

Day 1

▲**주요 구간:** 인천 공항(仁川 空港)~일본 시즈오카 공항(日本 靜
岡 空港)~후지노미야노구치 고고메(富士宮口 五合目,
2,400m)~로쿠고메(六合目, 2,490m)~신나나고메(新七合
目, 2,780m)
▲**도상 거리:** 후지노미야노구치 고고메~신나나고메 1.5㎞

일본 속담에 "한 번 오르지 않아도 바보요, 두 번 올라도 바보
다."라는 말이 있다. 일본 사람들이 평생 한 번은 오르고 싶어 하
지만, 두 번은 오르고 싶어 하지 않는 산. 후지산은 일본의 상징
과도 같은 산이며 성스럽게 여기는 산이다. 일본 지폐 백 엔짜리
뒷면에도 그 모습이 들어가 있다. 그 산에 오르기 위해 길을 나
섰다.

공항 출국장에 허영호 대장이 들어선다. 반갑다. 허영호 대장
과는 지난 5월 에베레스트 등정 때 만나고 삼 개월 만이다. 탑승
시간을 기다리며 에베레스트에서 못다 한 이야기를 이어갔다.
"산에 오르는 이유는 무엇인가?"
"즐거움이 있기 때문이다."
간단명료한 답이다. 그야말로 우문현답이다.

은퇴 산꾼, 고산에 서다

1924년에 영국의 조지 말로리(George mallory)는 에베레스트에 오를 때 산에 오르는 이유에 대하여 "산이 거기 있기 때문에 (because it is there),"라는 유명한 말을 남겼는데, 이 말은 지금까지도 산악인들 사이에 회자되고 있다. 그에 비하면 허영호 대장의 산에 오르는 이유는 지극히 현실적이다.

"세계 7대륙 최고봉에 오르고 싶은데 가능한가?"

"쉽지만은 않다. 등반 기술과 체력이 뒷받침되어야 한다."

그렇다. 체력이 문제다. 내 나이가 벌써 육십 대 중반을 넘어섰다. 체력은 지난해와 올해가 다르다. 어제와 오늘이 다름을 느낄 때도 있다. 지난 5월, 에베레스트 등반을 마치고 나서 세계 7대륙 최고봉에 오르는 꿈이 생겼다. 물론 정상까지는 못 오른다 해도, 그 산에 가서 그 산을 바라보고 느끼는 정도라도 좋다. 꿈을 이루기 위해서는 더 나이가 들기 전에, 체력이 더 떨어지기 전에 가 봐야 하겠다.

"그렇다면 해외 유명 산 중에서 어느 산에 오르면 좋은가?"

"몽블랑과 킬리만자로가 좋다. 그곳은 고산 증세만 극복하면 가능하다. 몽블랑은 알프스산맥에 있는 산 중에서도 가장 높은 산이며 경치가 아름답다. 킬리만자로는 아프리카 대륙에서 가장 높은 산이며 세계 7대륙 최고봉 중의 하나이다. 지난 에베레스트 등정 때 보니, 충분히 정상에 오를 수 있다."

이런저런 이야기를 이어가다 보니 어느새 탑승 시간이다. 에베레스트에 다녀와서 쓴 『신(神)의 산(山) 에베레스트』 책을 기념으로 드렸다. 오늘부터 2박 3일 일정으로 일본에서 가장 높은 해발 3,776m의 후지산 등정을 함께한다.

인천 공항을 이륙한 비행기는 두 시간여 만에 일본 시즈오카 공항에 착륙했다. 집에서 아침을 먹고 일본 가서 점심 먹고 온다는 우스갯소리가 있을 만큼 일본은 매우 가깝다. 시차도 없다. 평일에 따로 시간을 낼 수 없는 사람들도 주말을 이용하여 가볍게 다녀올 수 있는 곳이 일본이다.

공항에 대기하고 있던 버스에 올라타서 후지산으로 향한다. 차창 밖으로 저 멀리 후지산이 모습을 드러낸다. 구름에 둘러싸인 채 가슴까지 드러난 삼각형의 후지산이 아름답게 다가온다. 후지산은 어느 방향에서 봐도 똑같은 삼각형의 모습이라고 한다.

후지산 아래에 이르러 버스는 구불구불 산길을 오른다. 마치 설악산 한계령을 오르는 듯하다. 길 좌우에는 편백나무가 도열하듯 숲을 이루고 있다. 해발 1,600m 지점인 2합목에 이르자 숲에서 안개가 스멀스멀 피어오른다. 마치 한 폭의 수채화 속으로 들어가는 기분이다.

후지노미야 등산로 입구에 이르러서 산행 준비를 한다. 등산로 입구는 후지산 5합목에 있다. 합목은 능선이라는 말의 일본식 표현이며, 5합목은 5부 능선이라는 뜻이다. 후지산 5부 능선까지 버스로 올라온 셈이다. 산행 시 필요한 약간의 간식과 방풍 재킷

후지산 등산 기념비

등 필요 물품만 배낭에 넣고 나머지는 버스에 보관한다.

후지산 등산로는 후지노미야 코스, 요시다 코스, 고텐바 코스, 스바시리 코스 등 네 코스가 있다. 우리는 후지노미야에서 오른다. 네 개의 등산로 중에서 가장 단거리로 정상에 오를 수 있는 코스이다.

후지산에 오르려면 입산료를 내야 한다. 입산료는 1인당 천 엔, 한화 약 만 원이다. 후지노미야노구치 고고메에는 표고 2,400m를 알리는 표시판과 후지산 등산 기념비, 종합 안내판, 종합 지도 센터가 있다. 안내판에는 오늘의 후지산 천후(天候)가 기록되어 있다. "8月 28日 (土) 現在. 山頂 氣溫 4.8度, 5合目 氣溫 16度, 日出 5時 02分, 日入 18時 33分."

또 하나의 작은 안내판이 눈길을 끈다. '탄환등산(彈丸登山) STOP!'이라는 안내판이다. 일본어, 영어, 중국어, 한국어로 쓰여 있으며 휴식 없는 야간 산행의 위험을 경고하고 있다. 후지산 개방을 알리는 현수막도 걸려있다. 7월 10일부터 9월 10일까지 63일간 개방한다는 내용이다. 일 년 중 두 달만 개방하는 것이다. 개방 기간 외에는 입산이 전면 금지되는 것은 아니지만, 산장이 모두 문을 닫으므로 등산을 하고 싶어도 할 수 없다.

오후 4시 40분, 후지산 등산 기념비 앞에서 산행이 시작되었다. 오늘은 6합목을 거쳐서 신7합목까지 1.5㎞를 오르고 산장에서 숙박한다. 정상에 오르기 위해서는 더 오르고 숙박을 하면 좋

화산재로 뒤덮인 등산로

으런만, 원조 7합목과 8합목에 있는 모든 산장이 예약 등산객으로 만원을 이루고 있다.

십여 분 정도 올라가 6합목(로쿠고메) 운카이소 산장(雲海 山莊)을 지나고, 이어 오십여 분을 더 올라 신7합목(신나나고메)에 이른다. 그리고 그곳에 자리한 고라이코 산장(御來光 山莊)에 배낭을 내렸다.

이곳에서 저녁 식사는 카레 덮밥이다. 그럭저럭 먹을 만하다. 화장실을 사용하려면 이백 엔을 내야 한다. 이곳뿐만 아니라 후지산에 있는 모든 화장실이 유료이다. 단, 산장에서 숙박하는 사람은 무료이다. 화장실에는 사람이 지키고 있으며 돈을 받아야 문을 열어 준다.

산장은 단층 건물이지만, 내부는 복층이다. 아래층은 매점과 방으로 꾸며져 있고 위층은 모두 방이다. 수직에 가까운 나무 사다리를 타고 위층으로 올라가, 허리를 구십 도로 굽히고 방에 들어갔다. 천장을 가로지른 서까래에는 '두상주의(頭上注意)' 안내문이 붙어있다.

방 뒷면과 옆면은 합판으로 칸막이가 되어있고 앞면은 커튼을 달아 놓았다. 방 한 칸의 폭은 150㎝ 정도이다. 이 자그마한 공간에 베게 네 개가 놓여있다. 어린이들이 아닌 이상 네 명이 들어가서는 누울 수가 없다. 다행히 한 명은 함께 자는 것을 포기하고 매점 바닥에서 자겠다며 아래층으로 내려갔다. 세 명이 누웠으나 서로 어깨가 닿는다. 다락방 수준인 이런 방 하나의 숙박료가 오천 엔이다. 아무리 방이 부족해서라고는 하지만, 이것 참.

산장에는 샤워 시설이 없다. 잠자리에 들기 전에 물티슈로 대충 손과 발, 얼굴을 닦았다. 양치질도 휴대한 물을 이용하여 약식으로 했다.

밤 8시에 잠자리에 든다. 수면 시간은 네 시간뿐이다. 자정에 일어나 산행을 시작해야 하기 때문이다. 잠을 청해 보지만, 잠이 오지 않는다. 방 끝에서 두런거리는 소리도 들려온다. 가운데에 누운 사람은 눕자마자 코부터 곤다. 쉽게 잠이 드는 그가 부럽기만 하다. 귀라도 틀어막아야 하는데 눈가리개와 귀마개를 가져오지 않아서 아쉽다. 바로 누워 있다가 왼쪽 옆으로 돌아누웠다. 그래도 잠이 오지 않는다. 오른쪽 옆으로 돌아눕기도 하고 엎드려 누워 보기도 하지만, 여전히 잠이 오지 않는다. 눈만 감고 있을 수밖에, 달리 방법이 없다. 에베레스트 롯지가 그립다. 에베레스트 롯지는 춥기는 했을지언정 방이 좁지는 않았다.

후지산

Day 2

▲**주요 구간**: 신나나고메(新七合目, 2,780m)~간소나나고메(元祖七合目, 3,010m)~하치고메(八合目 3,250m)~규고메(九合目, 3,460m)~규고메고사쿠(九合五勺, 3,590m)~센겐타이샤 오쿠미야 신사(淺間大社 奥宮, 3,720m)~겐가미네봉(劍ケ峰, 3,776m)~후지노미야노구치 고고메(富士宮口 五合目, 2,400m)~시즈오카(靜岡)

▲**도상 거리**: 총 10.5㎞
    신나나고메~겐가미네봉(3.2㎞)
    분화구 순례(2.6㎞)
    겐가미네봉~후지노미야노구치 고고메(4.7㎞)

　밤 12시 30분, 산행이 시작되었다. 오늘은 정상까지 3.2㎞를 오르고 분화구를 한 바퀴 돌고 내려온다. 분화구 순례 2.6㎞와 하산 4.7㎞를 합하여 총거리는 10.5㎞이다.

　두꺼운 겨울 셔츠로 갈아입고 밖에 나와 보니 바람이 매섭게 불어온다. 그냥 바람이 아니고 몸을 움츠리게 하는 차가운 겨울바람이다. 어제만 해도 반팔 셔츠를 가지고 오지 않았다는 걸 후회할 정도로 더웠는데, 지금은 한겨울이라도 된 듯 벌벌 떨리기까지 한다. 여름에서 겨울로 순간 이동한 듯하다. 허둥지둥 방풍 재킷부터 꺼내 입었다.

헤드랜턴 불빛으로 어둠을 가르고

맑은 밤하늘에는 별들이 밝게 반짝인다. 헤드랜턴으로 길을 밝히며 오른다. 헤드랜턴 불빛이 등산로를 따라서 길게 이어진다. 백두대간과 정맥을 무박으로 종주 산행하던 것과 조금도 다를 게 없다.

정상에 오르는 사람들이 생각보다 많다. 이 시간에 오르는 사람들은 모두 일출을 보러 오르는 사람들이다. 원조7합목(간소나나고메)부터는 아예 줄을 지어 오른다. 야마구치 산장(山口 山莊)에 머물던 사람들이 일출을 보기 위해 한꺼번에 쏟아져 나와서이다.

8합목(하치고메)에는 이케타칸 산장(池田館 山莊)과 위생 센터가 있다. 위생 센터는 후지산 개방 기간에만 한시적으로 운영되는 응급 센터이다. 이곳 화장실에도 '200엔(円)'이라 써 붙여 놓고 사람이 지키고 있다.

은퇴 산꾼, 고산에 서다

오름길은 계속 이어진다. 서너 명의 등반객이 바위 아래에 바람이 닿지 않는 곳에 주저앉아서 무릎 위에 머리를 묻고 비스듬히 기대어 눈을 감고 있다. 잠시 쉬고 있으려고 생각했으나, 자세히 보니 잠을 자고 있다. 산장 바깥 구석에서 배낭을 베게 삼아 온몸을 새우처럼 웅크리고 자는 사람들도 있다. 산장에 방이 없어서 길에서 밤을 지새우는지, 아니면 고산증이라도 와서인지 알수는 없지만, 그들이 안쓰럽다.

줄을 지어 오르다 보니 자꾸만 지체된다. 지체되기 때문에 땀이 나기는커녕 춥기만 하다. 9합목(규고메)의 만넨유리 산장(万年雪 山莊) 매점에 들어가서 몸을 녹인다. 매점 안은 추위를 피해서 들어온 사람들로 빈틈이 없다. 아무것도 사지 않으면서 자리만 차지하고 있을 수는 없지 않은가. 허영호 대장과 함께 따뜻한 커피를 마시며 잠시 몸을 녹인다. 이곳에서 커피 한 잔은 사백 엔, 컵라면은 육백 엔을 받는다.

다시 길을 나서서 오름길을 재촉해 보지만 긴 행렬은 끝이 보이지 않는다. 등산로가 개방되는 여름철 두 달 동안에는 내국인과 외국인을 합하여 약 삼십만 명이 이곳을 찾는다. 이같이 많은 사람이 한꺼번에 몰리고, 그들 중 대다수는 일출 산행을 하므로 줄을 서서 오르는 진풍경이 연출되는 것이다.

바람이 점점 거세게 불어온다. 후지산의 동쪽은 태평양이기에 바닷바람이 거세다. 태풍급 바람이다. 무척 춥다. 방풍 재킷에 달린 모자를 서둘러 덮어썼다.

9합5작(규고메고사쿠)에 있는 무나츠키 산장(胸突 山莊)을 지난다. 몇 걸음 가다가 멈추고 또 몇 걸음 가다 멈추기를 거듭한다. 이대로 가다가는 일출 보기는 어림도 없다. 간간이 줄을 이탈하여 뛰어오르는 사람들이 있다. 나도 앞질러 가야 하는 건 아닌지 망설여진다. 점점 고도가 높아지며 바람은 더욱 거세지고 추위는 더해져 간다. 걷다 멈추기를 거듭하다 보니 체온이 급격하게 식어 간다. 체온을 올려주기 위해서라도 줄을 이탈할 수밖에 없다. 틈만 보이면 사람들을 앞질러 나아갔다. 이러면 안 되는 줄 알지만, 어쩔 수 없다. 뛰다시피 오름길을 재촉한다. 에베레스트에서 고산 적응이 되어서일까? 삼십여 분을 뛰다시피 올랐어도 숨이 차지 않는다.

분화구 입구에 이르니 새벽 4시 50분이다. 이곳의 일출 시간은 우리나라보다 약 한 시간이 빠르다. 5시 2분에 일출이 시작되므로 알맞게 올라온 것이다. 앞지르지 않고 뛰지 않았으면 제시간에 오를 수 없었다.

후지산 운해와 일출

분화구 입구에는 쵸조후지칸 산장(頂上富士館 山莊)과 센겐타이샤오쿠미야 신사(淺間大社奧宮)가 자리하고 있다. 이곳에서 정상은 좌측 봉우리이다. 일출을 먼저 보기 위해 우측에 있는 조주가타케봉으로 뛰어 올라갔다.

구름이 짙게 깔려있다. 하늘도, 산도 온통 구름 물결뿐이다. 추위에 벌벌 떨며 이십여 분을 기다려 보았으나 기대했던 멋진 일출은 볼 수가 없었다. 구름에 가린 채 벌겋게 물들인 일출이어서인지 우리나라 동해의 장엄함이나 남해의 신비로움은 찾아볼 수 없다. 층층으로 쌓여서 뭉실대는 구름 속으로 풍덩 뛰어들어서 훨훨 날고 싶다는 생각이 인다.

"현재 기온 영하 3도." 누군가의 말이 들려온다. 그 말을 들으니 더욱 춥다. 바람이 초속 5m 정도로 불고 있으므로, 체감 온도는 영하 11도 정도가 된다.

정상에 오르기 위해 분화구 입구로 되돌아와 좌측 정상을 향해서 오름길에 들었다. 분화구 입구에서 정상까지는 400m밖에 되지 않는다. 십여 분이면 오를 수 있는 거리이지만, 경사가 급하고 화산에서 분출된 용암 덩어리가 잘게 부서져 미끄럽고 흙먼지가 날린다.

정상인 겐가미네봉에는 측후소가 있다. 이같이 고지대에 측후소가? 그건 대기 중의 이산화탄소의 농도를 지상 환경 변화의 영향을 받지 않고 지속해서 측정할 수 있기 때문이다.

후지산 정상에서

후지산 분화구

정상석 앞에는 십여 명이 인증 샷을 찍기 위해 줄을 서 있다. 정상석은 사람보다 키가 큰 사각형의 길쭉한 대리석 기둥이다. 거기에는 "日本最高峰 富士山 劍竍峰 三七七六米"라는 글이 새겨져 있다. 이등 삼각점에는 위도와 경도, 표고가 표시되어 있다. "北緯 35度 21分 38.261秒, 東経 138度 43分 38.515秒, 標高 3775.63m."

바위에 걸터앉았다. 멀리 발아래에는 구름이 뭉실뭉실 떠가고 눈앞에는 두 개의 분화구가 펼쳐져 있다. 마음이 맑아지고 무념의 상태가 된다. 마치 다른 세상에 와 있는 것 같은 느낌이다.

분화구를 한동안 바라보고 있노라니, 한없이 작아진 내가 분화구 속으로 빨려들어 가는 것만 같다. 분화구는 텅 비어있고, 비어있으면서도 뭔가 채워지기를 기다리는 듯하다. 아니다. 그곳에는 이미 무엇인가 채워져 있었다. 그렇다. 그곳에는 세월이 채워져 있었다. 그러나 아름답기로는 한라산 백록담을 따라올 수가 없다. 백록담에 시시각각 바람이 몰고 온 구름이 분화구에 담겼을 때와 흩어졌을 때의 모습은 필설로 표현하기 어려운 아름다움이 있다. 이곳에는 그런 아름다움은 없다.

하산 길에 들었다. 센겐타이샤오쿠미야 신사를 배경으로 허영호 대장과 함께 기념사진 한 컷을 남겼다.

밤에 오를 때 보지 못했던 주변 경관이 자세히 보인다. 좌우 능선과 계곡에는 온통 화산이 분출될 때 흘러내린 용암 덩어리가

허영호 대장과 함께

부서진 채 크고 작은 돌을 이루며 여기저기 널려있다. 세월과 바람이 빚은, 자연이 만든 흔적만이 남아있을 뿐이다.

9합목까지 계곡 음지에는 눈이 쌓여있다. 눈 위에는 등산로에서 날린 화산재 먼지가 시커멓게 덮여있다. 건너편 능선에는 지그재그로 차가 다닌 타이어 자국이 선명하다. 산장에 필요한 물품을 실어 나르거나 구급용 차량이 오르내리지 않았을까 추측해 볼 뿐이다. 에베레스트에서는 포터나 야크를 이용하여 짐을 나르는데 이곳엔 그런 것이 없다.

9합5작, 9합목, 8합목에 있는 산장은 돌로 축대를 쌓아서 평평하게 터를 닦아놓고 나무를 이용하여 지어놓았다. 지붕이 바람에 날아가지 않도록 하기 위해서일까? 외부는 나무로 칸막이를 해 놓고 칸마다 커다란 돌을 얹어놓았다.

은퇴 산꾼, 고산에 서다

9합목 산장

9합목 산장 지붕

신7합목에 내려오니 추위는 싹 사라지고 다시 여름이다. 이마에 땀방울이 송골송골 맺히고 셔츠가 축축하게 젖어온다. 재킷을 벗어서 배낭에 넣고 하산 길을 이어간다. 여름과 겨울을 한꺼번에 맛본다.

헬멧을 쓰고 오르는 사람들이 더러 있다. 등산로 주변에 크고 작은 용암 덩어리가 여기저기에 박혀있고 낙석 주의 팻말이 있는 것을 보면 헬멧을 쓰고 오르는 것이 바람직해 보인다. 나무 지팡이를 들고 오르는 사람들도 있다. 지팡이에 합목을 통과할 때마다 합목을 상징한 그림을 인두에 불을 달궈 불도장(燒印)을 찍는다. 지팡이값은 구백팔십 엔이며 불도장을 한 번 찍을 때마다 이백 엔을 낸다. 그들은 일곱 번의 불도장을 찍어서 기념으로 간직한다.

등산로는 적색이나 흑색의 기포가 많은 화산 돌이 잘게 부서진 자갈과 가루로 덮여있다. 걸음마다 '쓰억~ 쓰어억' 소리가 난다. '차륵~ 차르륵' 쇳소리가 나기도 한다. 등산화가 자갈에 부딪히는 소리, 자갈 밟는 소리이다.

'쓰어어어억~' 소리가 들리는가 싶더니, "어이구, 엄마야~!" 하는 짧은 외침이 들려온다. 누군가 미끄러지며 저절로 뱉은 소리이다. 고개를 돌려서 바라보니, 생김새만 보고는 일본 사람인지, 중국 사람인지 구분이 되지 않는다. 그러나 "어이구, 엄마야~!"라는 말은 우리나라 사람만 낼 수 있는 소리가 아닌가. 다치지 않으셨

은퇴 산꾼, 고산에 서다

느냐고 물으니, "네, 괜찮아요."라며 쑥스러운 웃음을 보인다.

앞사람이 발걸음을 뗄 때마다 화산 먼지가 푸석푸석 날아오른다. 손으로 코를 막아보지만, 퀴퀴하다. 등산화는 물론 바지 무릎 아래는 먼지가 묻어 하얗다. 먼지를 마시며 뒤따라갈 수는 없다. 거리를 두거나 기회를 봐서 앞질러 나아간다. 그야말로 지루한 하산 길이 계속 이어진다.

오전 9시 42분, 5합목 등산로 입구에 이르러 산행이 마무리되었다. 하산을 시작하여 휴식을 포함하면 3시간 14분 만이다. 매우 빠른 속도이다. 올라갈 때는 기대감으로 지루한 줄 몰랐으나 내려올 때는 지루하기만 했다. 등산로는 오르내림이 전혀 없다. 처음부터 끝까지 능선을 따라서 일직선으로 오르고 내려와야 한다. 볼 것도 없다. 나무 한 그루, 풀 한 포기도 없다. 황량하기만 하다. 그러니 지루할 수밖에.

등산로에는 인공 시설이 전혀 없다. 나무 계단이나 돌계단도 없다. 자연 그대로이다. 등산로 옆에 있는 바위에는 흰 페인트로 화살표 표시를 해 놓았고 출입 차단 로프만 설치해 놓았다. 낙석 주의 팻말과 출입 금지 팻말이 드물게 서 있을 뿐이다. 팻말은 친절하게 일본어, 영어, 중국어, 한국어로 쓰여 있다. 이에 비하면 우리나라의 등산로는 돌계단과 나무 계단 등 시설이 잘 되어 있다. 아니, 잘 되어 있는 정도를 넘어서 넘쳐난다. 어느 쪽이 자연 보호를 위해서 더 바람직한 것인지 생각하지 않을 수 없다.

등산로에 설치된 팻말

그들의 속담인 "한 번 오르지 않아도 바보요, 두 번 올라도 바보다."라는 말의 뜻이 무엇인지, 평생 한 번은 꼭 오르고 싶어 하지만 두 번은 오르고 싶어 하지 않는지 이제는 알 것만 같았다. 그건 바로 그들이 후지산에 대해서 가지고 있는 애정이 크다는 것과 막상 올라가 보면 별거 아니라는 의미가 아닐까?

그러나 후지산은 깨끗하다. 휴짓조각, 사탕 봉지, 담배꽁초 하나 없다. 우리가 그들에게서 배워야 할 점인 것은 틀림없다.

은퇴 산꾼, 고산에 서다

동양의 알프스,
쓰구냥산(四姑娘山)

등반 일자: 2017. 11. 16.~2017. 11. 21.

길을 나서며

 웅장한 만년설과 드넓은 초원이 그림같이 조화롭고 아름다워 동양의 알프스로 불리는 쓰구냥산. 이 산은 예로부터 이곳에서 살아가는 장족(壯族, 티베트인)에게는 성스러운 산으로 여겨져 오고 있다. 또한, 아름답고 애잔한 네 자매의 전설이 전해 내려오고 있다.

옛날에 아름다운 네 자매가 살고 있었다. 네 자매는 사랑하는 판다를 보호하기 위해 사나운 표범과 싸우다 죽었다. 네 자매는 죽어서까지 판다를 보호하기 위해 네 개의 산봉우리로 변하였다. 네 자매 중 첫째는 따구냥봉(大姑娘峰, 해발 5,038m)이 되었고 둘째는 얼구냥봉(二姑娘峰, 해발 5,454m)이 되었으며 셋째는 싼구냥봉(三姑娘峰, 해발 5,664m)이 되었고 막내인 넷째는 야오메이봉(幺妹峰, 해발 6,250m)이 되었다.

이 네 개의 봉우리가 서로 어깨를 맞대고 나란히 솟아있는 쓰구냥산(四姑娘山)에 오르기 위해서, 전설 속의 아름다운 네 자매를 보기 위해서 길을 나섰다. 그중 첫째인 따구냥과는 직접 만날 예정이어서 가슴이 설렌다.

은퇴 산꾼, 고산에 서다

등반을 하기 위해서는 등반 장비와 등반 의류, 비상식량 등 중요하지 않은 것이 없다. 그중에서도 가장 중요한 것을 꼽으라면 바로 등산화이다. 두 발로 걸어야 하기에 등산화가 부실하면 낭패를 볼 수 있고 자칫하면 사고로 이어질 수도 있기 때문이다.

출발에 앞서서 등산 장비와 등반 의류, 비상식량 등은 에베레스트와 후지산에 다녀온 경험이 있었기에 수월하게 준비할 수 있었다. 그러나 등산화는 낡은 것뿐이다. 평소 20㎞ 내외의 장거리 산행을 매주 하다 보니 등산화를 새로 구입해도 일 년도 안 되어 바닥이 반질반질하게 닳는다. 지난주에는 낙엽 쌓인 하산 길에서 엉덩방아를 찧기도 했다.

고산 등반에 좋다는 모 중등산화를 구입했다. 처음 신어보는 등산화이기에 적응하려고 몇 번 신어보니 무척 무겁고 발이 편하지가 않다. 일반 등산화의 무게는 640g이지만, 중등산화는 300g이나 더 무거운 940g이다. 등산화를 신고 가는 것이 아니라 끌고 가는 것 같았다. 마치 발에 쇳덩이를 달고 유격 훈련을 받는 듯했다. 발뒤꿈치도 등산화와의 마찰로 벗겨질 것처럼 쓰라렸다.

문제는 새로 구입하긴 해야 하는데, 시간이 촉박하다는 점이다. 부랴부랴 주문부터 했다. 출발 전까지 도착하지 않으면 헌 등산화를 신고 갈 수밖에 없다. 거듭 택배 회사에 연락하여 사정을 설명하고 급배송을 요청했다. 다행히 출발 두 시간 전에 도착했다. 한결 가벼운 마음으로 길을 나설 수 있었다.

쓰구냥산

Day 1

▲주요 구간: 인천 국제공항(仁川 國際空港)~성도 국제공항(成都 國際空港)

이번 등반은 어렵게 성사되었다. 애초에는 10월 초에 가기로 했으나 신청자 중에서 취소한 사람이 있어 한 번 무산되었다. 금년 마지막 일정까지 무산될 뻔했으나 다행히 마감 일주일을 앞두고 추가 신청자가 있어서 갑자기 결정되었다. 만년설이 쌓인 쓰구냥산은 많이 알려진 산도 아니고 더욱이 동계 등반이다. 관광이나 쇼핑 일정도 전혀 없기에 신청자가 거의 없었다.

쓰구냥산은 히말라야의 한 자락으로 중국 쓰촨성 서부인 동티베트에 자리하고 있다. 그곳에 가기 위해서는 중국 성도 공항까지 비행기로 이동해야 한다.

오후 6시. 공항에서 일행들을 만났다. 등반을 함께할 일행은 여성 한 명을 포함하여 모두 네 명이다. 수십 명이 무리 지어서 이리저리 다니는 것은 여러 면에서 피곤한데 인원이 많지 않아서 좋다.

은퇴 산꾼, 고산에 서다

저녁 식사는 기내식이 예정되어 있으나 그때까지 기다리기에는 배가 고프다. 간단히 메밀국수로 허기를 달랬다. 기내식은 밥이 아닌 빵이 나왔다. 빵을 먹었어도 배가 채워지지 않았다. 이럴 줄 알았으면 공항에서 밥을 먹을 걸 그랬다.

밤 1시 30분, 성도 공항에 도착하였다. 인천 공항을 이륙한 지 네 시간 만이다. 한 시간의 시차로, 이곳 현지 시각은 12시 30분이다. 안개비가 부슬부슬 내린다. 활주로는 초겨울의 안개비에 촉촉하게 젖어있다.

출국장 전광판의 붉은 글씨가 눈길을 사로잡는다. '不忘初心 牢記使命(불망초심 뇌기사명)'. 초심을 잊지 말며 사명을 깊이 새기자는 뜻이 아닌가. 그러고 보니 얼마 남지 않은 연말이 지나면 중화 인민공화국이 덩샤오핑의 지도 체제 아래에서 개혁 개방 정책을 시행한 지 사십 주년이 되는 해이다. 당시의 초심을 잊지 말고 경제 발전의 사명을 다하자는 그들의 결기와 긴장감이 느껴진다.

등반을 함께할 현지 산악 가이드는 우리나라 말과 글을 읽고 쓰고 말하는 데 능숙한 교포 3세이다. 서른일곱 살의 미혼으로 가이드 일을 시작한 지 사 년째이며 현지 여행사 소속이다. 보수는 월급제가 아니고 일을 할 때만 수당을 받는다. 봄부터 늦가을까지는 일이 많고 겨울엔 한가하다. 그의 이름 '박청림'이 말해주듯이, 작은 키에 숱이 많은 머리를 짧게 깎은 모습에서 나무가 꽉 들어선 푸른 숲이 연상된다.

산악 가이드의 안내로 성도 시내에 있는 호텔에 여장을 풀었다. 호텔 이름은 가원국제주점(家園國際酒店)이다. 중국에서는 호텔을 주점으로 표시한다. 그러나 배가 고파 잠이 오지 않는다. 거리로 나왔으나 식당은 모두 문이 닫혀있다. 거리에서 파는 양꼬치 외에는 먹을 게 없다. 꼬치 네 개로 허기부터 달랬다.

그러다 보니 새벽 3시가 되었다. 오전 6시 30분에 모닝콜이 울리기로 했으므로 많이 자 봐야 3시간 30분이다. 그러나 잠이 오지 않는다. 잠이 오지 않는 것은 잠자리가 바뀔 때마다 나타나는 현상이다. 집을 떠날 때마다 부딪치는 최대의 고민거리다. 결국 처방받아서 가지고 온 수면제를 먹었다.

쓰구냥산

Day 2

▲**주요 구간**: 성도(成都)~일륭(日隆, 3,200m)~쿠수탄(枯樹灘, 3,470m)~
　　　　　 일륭(日隆, 3,200m)
▲**도상 거리**: 일륭~쿠수탄 왕복 7㎞

　오늘은 성도에서 일륭까지 차량으로 이동하고, 일륭에서 쿠수
탄까지 왕복 7㎞를 오가며 세 시간 정도 고산 적응을 한다. 고산
적응을 하는 것은 해발 2,500m 이상에서는 600m씩 오를 때마
다 하루씩 적응하는 시간을 가져야 고산 증세 예방에 효과적이
기 때문이다.

　출발에 앞서서 아침 식사는 호텔 식당에서 했다. 뷔페식이어서
종류는 많았으나 입에 맞는 음식이 별로 없다. 이것저것 조금씩
맛보는 식으로 배를 채웠다.

　일륭까지 타고 갈 차량은 7인승 승합차이다. 일륭까지 200여
㎞를 가야 하며 네 시간 정도 걸린다.

　일륭까지 가는 길은 산허리 길이다. 한쪽 편은 천 길 낭떠러지
이고, 이리 구불, 저리 구불 산허리를 돌고 또 돌아간다. 차선은
하나뿐이고 앞에는 화물차가 저속으로 간다. 틈만 나면 중앙선

을 넘어서 추월한다. 더욱이 급커브여서 머리가 아찔하고 현기증이 나려고 한다. 나도 모르게 안전벨트가 제대로 채워져 있는지 수시로 확인하게 된다.

여러 개의 터널을 지난다. 그중 세 개의 터널은 조명 시설이 전혀 없어서 컴컴한 암흑 속을 달리게 된다. 맞은편에서 오는 차량의 불빛에 눈이 부셔서 중앙선조차 잘 보이지 않는다. 공사 당시 왜 조명을 설치하지 않았을까? 조명이 있는 터널도 조도가 약해서 어둠침침하다. 터널 속에서도 틈만 나면 중앙선을 넘어서 추월한다. 지난밤 수면 시간이 짧아 눈꺼풀이 무거웠으나 긴장감으로 눈을 붙일 수가 없다.

우리는 흔히 중국 사람을 부를 때 그들의 특성을 빗대어 '만만디(慢慢地)'라고 한다. 이는 우리나라 사람의 특성인 '빨리빨리'의 반대되는 개념으로 매사 느긋하고 여유 있다는 뜻이다. 그러나 그들은 결코 만만디가 아니다. 우리보다 더 급한 성격이다.

파랑산 허리 지점인 해발 3,850m 지점에는 터널이 뚫려있다. 그 길이가 약 8㎞나 된다. 이 터널이 지난해에 개통되면서 일룽까지 한 시간이 단축되었다. 최근에 개통한 이 터널도 조명은 있으나 어둠침침하기는 마찬가지다.

파랑산 터널을 지나자 또 다른 세상이 열린다. 키 큰 나무는 하나도 없고 키 작은 나무와 잡초에 상고대가 하얗게 피어있다. 발아래로는 구름뿐이다. 마치 선계에 들어선 듯하다.

은퇴 산꾼, 고산에 서다

전망대에서 바라본 쓰구낭산

일룽 마을

쓰구냥산 전망대에 이르러서 잠시 쉬어간다. 전설 속의 아름다운 네 자매, 쓰구냥이 우뚝 서서 어서 오라 손짓하며 우리를 반겨 준다. 저만치 아래에서는 등반을 시작할 일릉 마을이 한눈에 들어온다. 도로변에는 간간이 타르초가 바람에 날리고, 커다란 바구니를 등에 진 사람들이 지나간다. 야크를 잡은 뒤에 머리를 옆에 놓고 고기를 줄에 매달아 놓고 판다. 모두 티베트 고유의 풍경이다.

일릉 마을의 일월 산장에 이르러 여장을 풀었다. 점심을 먹고 가벼운 차림으로, 고산 적응을 위해 장평구를 따라 쿠수탄에 다녀온다.

이곳 쓰구냥산 일대에는 세 개의 계곡이 있다. 쿠수탄으로 이어지는 장평구(長坪溝), 대해자로 이어지는 해자구(海子溝), 분경탄으로 이어지는 쌍교구(双橋溝)가 그것이다. 세 곳 모두 널리 알려진 풍경 명승구이다. 장평구는 고산 적응을 위해 다녀오고 해자구는 따구냥봉에 오르기 위해서 간다. 그러나 쌍교구는 일정에 없다. 일정을 하루 늘려서라도 쌍교구에 다녀왔으면 좋겠다는 생각이 인다.

쓰구냥산 일대는 세계 자연유산, 국가 자연보호 구역, 국가 풍경 명승구로 지정되어서 입장료를 받는다. 풍경 명승구 관리국 매표소에서 입장권부터 구입했다. 입장료는 1인당 55위안이다. 한화 1원이 170위안 정도이므로 대략 9,350원이다.

은퇴 산꾼, 고산에 서다

사고랍사 사찰 앞에서. 멀리 쓰구낭산이 보인다

관리국에서 사찰 입구 게이트까지는 포장도로이다. 십여 분 정도를 서틀버스로 올라간다. 게이트를 지나서 등산로를 따라 사찰에 이른다. 사찰 정문에는 '사고랍사(斯古拉寺)' 현판이 붙어있고, 중화인민공화국의 오성홍기가 바람에 휘날린다. 사찰 안과 밖에는 타르초가 펄럭인다.

사찰 경내에 들어섰다. 고즈넉한 산사 풍경에 마음이 차분해진다. 스마트폰을 꺼내어 사진을 찍으려니 "노 포토!" 소리가 들려온다. 돌아보니, 자원봉사자로 보이는 여성이 사진 찍는 것을 제지한다. 부처님께 삼배를 드리며 안전 산행을 기원한다. "무사히 등정하게 해 주십시오. 옴마니밧메훔."

장평구 계곡 길을 따라서 나아간다. 쿠수탄까지는 데크 길만 따라가면 된다. 굽이굽이 돌아갈 때마다 쓰구냥산이 순간순간 모습을 드러내기도 하고 사라지기도 한다. 쓰구냥산은 그 모양새나 자태가 매우 아름다운 것이 세계 삼대 미봉의 하나인 아마다블람을 연상시킨다. 주변은 중국갈매나무, 아마나무, 노간주나무가 도열하듯 숲을 이루고 있다.

쿠수탄은 쓰구냥산 아래에 해발 3,470m에 위치하고 있다. 쿠수탄(枯樹灘)은 글자 그대로 고사목이 있는 여울이다. 만년설이 녹아내린 물이 얕게 흐르고 고사목 수십 그루가 있다. 빙하 계곡과 고사목이 어우러진 풍경은 그야말로 한 폭의 그림이다. 원시

그림 같은 쿠수탄 풍경

적인 맛과 멋이 그대로 담겨있는, 이곳이야말로 신선이 노니는 선계가 아닐까?

   고산 적응을 마무리하고 산장에 돌아와 짐을 세 곳으로 분류했다. 등반이 끝나고 갈아입을 옷 등 산장에 맡겨놓을 물품은 가방에 담아놓고, 말에게 실어 보낼 물품은 카고백에, 산행 중에 필요한 물품은 배낭에 챙겨놓았다.

   저녁 식사는 돼지고기 수육이다. 일행 중에서 장 선생과 유 선생이 볶음고추장을 가지고 왔다. 곁들여 먹으니 느끼하지 않아서 좋다. 내일을 생각해 든든히 배를 채웠다.

   김 선생이 어지럽고 머리가 아프다고 한다. 고산 증세가 나타난 것이다. 두통약을 밤과 아침에 한 정씩 드셔 보라고 드렸다. 김 선생은 아산에서 배 과수원을 크게 한다. 십오 년 전에 안나푸르나 베이스캠프와 고쿄리를 다녀왔으며 해외여행을 오십여 차례나 했다. 처음 마주했을 때 흰머리가 많아 나와 비슷한 나이로 봤으나, 58년생 개띠 예순 살이다. 이번에도 졸지에 내가 연장자가 되었다. 나이가 나이인 만큼 이제는 어딜 가나 연장자를 면하기 어렵다.

   침대에는 전기요가 깔려있다. 온수도 나온다. 그러나 난방 시설은 없다. 안과 밖의 차이는 바람이 있고 없고의 차이일 뿐이다. 가만히 앉아있어도 이가 딱딱 부딪친다. 전기요의 강도를 최고로 올려놓아도 춥기는 마찬가지다. 서둘러서 핫팩 네 개를 침낭 속에 넣고 눈을 붙인다.

쓰구냥산

Day 3

▲**주요 구간**: 일릉(日隆, 3,200m)~배고각(拜姑脚, 3,370m)~재계평(
齋戒坪, 3,400m)~과장평(鍋莊坪, 3,554m)~조산평(朝山
坪, 3,633m)~석판열(石板熱, 3,668m)~대첨포(打尖包,
3,750m)~노우원자(老牛園子, 3,800m)~대해자(大海子,
3,836m)~노우원자로영점(캠프, 老牛園子露營点, 3,687m)

▲**도상 거리**: 14㎞

오늘부터는 본격적으로 따구냥봉을 향해 나아간다. 거리는 14
㎞이고 고도는 대해자까지 636m를 올려주며, 노우원자 아래 계
곡에 제1 베이스캠프를 설치한다.

지난밤에도 여러 차례 자다 깨기를 거듭했다. 깰 때마다 스마
트폰으로 시간을 확인했다. 아침 식사는 흰죽, 계란, 앙꼬 없는
찐빵이다. 죽과 계란이야 그렇다 해도 앙꼬 없는 찐빵은 무슨 맛
으로 먹을까? 한입 베어 물었다. 역시 퍽퍽하기만 하다. 무언가가
빠진듯하여 허전하기까지 하다. 허전한 것으로 말하면 고무줄 없
는 팬티, 물 없는 호수, 렌즈 없는 안경과 다를 게 무엇인가. 그들
은 왜 앙꼬 없는 찐빵을 즐겨 먹을까?

약간의 간식과 방풍 재킷, 물 등 산행 시 필요한 물품만 배낭에 넣고 길을 나섰다. 나머지 짐은 말이 나른다. 오리털 파카와 예비 의류는 물론이고 침낭과 텐트, 식재료, 가스통 등 조리 기구, 간이 식탁과 의자까지 모두 말 여덟 마리가 나른다. 말을 모는 마부는 두 명이고, 그들의 나이가 많은 듯 보였으나 모두 오십 대이다.

쓰구냥산 풍경 명승구 관리국 앞에는 오성홍기가 게양되어 있고 등산 안내도가 있다. 관리국에서 입장권을 사고, 등산로에 들어섰다. 이곳 해자구 입장료는 160위안이다. 한화로 계산하면 대략 25,500원이다. 장평구 입장료보다 세 배 정도 비싸다. 관리국에서 게이트까지는 나무 계단으로 이어져 있다. 게이트에서 일행을 대표하여 가이드가 입산 신고를 한다.

부부인 장 선생과 유 선생 그리고 김 선생, 나, 산악 가이드, 마부 두 명을 합하여 모두 일곱 명이고, 말 여덟 마리가 함께 나아간다. 게이트에서 해자구 능선인 재계평까지는 오르막길의 연속이다. 주변 숲은 자작나무가 군락을 이루고 있다. 배고각을 지나 오르막길을 재촉하여 재계평에 올라섰다.

재계평에 올라서니 사방팔방이 시원하게 조망된다. 올라온 일릉 마을이 보이고 앞으로 가야 할 능선이 장쾌하게 뻗어있다. 발 아래 낭떠러지에는 해자구 계곡이 구불구불 끝없이 이어져 있다. 재계평은 지리적 위치가 험준하여 병가가 쟁탈하던 곳으로 건륭왕이 이곳에서 금천을 쳤다고 한다.

재계평에서 잠시 쉬고 있는데 분위기가 다소 미묘하다. 김 선생이 등정을 포기하겠다는 것이 아닌가. 지난밤에 두통약을 먹고 머리가 맑아졌다고 했는데 다시 고산증이 온 듯하다. 이곳에 오기까지 그분이 마지막 신청자이다. 그가 신청하지 않았으면 무산되어서 오지 못했을 것이다. 이번 등반의 일등 공신인 셈이다. 그런 분이 포기를 선언한 것이다. 이제 시작인데 포기해야만 하는 그의 심정은 어떠할까? 부부 한 쌍이 짝이 되고 김 선생과 내가 짝이 되었는데, 발길을 되돌리게 되어 더욱더 안타깝고 애석하다.

장 선생과 유 선생 그리고 나, 셋이 남았다. 묵묵히 능선을 따라서 나아간다. 능선을 따라 초원길이 이어진다. 잠시 후 과장평에 이른다.

과장평은 매년 정월 초삼일에 장족들이 명절옷을 차려입고 붉은 비단을 걸친 큰 말을 타고 이곳에 모여서 쓰구냥산에 제를 지내고, 모닥불을 피워놓고 젊은 처녀·총각이 전통춤을 추고 노래를 하며 사랑을 고백하던 곳이다.

라마 불교 탑

넓은 초원 능선 위에 라마 불교 탑이 우뚝 서 있다. 라마 불교는 티베트 불교를 말하며 대승 불교에 속한다. 지금은 중국령이 된 티베트에서 발달하였으며, 윤회 사상을 바탕으로 환생한 자가 달라이라마(Dalai lama) 자리를 계승하므로 라마 불교라고 부른다. 불교 탑 안에는 부처님이 앉아 계시고 주위에는 오색 타르초가 바람에 휘날린다. 잠시 두 손 모아 부처님께 예를 표한다. "옴 마니밧메훔."

조산평 초원에는 자그마한 습지도 있다. 조산평은 매년 음력 오월 초나흗날, 수천수만의 장족이 사방팔방에서 모여들어 우순풍조와 마을의 평안을 산신께 기원하던 곳이다.

이어 돌탑을 지나서 나아간다. 불교 탑이 있고 돌탑이 있으며 타르초가 있는 것이 에베레스트와 비슷하면서도 사뭇 다른 분위기이다. 초원 지대를 지나 능선 길을 버리고 관목 지대로 들어서서 산허리 길로 나아간다.

삼십 대의 여성이 옆을 스쳐 간다. 우리가 한국말을 하는 것을 보고 한국에서 왔느냐고 묻는다. 이 여성은 한국 사람으로 현재 일본에 살고 있으며 남편과 휴가를 함께 내지 못해서 혼자 왔다고 한다. 혼자 다니기에 무섭고 불편하지 않으냐고 물으니, 중국에서 유학을 하여 이곳 사람들과 자유롭게 소통이 되어 괜찮다며, 대해자까지 다녀올 예정이라고 한다.

에베레스트와는 달리 이곳에선 서양 사람들은 보이지 않는다. 거의 동양 사람이다. 동양 사람들은 생김새가 비슷하여 말을 하

천상 화원 길. 건기여서 먼지만 풀풀 날린다

기 전에는 어느 나라 사람인지 알 수가 없다. 스쳐 지나며 말하
는 소리를 들으니 대부분 중국 사람들이다.

재계평에서 과장평과 조산평을 지나 석판열까지는 평원이며 초
원 지대다. 이곳 사람들은 이 초원 지대를 '천상 화원 길'로 부른
다. 봄에는 푸른 풀이 요처럼 깔려있고 여름에는 각종 야생화가
수를 놓은 듯하며 가을에는 에델바이스가 온 산에 핀다. 그러나
지금은 꽃은 볼 수 없고 건기여서 먼지만 풀풀 날린다. 잠시 걸

음을 멈추고 눈을 감아보았다. 수많은 야생화의 속삭임이 들려오는 듯하다.

석판열은 현지 유목민들이 이 산에 올라서 휴식을 취할 때 햇볕에 뜨거워진 큰 석판 위에 앉아 휴식을 즐겼다고 하여 석판열이라 부른다. 우리도 석판 위에 앉아서 점심을 먹는다. 점심은 미리 챙겨 배낭에 넣어둔 주먹밥과 사과, 초콜릿이다. 말들도 쉬어가며 바닥에 납작하게 깔린 마른 풀을 뜯는다.

해자구 능선을 따라 쓰레기통이 일정 간격으로 설치되어 있다. 쓰레기통은 소나무의 속을 파내어 만들었으며 높이 50㎝, 지름 30㎝ 정도로 작고 귀엽다. 누구의 아이디어인지, 참으로 기발하고 참신하다.

해자구 능선에 설치된 쓰레기통

등산로는 초원 지대가 끝나고 관목 지대로 이어진다. 사지나무에는 콩알만큼 작은 빨간 열매가 달려있다. 그 열매에 비타민 C가 사과의 백 배나 들어있다. 한 개 따서 입 안에 넣으니 먹을 수 없을 정도로 시다. 나도 모르게 안면 근육이 찡그려지고 금세 입 안 가득 침이 고인다.

대첨포에 이르렀다. 대첨포는 현지 주민들이 산에 약초를 캐러 가거나 야크나 말을 방목할 때, 이곳에서 휴식하면서 휴대한 간식(대첨, 새참)을 먹었다고 하여 붙여진 이름이다. 대첨포(打尖包)의 '打' 자는 '타' 자이다. 그러나 현지 안내판에는 한글로 타첨포가 아닌 대첨포로 표시되어 있다. '대' 자로도 쓰이는 걸까?

대첨포에는 산장이 있고 매점이 있으며 관리소가 있다. 이곳에도 오성홍기가 휘날린다. 커다란 개 두 마리가 세상 편한 자세로 엎드려 졸고 있다. 이곳을 지나는 사람들은 매점에서 음식을 사 먹으며 휴식을 한다. 말로 짐을 나르던 마부도, 말을 타고 가던 사람도 이곳에서 쉬어간다. 우리도 배낭을 내리고 잠시 쉬어간다.

어느 사람은 말을 타고, 어느 사람은 말고삐를 잡고 걸어온다. 이곳 해자구에서 말을 타면 거리가 멀든, 짧든 기본이 일일 300위안, 한화로는 약 51,000원이다. 그리 비싸지 않으니 일단 말을 빌려서 힘들면 타고 힘들지 않으면 걸어간다.

말을 타고 다니는 사람 중에는 순시원도 있다. 가슴 왼쪽에 무전기를 달고 있는 사람이 순시원이다. 때로는 말에 올라 채찍질을 하며 달려가기도 한다. 마치 서부 영화의 한 장면을 보는 듯,

은퇴 산꾼, 고산에 서다

허리에 비스듬히 총을 차고 악당을 제압하는 보안관의 모습이 보인다.

짧은 휴식을 마치고 길을 이어간다. 대첨포 갈림길에서 대해자로 가기 위해서 우측 산허리 길로 들어선다. 좌측 오름길은 등정을 마치고 내려올 때 오는 길이다. 좌우에는 만년 설산이 늘어서 있다.

등산로는 누군가가 삽으로 파놓은 듯 움푹움푹 패어있다. 간격도 일정하고 규칙적이다. 비가 와서 질척거릴 때 말들이 다녀서 패인 것이다. 말똥이 여기저기 흩어져있다. 말들이 지나다 선 채로 변을 봐서이다.

노우원자에도 갈림길이 있다. 좌측 오름길은 내일 따구냥봉을 갈 때 가야 할 길이다. 우리는 대해자를 향하여 우측 산허리 길로 나아간다.

노우원자는 현지 유목민이 야크를 가두는 곳이다. 매년 단오 무렵에 야크를 목초지에서 이곳으로 이동시켜 통통하게 살을 찌우고, 8월 중순 무렵에 야크를 다시 목초지로 이동시켜서 겨울을 난다.

오늘 밤에 캠프를 설치할 곳과 대해자로 가는 갈림길에 이른다. 우리는 먼저 대해자로 향한다. 망설이다가 배낭을 벗어놓고 가볍게 다녀오기로 한다. 산악 가이드는 분실 우려가 있다며 만류했으나, 배낭을 메고 가는 것과 그냥 가는 것은 차이가 큼을 알기에 고집을 꺾지 않았다.

배낭에는 여권과 방풍 재킷, 비상식량 등이 들어 있어서 만약 분실한다면 낭패를 볼 수밖에 없다. 배낭을 나무 사이의 보이지 않는 곳에 숨겨놓았다. 몸은 가벼웠으나 일말의 불안감이 인다. 빠른 속도로 일행을 앞서서 나간다.

대해자는 고산 호수 중에서도 가장 큰 호수이다. 만년 설산에서 흘러내린 물이 모여들어 호수를 만들었다. 깊이가 얼마나 되는지는 알 수 없지만, 물 색깔이 푸른 것이 꽤 깊은 듯하다.

설산에서 흘러내린 물은 호수에 잠시 머물다가 계곡을 이루며 굽이굽이 흘러내린다. 해자구 계곡의 시발점인 것이다. 제4기 빙

대해자 풍경

하가 사라진 후 자연적으로 형성되었으며, 고산 어류인 나린어가 서식하고 있다. 황오리, 쇠백로 등 철새의 도래지이기도 하다.

캠프 갈림길로 되돌아왔다. 배낭은 그 자리에 그대로 꼭꼭 숨어있었다. 일행들이 오길 기다리며 잠시 누워서 팔베개를 하고 하늘을 바라본다. 하늘은 구름 한 점 없이 눈부시게 파랗다. 하늘 아래 만물이 고요하게 잠들어있는 듯하고 세상의 번뇌가 금세 사라지는 듯하다.

노우원자 해자구 계곡 옆은 자그마한 초원 지대이다. 야크 십여 마리가 한가롭게 풀을 뜯고 있다. 더없이 평화로운 풍경이다. 이곳에서 야영을 하기 위해서 제1 베이스캠프를 설치한다. 취사용 텐트 한 동과 대원용 텐트 세 동이다. 그야말로 유행가 가사처럼 '저 푸른 초원 위에 그림 같은 집을 짓고'이다.

제1 베이스캠프에서 산악 가이드, 마부와 함께

오후 5시에 저녁밥을 먹는다. 에베레스트에서는 주방 요원이 별도로 있으나 이곳에서는 짐 나르는 마부 두 명이 음식을 만들어 준다. 메뉴는 된장국에 깻잎장아찌, 오징어 젓갈, 호박 조림, 김치, 계란프라이다. 식재료를 비행기에 싣고 와서인지 집에서 먹는 것과 조금도 다를 바가 없다.

저녁을 먹고 계곡으로 내려갔다. 대해자에서 흘러내린 물이 제멋대로 흩어져있는 돌 틈 사이로 요리조리 흘러내린다. 물은 조그만 웅덩이를 이뤘다가 다시 제 갈 길을 찾아 흘러간다. '챠르르 ~ 챠르르' 물소리도 싱그럽다. 설산 아래 초원과 계곡이 어우러진 그림 같은 풍경과 물소리에 가히 꿈속을 노니는 듯한 착각에 사로잡힌다. 아니, 착각이 아니라 선계가 틀림없다. 이야기 속에 나오는 선계.

양치질을 하기 위해 계곡물을 한입 머금었다. 입 안이 얼얼할 정도로 무척 차가워 꿈속에서 깨어나듯이 정신이 번쩍 든다. 손, 발, 얼굴은 캠프 안에서 물수건으로 약식으로 닦을 수밖에 없다. 물이 있다고 해도 씻을 수는 없다. 고산 증세가 올 수 있기 때문이다.

저녁 6시, 핫팩을 침낭 속에 넣고 일찌감치 침낭 속에 든다. 피로 해소는 수면의 질에 따라 좌우된다. 그러나 이곳에선 질보다 양을 우선시해야 한다. 경험상 그렇다. 푹 자진 못하더라도 눈만 감고 누워만 있어도 어느 정도 피로 해소가 된다.

은퇴 산꾼, 고산에 서다

쓰구냥산

Day 4

▲ **주요 구간**: 노우원자로영점(캠프, 老牛園子露營点, 3,687m)~과도
영(鍋途嵯, 4,379m)~과도영로영점(캠프, 鍋途嵯露營点,
4,390m)
▲ **도상 거리**: 6㎞

지난밤에는 잠을 자다 추위와 갈증으로 잠에서 깼다. 시간을
보니 밤 2시 30분이다. 보온병을 열어 보니 따뜻한 물은 이미 다
마셔서 텅 비어있다. 설상가상으로 페트병에 있던 물은 얼어있
다. 손으로 두드려 얼음을 깨고 갈증을 달랠 수밖에 없었다. 얼
음물을 마시고 보니 더 추웠다. 핫팩을 추가로 침낭 속에 넣고
두툼한 오리털 파카를 꺼내 입었다.

소변도 볼 겸 잠시 밖으로 나왔다. 베이스캠프의 밤은 아주 고
요하고 하얗다. 그야말로 순백의 세상이다. 눈이 내려서 하얀 것
이 아니라 서리가 내려서 하얗다. 초원에도, 캠프에도 서리가 두
껍게 내려앉아 있다. 내려앉은 서리는 꽁꽁 얼어있다. 발에 밟히
는 서걱대는 소리에 고요 속에 잠들어있던 캠프가 깨는 듯하다.

밤하늘을 올려다보았다. 별, 별, 별들이 하늘에 꽉 차 있다. 손
을 뻗으면 닿을 듯하고 우수수 떨어질 것만 같다. 별이 이토록 많

은지 처음 느껴 보았다. 저 수많은 별 중에서 내 별은 어느 별일까? 한참을 바라보았다. 티 없이 맑은 밤하늘에 펼쳐진 별들의 군무, 하늘도 돌고 별도 돌고 나도 덩달아 돌아가는 것만 같다. 윤동주 시인의 시 <별 헤는 밤>이 떠오른다.

> 계절이 지나가는 하늘에는
> 가을로 가득 차 있습니다.
> 나는 아무 걱정도 없이
> 가을 속의 별들을 다 헤일 듯합니다.
> 가슴 속에 하나둘 새겨지는 별을
> 이제 다 못 헤는 것은
> 쉬이 아침이 오는 까닭이요
> 내일 밤이 남은 까닭이요
> 아직 나의 청춘이 다하지 않은 까닭입니다.
> 별 하나에 추억과
> 별 하나에 사랑과
> 별 하나에 쓸쓸함과
> 별 하나에 동경과
> 별 하나에 시와
> 별 하나에 어머니, 어머니…

오늘은 과도영까지 6㎞를 이동하고 고도는 703m 올려 준다. 과도영에 이르면 야영을 하기 위해서 제2 베이스캠프를 설치한다.

　　　　　　　　　　　　　　　은퇴 산꾼, 고산에 서다

아침을 먹긴 먹어야 하는데 고산증이 시작되었는지 식사량이 절반으로 줄었다. 반 공기를 억지로 먹었다. 속이 편치 않아 더 이상 먹을 수가 없다. 짐 나르는 말은 바닥에 납작하게 깔린 풀을 뜯는다. 서리가 내려앉아 아직 마르지 않았는데도 맛있게 뜯는다.

오전 10시, 길을 나섰다. 출발이 늦은 것은 거리가 짧고, 일찍 올라가 봐야 그만큼 고산에서 머무는 시간이 길어지기 때문이다. 오름길을 올라서 노우원자 갈림길에 이르고 야크 방목장을 지나며 천천히 오름길을 이어간다.

저만치에 있는 낮게 포복한 나무 사이에서 무언가가 빠르게 움직인다. 저게 뭘까? 산토끼이다. 동물이라고는 야크와 말밖에 없는 줄 알았는데 산토끼가 있다. 이곳에는 멧돼지와 승냥이도 있다고 한다.

능선에 올라섰다. 능선에는 갈림길이 있다. 좌측의 길은 하산 시 대첨포로 내려가는 길이다. 자리를 잡고 앉아서 점심을 먹는다. 점심은 행동식인 주먹밥이다. 한입 베어 물었으나 삼켜지지가 않는다. 겨우 반을 먹었다. 아침에 속이 편치 않아 소화제를 먹었으나 속이 가라앉지 않는다. 해발 4,000m 전후에서는 소화제로 해결될 문제가 아님을 알면서도 먹을 수밖에 없다.

장 선생과 유 선생이 몇 걸음 오르다 쉬기를 거듭한다. 그들이 힘든 듯하여 잠시나마 웃으라고 말을 건네었다.

"아이는 있느냐?"

"아직 없다."

"내일모레면 사십인데 아이 갖는 걸 미루지 마라."

"조만간 가질 계획이다."

"만약 아이가 생기면 이곳에 온 기념으로 쓰구냥이나 따구냥으로 이름을 지어라."

"하하하, 좋은 생각이다."

장 선생과 유 선생은 부부다. 분당에 살고 있으며, 신혼여행을 동남아 최고봉인 키나발루산으로 다녀올 정도로 산을 좋아하고 사랑한다. 두 사람 모두 삼십 대 후반이며, 남편인 장 선생은 건장한 체격에 건강미가 넘쳐흐른다. 아내인 유 선생은 남편을 만나고부터 산을 좋아하게 되었다고 하며, 밝고 명랑하며 구김이 없다.

따구냥봉 능선

해발 4,208m 지점에 오르니 '대, 이봉 보호참차로구(大, 二峰 保護站岔路口)' 안내판이 있다. 대봉과 이봉, 즉 따구냥봉과 얼구냥봉으로 가는 갈림길이다. 눈앞에는 따구냥봉 능선이 가로막고 있다. 풀 한 포기, 나무 한 그루 없이 전체가 바위 능선이다.

따구냥 바위 능선은 우리나라 바위 능선하고는 확연히 다르다. 매끄럽고 단단한 바위가 아니고 날카롭고 뾰족뾰족하다. 톱날 같은 바위 절단면이 허공을 찌르고 있다. 단애에서 뿜어져 나오는 정기가 온몸을 타고 들어오는 듯하다.

야크들이 한가로이 풀을 뜯고 있다

능선에서부터 조각조각 부서져 흘러내린 바위 조각들이 너덜을 이룬다. 납작한 바위 조각들을 보니 삼겹살이라도 구워 먹었으면 좋겠다는 생각이 인다. 주변에는 야크의 먹이가 되는 키 작은 나무만 듬성듬성 있을 뿐이다. 양지바른 곳에는 야크 떼들이 풀을 뜯고 있다. 눈을 껌벅이며 우리 일행을 바라보기도 한다. 참으로 평화로운 풍경이다.

과도영에 이르렀다. 그곳엔 대피소 같은 자그마한 건물이 있고, 건물 앞에는 '대봉보호참(大峰保護站)' 안내판이 있다. 대봉이란 우리가 오를 따구냥봉을 말한다. 그곳에서 근무하는 사람이 공터에서 쓰레기를 태우고 있다. 슬그머니 옆으로 다가가 곁불을 쬐었다. 너덜 지대를 잠시 올라가 캠프를 설치할 곳에 이른다.

제2 베이스캠프

제2 베이스캠프를 설치한 곳은 과도영을 조금 지난 바위 능선 아래의 너덜 지대이다. 그곳 공터에는 돌을 쌓아 만든 화장실과 취사를 할 수 있는 돌집이 있다. 취사용 텐트는 설치하지 않아도 되어서 텐트 세 동만 설치했다. 화장실은 높이가 낮은 나무 칸막이가 있어서 쪼그리고 앉으면 옆 사람이 보이지 않는다.

　오후 4시, 이른 저녁을 먹는다. 그러나 먹을 수가 없다. 딱 밥 한 스푼과 국물 세 스푼을 뜨고 수저를 놓았다. 장 선생은 한 그릇을 다 비웠으나 유 선생은 나오지조차 않는다. 그도 나처럼 속이 편치 않다고 한다. 머리도 지끈댄다.

　캠프에서의 마지막 밤이다. 해가 뉘엿뉘엿 지면서 어둠의 그림자가 내리고 대기는 찬 기운을 품는다. 남은 핫팩을 침낭 속에 모두 넣고 옷에도 군데군데 붙였다. 물티슈로 손, 발, 얼굴만 대충 닦고 오후 5시 30분, 일찌감치 침낭에 든다.

Day 5

▲ **주요 구간**: 과도영로영점(캠프, 鍋途嶸露營点, 4,390m)~따구냥봉(大姑娘峰, 5,038m)~과도영로영점(캠프, 鍋途嶸露營点, 4,390m)~계잡평(鷄卡坪, 4,080m)~대첨포(打尖包, 3,750m)~석판열(石板熱, 3,668m)~조산평(朝山坪, 3,633m)~과장평(鍋莊坪, 3,554m)~일륭(日隆, 3,200m)~성도(成都)
▲ **도상 거리**: 과도영캠프~따구냥봉~일륭 15.5㎞

이른 새벽 3시 30분, 산악 가이드가 잠을 깨운다. 일어나보니 주위가 어수선하다. 지난밤부터 장 선생이 고산증이 와서 헛소리를 하고 있다고 한다. 나만 모르고 있었다. 수면제를 먹고 잤기 때문이다.

가이드는 내가 아무것도 모른 채로 코를 골며 자기에 피곤해서 그런 줄만 알았다고 하며, 수면제를 먹는 줄 알았으면 못 먹게 했을 것이라 한다. 고산에서 수면제를 먹고 자다가 아침에 죽은 채로 발견된 일이 있다고 한다. 그 말을 들으니 온몸에 소름이 돋는다. 가이드는 날이 밝는 대로 부부를 데리고 하산해야 한다며, 마부와 함께 정상에 오르라고 한다.

마부가 끓여준 흰죽 한 그릇을 훌훌 마셨다. 주위는 어둠에 잠겨있다. 헤드랜턴으로 길을 밝히며 정상을 향해 길을 나섰다. 길고 삭막한 너덜 오름길이 주 능선 안부까지 이어진다. 해발 4,700m 지점에 이르니 눈이 제법 쌓여있다. 그러나 딱딱하게 얼어붙어서 스틱이 꽂히지도 않고 미끄럽기만 하다. 아이젠을 착용하고 몇 걸음 오르다 쉬기를 거듭한다. 호흡이 거칠어질 때마다 잠시 숨을 고르고 오른다. 내가 힘들어서 잠시 멈추면 앞서가던 마부도 나의 페이스에 맞춰서 기다려준다.

주 능선 안부에 오르고 정상을 향해 걸음을 재촉한다. 바람이 거세게 불어온다. 두툼한 오리털 파카를 입고 털모자를 쓰고 장갑을 두 개나 겹쳐 끼고, 장갑 속에는 핫팩을 넣었는데도 찬바람이 온몸에 스멀스멀 스며든다. 하늘이 가까워질수록 겨울이 깊어가는 듯하다.

쓰구냥산 따구냥봉 정상

얼마쯤 지났을까? 앞서가던 마부가 갑자기 "야호~!" 하고 소리를 지르는 것이 아닌가. 드디어 쓰구냥산 따구냥봉 정상에 선 것이다. 정상에는 돌을 쌓아놓고 그 위에 타르초가 얼기설기 매어져 바람에 날리고 있다. 정상을 알리는 나무판에는 '四姑大峰 5,025'라고 쓰여 있다. 최근 위성 측정 결과 실제 높이는 5,038m이다.

정상에 올랐으나 기다리는 것은 어둠과 추위와 바람뿐이다. 그리고 고요하다. 아무것도 보이지 않고 아무 소리도 들리지 않는다. 거센 바람 소리조차 내 귀엔 들리지 않는다. 전설 속의 아름다운 따구냥을 만날 생각으로 설레던 가슴도 고요 속에 빠져든다. 버티고 극복하고 올라온 나 자신이 살아있음을 느낄 뿐이다.

스마트폰을 꺼내어 시간을 확인해 보니 새벽 6시 정각이다. 사진을 찍으려고 장갑을 벗었다. 장갑을 벗자마자 손이 얼었는지 감각조차 없다. 스마트폰을 두 번이나 바닥에 떨어뜨렸다. 지금 이 글을 쓰는 이 시간에도 손끝이 찌릿찌릿하다.

우여곡절 끝에 플래시를 작동시켜서 정상의 모습 한 컷을 겨우 담았다. 이어 정상을 배경으로 나의 모습을 담기 위해 마부를 불렀다. 마부에게 스마트폰을 건네려니 스마트폰이 그대로 꺼지는 것이 아닌가. 출발 전에 배터리 잔량이 60% 정도 남아있음을 확인하고 올라왔는데. 문제는 강추위이다. 온도계가 없어 정확한 기온은 확인할 수는 없으나 체감 기온은 영하 20도를 훌쩍 넘는 듯하다.

은퇴 산꾼, 고산에 서다

강추위에 노출되면 순간적으로 배터리 잔량이 제로가 된다는 것을 미처 생각지 못했다. 전에도 이런 일이 딱 한 번 있었다. 백두대간을 종주하던 중이었으며, 그때는 일행들이 대신 사진을 찍어 주었다. 등정에는 성공했으나 정상에 선 나의 모습조차 담을 수 없다니, 난감하기도 하고 허망하기도 하다. 만약 에베레스트 정상에 올랐다면, 이야말로 등정 시비에 휘말릴 수도 있는 상황이 아닌가.

일출 시각이 7시 30분이므로 그때까지 기다리려면 1시간 30분을 기다려야만 한다. 추위에 떨며 기다릴 것인가, 아니면 가슴에만 담고 하산할 것인가, 선택의 기로이다. 십여 분 정도 기다려보았으나 더 머무를 작은 여유조차 사라져 갔다. 하산을 결정했다. 마부에게 "백, 고우 베이스캠프!"라고 소리쳤다. 마부는 추위에 떨며 일출 때까지 기다릴 것을 걱정했는지, 돌아가자는 나의 말을 알아듣고 금세 얼굴에 미소가 번진다.

하산 길에 들었다. 언제 또 올 수 있을까. 아쉬움과 미련에 정상을 돌아보고 또 돌아보았다. 안부에 내려왔을 때 두 팀이 오르고 있다. 이들은 일출 시각에 맞춰서 정상에 설 것이다. 그러나 나는 시간을 맞추지 못해 허망하게 내려오는 길이다.

베이스캠프에서 정상까지는 약 3㎞이다. 산악 가이드는 3시간 30분을 잡고 새벽 4시에 내가 출발하도록 했다. 그러나 나는 단독 등정이다. 마부는 길잡이 역할만 할 뿐이니 거칠 것이 없었다. 내 페이스대로 오르면 되기에 두 시간 만에 정상에 선 것이다. 시간 계산을 제대로 못 한 가이드와 시간 조절을 못 한 나 자신으로 인해서 우리는 어둠 속에서 정상에 오르고 내려와야만 했다.

캠프에 이르자 그제야 어둠이 물러가고 있다. 장 선생과 유 선생이 출발하려는 듯 캠프 밖에 나와 있다. 잠시 몸을 추스르는 사이에 부부와 가이드가 보이지 않는다. 어쩌다 보니 부부에게 말 한마디 건네지 못했다. 장 선생은 어제저녁까지 유일하게 식사도 잘하였다. 그런 그가 고산 증세로 정상을 코앞에 두고 하산해야만 해서 더욱더 안타까웠다.

마부가 라면을 끓여왔으나 반의반밖에 먹지 못했다. 거북한 속이 아직도 풀리지 않는다. 내가 남긴 음식물 찌꺼기는 모두 말의 먹이가 되었다. 마부가 넓은 돌 위에 음식물을 쏟아놓자 기다렸다는 듯 말이 다가와 남김없이 먹는다. 긴 혀로 국물 한 방울 남기지 않고 깨끗하게 돌을 핥는다. 사료나 풀만 먹는 줄 알았는데 음식물까지 잘 먹는 줄은 이제야 알았다.

마부의 뒤를 따라 하산 길에 들었다. 마부 한 명이 앞에서 길잡이를 하고 다른 한 명은 뒤에서 말들이 옆으로 새지 못하도록 몰아간다. 말들이 조금이라도 늑장을 부리거나 다른 길로 새려고 하면 "춰~!", "쓰~!", "써~!"라고 큰소리로 말들을 통제한다.

은퇴 산꾼, 고산에 서다

각종 안내판

　노우원자 갈림길을 지나고 계잡평을 지난다. 요소마다 안내판이 있다. 혼자 가도 길 잃을 염려는 없을 것 같다.

　이곳은 우기와 건기가 뚜렷하다. 지금은 건기이다. 땅이 메말라 말이 가는 대로 먼지가 풀풀 날린다. 먼지를 피해서 거리를 두거나 재빨리 먼지 반대 방향으로 피해간다. 관목 지대를 지나고 초원 지대를 지나며 산허리 길을 이어간다.

대첨포 관리소

대첨포에 이르러 잠시 쉬어간다. 4,000m 아래로 내려오니 모든
신체 기능이 정상이 되어서일까? 이제야 시장기가 돈다. 사과를
한 입 베어 물었다. 올라올 때 보이던 큰 개는 보이지 않고 강아
지가 다가와 배낭끈을 물고 장난을 친다. 귀여운 모습에 소시지
를 꺼내어 조금씩 잘라주니 덥석덥석 잘 받아먹는다. 이를 지켜
보던 고양이가 다가오더니 강아지의 얼굴을 앞발로 때린다. 강아
지와 고양이를 쓸어 주며 사이좋게 지내라고 공평하게 한 조각씩
떼어 주었다.

어느새 라마 불교 탑을 지난다. 이제 얼마 안 남았다. 두 손 모
아 예를 표한다. "무탈하게 마칠 수 있게 해 주셔서 감사합니다.

은퇴 산꾼, 고산에 서다

옴마니밧메훔."

과장평을 지나 재계평 직전에서 우측 내리막길로 접어들었다. 마을로 가는 지름길이다. 경사는 급하고 울퉁불퉁한데도 짐을 짊어진 말들은 잘도 간다.

오후 1시 20분, 등반을 완료했다. 과도영 캠프에서 하산을 시작한 지 3시간 10분 만이다. 말과 마부의 걸음걸이가 무척 빠르다. 고산에서 단련되었기 때문이다. 나는 그 뒤를 졸졸 따라왔을 뿐이다. 마부는 우리가 묵고 있던 산장 앞에 짐을 내려놓고 말을 데리고 떠났다.

숨도 고르기 전에 가이드가 헐레벌떡 뛰어온다. 장 선생이 현재 마을 병원에 있으며 고도를 낮춰서 성도 큰 병원으로 가야 한다고 한다. 가이드를 따라 마을 병원에 갔다. 마침 산소 호흡기를 쓴 장 선생이 앰뷸런스에 탄다. 성도 병원으로 출발하는 것을 지켜보고 산장으로 돌아왔다. 하산 중에 장 선생이 자꾸 넘어지려 해 뒤에서 옷을 움켜잡거나 양팔을 잡고 부축하며 힘들게 내려왔다고 한다.

헛소리를 하고 스스로 몸을 통제하지 못한다는 것은 뇌부종에 의한 의식 상태의 변화와 조화 운동 불능 상태라고 봐야 하는 것은 아닐까? 이 상황에서 내가 할 수 있는 것은 아무것도 없었다. 참으로 안타깝기만 하다.

잠시 후 현지 여행사 대표로부터 전화가 왔다. 산장에 혼자 있지 말고 성도로 내려오라고 한다. 애초에는 이곳 산장에서 마지막 숙박을 하기로 되어 있었다. 그러나 상황이 이렇다 보니 일정을 바꿀 수밖에 없다. 손도 닦지 못한 채 짐을 꾸려, 산장 지배인 승용차로 성도를 향하여 길을 나섰다.

파랑산 터널을 통과하자 자욱한 안개가 앞을 가로막는다. 안개가 피어오르는 풍경은 동화 속의 세상인 듯 아름답다. 안개가 걷히자 주변이 모습을 드러낸다. 온 산이 온통 하얗다. 5부 능선까지는 하얗고 그 아래는 울긋불긋한 단풍이다. 색색의 단풍 위에 하얀 눈이 내려앉은, 꽃 위에 꽃이 피어있는 것 같은 모습은 신비롭고 황홀하기까지 하다. 가을과 겨울의 색이 교차하고, 가을과 겨울의 계절이 공존한다. 낙엽이 채 다 떨어지기 전에 겨울은 산 위에서 서서히 내려오고 있었다.

이곳의 산은 모두 우뚝우뚝 서 있다. 경사도 급하고 험준하다. 우리나라의 산처럼 앉아있거나 누워있는 산은 보이지 않는다. 이곳 쓰촨성에만 해발 4,000m 이상의 산이 145개나 된다고 한다.

산장 지배인의 운전 솜씨는 탁월하다. 무분별하게 추월하지도 않는다. 추월할 수 있는 곳에서만 추월한다. 올라올 때와는 천지차이다. 안정감 있게 운전을 하는데도 성도에 오기까지 세 시간밖에 걸리지 않았다.

성도에 이르기까지 지배인과 나는 단 두 마디를 나누었다. 서로 말이 통하지 않아서이다. 그가 "유 토일렛?"이라고 하기에,

은퇴 산꾼, 고산에 서다

"노."라고 했다. 한참을 가더니 "아이 토일렛."이라고 하기에, "예스."라고 했을 뿐이다. 이곳 길가에 있는 화장실은 대부분 유료이다. 사용료로 1위안, 한화 약 170원을 받는다. 말은 통하지 않았으나 소통할 수는 있었고 그가 음악을 틀어준 덕분에 서먹함을 달랠 수 있었다.

현지 사람들과 접촉할 때 가장 아쉬운 점은 서로 대화를 나눌 수 없다는 것이 아닐까? 학창 시절에 수년 동안 영어를 배웠지만, 모두 무용지물이 되어 꿀 먹은 벙어리가 될 수밖에 없다. 아쉽고 또 아쉬운 점이다. 그러나 어딜 가든 몇 마디의 단어, 손짓 몸짓, 이른바 보디랭귀지로 서로의 의사를 소통할 수 있다.

성도 병원에 이르자 마침 장 선생이 진료를 마친 상태이다. 뇌 두 곳에 흔적이 나타나 있으며, 회복될지는 정밀 검사를 받아 봐야 하므로 귀국 즉시 병원에 가 봐야 안다고 한다. 유 선생은 아직도 남편이 헛소리를 한다며 걱정한다. 다행히 심한 상태는 아닌 것으로 보이고 본인도 많이 좋아진 듯하다고 하여 조금은 마음이 놓인다.

현지 여행사 대표의 주선으로 양광 호텔(陽光 酒店)에 배낭을 내렸다. 그곳에는 먼저 하산한 김 선생이 있었다. 그는 하산할 때와는 다르게 얼굴도 밝고 건강한 모습이다. 그동안 쓰촨성 일대를 두루 다니며 관광으로 소일했다고 한다.

어쩌다 보니 주머니에 있어야 할 휴대폰과 수첩이 보이지 않는다. 휴대폰과 수첩을 분실했다는 것은 나에게는 이번 등반 모두를 잃은 것이나 다름없는 일이다. 부랴부랴 여행사 대표와 가이드를 불렀다. 함께 저녁을 먹은 식당에 가서 찾아보고, 산장 지배인에게 전화하여 차내를 샅샅이 찾아보게 했다. 마지막으로 방에 돌아와 가방과 배낭을 쏟아놓고 찾아보았다. 그러나 그 어디에도 없었다. 이제 어떻게 하지? 허탈감에 빠져있는데, 주변을 둘러보던 가이드가 "어, 저건 뭐죠?"라고 소리치는 게 아닌가. 이런, 휴대폰과 수첩은 방의 탁자 위에 가지런히 놓여있었다. 찾았다는 안도감과 소동을 일으킨 미안함이 겹쳐 일었다. 이거야 원, 치매나 건망증에 걸린 건 아닐까?

마지막 밤이다. 잠을 푹 자기 위해서 수면제를 먹었다. 수면제를 먹으면 잠은 잘 오는데 코를 곤다고 하여 걱정이다. 거기에 또 하나의 걱정거리만 늘었다. 치매나 건망증은 아닌지.

은퇴 산꾼, 고산에 서다

쓰구냥산

Day 6

▲ **주요 구간:** 성도 국제공항(成都 國際空港)~인천 국제공항(仁川 國際空港)

　아침 식사는 호텔 구내식당에서 하였다. 명칭은 호텔이나 실제로는 우리나라 모텔급 정도이다. 식당이라고 해봐야 한쪽 구석에 식탁과 의자 몇 개만 있을 뿐이다. 식사하는 사람도 없고 썰렁하다. 몇 가지 반찬이 있으나 입에 맞지 않는다. 죽과 계란과 앙꼬 없는 찐빵만 먹었다. 이곳에서 숙박하며 관광을 한 김 선생도 딱 한 번 먹고 그 뒤로는 밖에 나가서 사 먹었다고 한다.

　주머니를 확인해보니 111위안이 남아있다. 한화로 19,000원 정도이다. 얼마 안 되는 금액이지만, 모두 가이드 주머니에 넣어주었다. 이곳에 올 때는 환전을 많이 할 필요가 없었다. 관광이나 쇼핑 일정도 없이 바로 공항에서 산으로, 산에서 공항으로 이동하는 일정이기 때문이다. 오만 원을 환전해 와서 야크 육포를 한 봉지 사고 손자 장난감 하나 샀다. 그리고 남은 돈이다.

　성도 공항으로 이동하였다. 점심 식사는 공항 근처의 한식집이다. 중국어로 쓰인 간판 한쪽 구석에 한글로 '마포 고깃집'이라 쓰여 있다. 한글로 쓰인 간판을 보니 반가웠고 이미 귀국한 것만 같았다. 메뉴는 된장찌개이다. 음식 맛이 국내에서 먹는 것과 똑같다. 아니, 이토록 맛있게 만드는 식당은 국내에서도 드물다. 만약 이 음식점이 국내에 있다면 벌써 단골이 되었을 것이다. 이곳에서의 점심 식사는 모처럼 모두 모인 마지막 식사 자리이다.

가이드는 한국인과 일본인이 다른 점이 두 가지가 있다고 한다.

"첫째, 일본인은 많은 인원이 와도 질서정연하고 선두와 후미의 차이가 없다. 그러나 한국인은 선두와 후미의 차이가 상당히 난다. 둘째, 일본인은 한국인보다 하루 정도 일정이 길다. 그러므로 고산 적응을 여유 있게 하므로 정상 등반의 성공 확률이 높다. 그러나 한국인은 일정도 빠듯하고 모든 것을 빨리빨리 하므로 그만큼 성공 확률이 낮다."

김 선생의 말이 이어진다.

"등반을 하기 위해 이곳에 와서 역사 탐방, 문화 탐방, 관광 탐방만 했다. 성도에서 지하철을 타고 이곳저곳을 다녀봤다. 귀국하면 헬스라도 해서 체력을 회복해야겠다."

이어 유 선생이 말을 이어간다.

"키나발루에 갔을 때 남편은 산장에서 귀신을 보았다. 기가 약해서 이렇게 된 것 같다."

끝으로 나도 한마디 했다.

"모두 수고 많으셨다. 김 선생은 같은 세대여서 좋았고 장 선생

은퇴 산꾼, 고산에 서다

과 유 선생은 꼭 아들과 며느리를 보는 것 같아서 좋았다. 아쉬운 점은 많았겠지만, 그나마 다행으로 생각하자. 이제 고산을 벗어났으니 며칠 지나면 좋아질 것이다. 빠른 회복을 기원한다."

이 글을 쓰는 내내 마음이 무거웠다. 장 선생의 안부를 확인하지 않고는 이 글을 마무리할 수 없었다. 혜초 트래킹 담당자에게 전화했다. 다행히 많이 좋아졌으며 며칠 전부터 회사에 정상 출근하고 있다고 한다. 그만한 게 천만다행이다. 가벼운 마음으로 글을 마무리할 수 있었다.

귀국 비행기 내에서, 왜 이토록 위험을 감수하면서까지 고산에 오르는 것인가를 나 자신에게 물어보았다. 아무리 생각해도 그 답은 하나뿐이다.

"천신만고 끝에 정상에 올라가 느끼는 벅찬 쾌감과 성취감, 그리고 그곳에 행복이 있기에."

동남아 최고봉,
키나발루산(Mt. Kinabalu)

🥾 등반 일자: 2017. 12. 19.~2017. 12. 23.

키나발루

Day 1

▲**주요 구간**: 인천 국제공항(Incheon International airport)~말레이시아 코타키나발루 국제공항(Malaysia KotaKinabalu International airport)~키나발루 국립공원(Kinabalu National Park)

출발 준비는 수월하다. 고산 등반 네 번째이기에 등반 장비, 등반 의류, 비상식량 등 준비물은 쉽게 꾸릴 수 있었다. 기본적인 것은 같고 현지 기후와 등반 기간에 따라서 조금씩 달라질 뿐이다.

인천 공항 미팅 데스크에서 하나 트래킹 직원들이 반갑게 맞아준다. 지난번에 에베레스트에 동행했던 김 과장의 소식도 전해 들었다. 김 과장과는 에베레스트에 함께 등반했던 인연이 지금까지 이어져 오고 있다. 그는 현재 후지산 둘레길 개발차 일본에 가 있다고 한다.

시간을 보니 탑승 시각까지는 시간 여유가 있다. 북스토어에 들렀다. 오가며 자투리 시간을 이용하여 읽을 만한 책이 있는지 둘러보았다. 여행 가이드, 인문, 소설, 경제, 취미, 역사책은 물론이고 만화책까지 골고루 비치되어 있다. 그러나 내가 읽고 싶은 산서는 없다. 가볍게 읽을 만한 수필집 한 권을 집어 들었다.

저녁 8시에 인천 공항을 이륙한 에어서울 항공기는 이튿날 밤 1시 30분에 말레이시아 코타키나발루 공항에 안착하였다. 5시간 30분이 소요되었으며, 현지 시각은 밤 12시 30분이다. 우리나라 와는 1시간의 시차가 있다.

공항 밖으로 나가자 후텁지근한 열기가 훅 달려든다. 열대 나라에 온 것이 몸으로 느껴진다. 서둘러 패딩 점퍼를 벗어서 배낭에 넣었다. 휴대폰을 보니 문자가 많이 와 있다. 잠시 비행기 모드를 해제하고 문자를 확인했다. 그중에서도 외교부에서 온 문자가 섬뜩하다. 위험 지역으로 분류된 사바주에서 철수할 것을 권고하는 내용과 지카 바이러스 모기에 주의하라는 내용이다.

등반을 함께할 현지 산악 가이드와 합류하여 대기하고 있던 버스에 오른다. 국립공원까지는 80여 ㎞이며 두 시간 정도가 소요된다.

버스에는 빈자리가 거의 없다. 하나 트래킹 직원 세 명과 오은선 대장, 현지 산악 가이드를 포함하여 모두 서른여섯 명이다. 이들은 부산, 거제, 대구, 전주, 수원, 인천, 서울 등 전국 각지에 사는 분들이다. 29세에서 74세까지 연령대도 다양하고 여성도 있다. 인원이 많아서 다소 걱정이 된다. 인원이 많으면 예기치 않은 사고가 일어날 수도 있기 때문이다.

버스 내에서 산악 가이드와 하나 트래킹 직원, 오은선 대장이 차례대로 마이크를 잡는다. 오은선 대장은 안전 산행을 당부한다.

"키나발루는 나도 처음이다. 여러분과 함께하게 되어 반갑다. 산행은 첫째도 안전, 둘째도 안전이다."

오은선 대장의 현재 나이는 쉰둘이다. 한국 여성 최초로 세계 7대륙 최고봉을 완등하였으며, 2010년에는 세계 여성 최초로 히말라야 8,000m급 14좌를 완등하였다. 당시에 블랙야크 소속이던 오은선은 코오롱 소속인 고미영과 쌍두마차 격으로 한국 여성 산악계를 이끌고 있었다. 히말라야 8,000m급 14좌를 누가 먼저 오르는지 사회적인 관심이 쏠리면서, 한해에 8,000m급 고봉을 4개씩 오르는 기염을 토하기도 했다. 그 결과 오은선의 칸첸중가 등정 논란이 일었고, 고미영은 히말라야 14좌 중에서 3좌를 남겨놓고 2009년에 낭가파르바트 등정 후 하산하다 추락사했다.

등반은 일반 스포츠와는 다르다. 서로 경쟁을 하지 않으며 심판이 없고 규칙이 없다. 또한, 관중이 없다. 쉽게 말하면 제삼자의 판단을 필요로 하지 않으며 본인 스스로 결정하고 진행해야 한다. 즉, 상대와의 승부가 아닌 자기와의 싸움일 뿐이다. 그런데도 사회적으로 오은선과 고미영의 경쟁을 부추겼다. 이는 분명우리 모두의 책임이다. 매우 안타까운 일이다.

키나발루 국립공원 옆에 있는 호스텔에 여장을 풀었다. 명칭은 호스텔이나 시설은 산장 수준이다. 샤워장과 화장실은 건물 중앙에 있으며 공용으로 사용한다. 식당은 별도로 있다. 방은 2~6인실이다. 나의 룸메이트는 거제에서 온 사십 대 남성이다.

앞으로 이틀간 등반 시 필요한 물품만 배낭에 넣고 나머지는 가방에 담아서 국립공원 관리 사무소에 맡긴다. 짐을 분류하다 보니 벌써 새벽 4시 30분이다. 내일 아침 7시 30분에 일어나야 하므로, 수면 시간은 바로 잠든다 해도 세 시간뿐이다.

키나발루
Day 2

▲ **주요 구간**: 키나발루 국립공원(Kinabalu National park, 1,564m)~팀
폰 게이트(Timpohon gate, 1,866m)~라양라양쉼터(Pon-
dok Layang Layang, 2,702m)~라반라타 산장(Laban Rata
Mountain Cabin, 3,273m)
▲ **도상 거리**: 팀폰 게이트~라반라타 산장 6㎞

지난밤은 길었다. 길어도 무척 길었다. 수면 시간이 세 시간밖
에 되지 않았지만, 잠이 오지 않아서이다. 수면 시간이 너무 짧아
서 수면제도 먹을 수 없었다. 엎치락뒤치락하며 시간만 확인했
다. 옆 사람도 잠이 오지 않는 듯 숨소리가 고르지 않았다. 금세
알람이 울렸다. 제시간에 일어나기 위해 취침 전에 스마트폰으로
알람을 맞춰 놓았었다.

아침 식사는 뷔페식이다. 하얀 요리사 복장의 아리따운 젊은
여성이 오므라이스를 즉석에서 만들어준다. 프라이팬을 뒤집을
때는 불이 붙는 묘기까지 보여 준다. 그 모습이 멋지고 아름답
다. 먹을 것은 여러 가지가 있으나 입에 맞는 것은 별로 없고 밥
도 안남미로 지은 것뿐이다.

국내에서 우리가 먹는 밥은 자포니카 쌀(japonica rice)로 지은
밥이다. 찰기가 있고 쫀득하여 우리 입맛에 맞는다. 그러나 인디

은퇴 산꾼, 고산에 서다

카 쌀(indica rise)로 지은 밥은 찰기가 없고 푸석하여 젓가락으로 먹을 수 없고 입 안에서 날아다니는 듯하여 잘 씹히지도 않는다. 그런데도 자포니카 쌀을 먹는 사람들은 기껏해야 전 세계에서 약 10%밖에 되지 않는다. 나머지 90%는 인디카 쌀을 먹는다. 왜 그들은 인디카 쌀을 먹을까? 그들이 자포니카 쌀을 먹으면 입 안에 들러붙고 소화도 잘되지 않는다고 한다. 그러니 어느 게 더 좋다고 단정할 수 없는 것이다. 그들은 그들대로, 우리는 우리대로 태어나면서부터 각자의 입맛에 길들어서가 아닐까?

키나발루 국립공원 관리 사무소에 지난밤에 분류해 놓은 짐을 맡겼다. 입산 신고를 하니 목걸이 형태의 명찰을 내어 준다. 국립공원에 입장하는 등반객은 사전 예약제로 운영하므로 명찰은 이

키나발루 국립공원 관리 사무소

미 제작되어 있었다. 명찰의 앞면은 이름과 입산 일자, 개인 고유 번호가 인쇄되어 있고 뒷면에는 키나발루 국립공원 그림이 인쇄되어 있다. 이 명찰은 곳곳에서 체크하므로 등반을 마칠 때까지 목에 걸고 다녀야 한다.

우리 일행에게 국립공원 소속 산악 가이드 다섯 명이 배정되었다. 산악 가이드 배정은 의무적이다. 등반객 7~8명마다 산악 가이드 한 명씩 배정되도록 규정되어 있다. 이들의 역할은 사실상 포터이다. 1박 2일 동안 정상에 올라갔다가 내려올 때까지 이들에게 배낭을 맡기면 짊어지고 간다. 비용은 1kg에 5달러를 받는다. 이들은 월급이 있으나 금액이 적어서 등반객의 배낭을 대신 메어 주고 수고비를 받는다. 쌍방의 이익에 부합되므로 공원 측에서는 등반객들이 이들에게 배낭을 맡기는 것을 권장한다.

일행 중 몇 명은 배낭을 맡긴다. 내 배낭 무게를 저울에 달아 보니 9kg이다. 이를 계산해보니 45달러, 한화로 약 5만 원이다. 이들에게 배낭을 맡겨서 도움을 주고 나도 편하게 다녀올까? 그러나 배낭 없이 가기에는 너무 허전할 듯하다. 또한, 이 정도의 무게는 늘 메고 다니던 무게여서 크게 부담도 되지 않는다. 이들에게 도움을 줄 다른 방법을 생각해 보기로 하고 그대로 배낭을 짊어졌다.

키나발루산 정상에 오르는 등산로는 두 곳이 있다. 팀폰 게이트 코스와 메실라우 코스이다. 메실라우(Mesilau) 코스는 해발 2,000m에서 시작하나 거리가 팀폰 게이트 코스에 비해서 약 2.5

km가 더 길다. 팀폰 게이트(Timpohon gate) 코스는 해발 1,866m에서 시작한다. 우리는 팀폰 게이트에서 출발하여 정상에 오른다.

국립공원 관리 사무소에서 등반이 시작되는 팀폰 게이트까지는 소형 버스 두 대를 이용하여 올라간다. 거리는 3㎞ 정도이고 포장이 되어있다. 그러나 1차선 도로이고 매우 좁고 구불구불하여 대형 버스는 다닐 수 없다.

보르네오 공주의 눈물. 카슨폭포

오전 9시 50분, 팀폰 게이트에 이르러 체크포인트에서 한 사람씩 목에 건 명찰을 제시하고 등산로에 들어섰다.

십여 분 정도를 나아가자 자그마한 폭포가 열대 우림 속에서 수줍은 자태를 드러낸다. 그 높이가 10여 m밖에 되지 않았으나 비가 자주 와서인지 수량도 풍부하고 힘차게 떨어진다. 폭포 옆에는 미끄러우므로 출입을 금한다는 팻말이 있다. 이 폭포의 이름은 카슨폭포(Carson fall)이며, 키나발루 전설에 나오는 보르네오 공주의 눈물이다. 이토록 아름다운 폭포에 슬픈 전설이 깃들어 있다니, 가슴이 아련해져 온다.

시작부터 슬프고도 아름다운 폭포와 마주하고 보니, 한편으로는 또 어떤 풍광과 마주할지 가슴이 설레기도 한다. 잠시 넋을 잃고 바라보다 길을 이어간다. 태풍에 쓰러진 커다란 고사목 옆을 스쳐 지난다. 등산로 주변은 이름 모를 열대성 나무들이 무성한 숲을 이루고 있다.

첫 번째 쉼터인 칸디스 쉼터(Pondok Kandis)에 이르러 잠시 배낭을 내려놓는다. 오은선 대장이 산행 팁을 준다.

"보시다시피 나는 하체가 튼튼하다. 선천적으로 타고났다. 스틱을 잡을 때 예전에는 그립의 윗부분을 끈과 함께 잡았다. 그러나 요즘 스틱은 그립이 길게 나온다. 그립 아래쪽을 잡으면 손의 위치가 심장보다 낮아져 혈액 순환이 잘되므로 겨울에 손이 덜 시리다. 목이 탄다고 해서 물을 벌컥벌컥 마시지 마라. 입 안에 머금고 천천히 흘려보내듯이 마시는 것이 갈증 해소에 더 효과적이

은퇴 산꾼, 고산에 서다

다. 그리고 체온 보존에 힘써야 한다. 특히 밤에는 체온이 떨어지기 쉬우므로 꼭 모자를 쓰고 자는 것이 좋다."

오은선 대장의 말을 듣고 그의 허벅지를 보니 튼실하고 건강미가 넘친다. 요즘 말로 하면 꿀벅지, 말벅지, 찰벅지로 표현해도 결례가 되지 않을는지…:

습도가 높고 기온이 높아서인지 어느새 셔츠가 축축해져 온다. 얇은 셔츠를 입었는데도 땀이 흘러내린다. 이곳의 날씨는 열대성 기후로 연중 비가 많이 와 고온다습하다. 두 번째 쉼터인 우바 쉼터(Pondok Ubah)에 이르러 배낭을 내리고 잠시 쉬어간다. 두 뺨에 흐르는 땀을 닦으며 목을 축인다.

0.5km~1.0km마다 조성된 쉼터

등산로에 설치된 각종 안내판

은퇴 산꾼, 고산에 서다

이곳 등산로에는 0.5㎞~1.0㎞마다 쉼터가 조성되어 있다. 힘들만 하면 쉼터가 나타난다. 쉼터에는 사각 정자나 육각 정자가 있고 지붕에는 함석을 얹었다. 정자 아래에는 벤치가 있고 쓰레기통이 있다. 화장실도 별도로 있다. 등산로도 대체로 잘 정비되어 있다. 경사가 급한 곳에는 나무 계단도 놓여있다. 0.5㎞마다 거리와 고도를 표시한 안내판도 있다.

식충식물 네펜데스

등산로 옆 작은 나무에 예쁜 꽃이 피어있다. 언뜻 보기에는 꽃 같았으나 자세히 보니 꽃이 아니다. 지름 5㎝, 길이 10㎝ 정도의 주머니 모습이다. 네펜데스(Nepenthes)라는 식충식물이다. 식충 식물이란 글자 그대로 벌레를 잡아먹는 식물이 아닌가? 포충 주머니 안에는 향긋하고 끈끈한 액체가 들어있어, 벌레를 유인하여 빠져 죽게 만든 뒤에 서서히 녹여 먹는다. 벌레는 물론이고 개구리나 쥐가 빠져도 나오지 못한다. 문득 손이라도 한번 넣어보고 싶다는 생각이 인다. 그러나 손가락이 녹아내릴 것만 같아서 용기가 나지 않는다. 척박한 환경에서 살아가다 보니 벌레라도 잡아먹어야 살아갈 수 있었을까? 식충식물의 아름다움 속에는 이같이 살아가기 위한 처절한 몸부림이 숨어있었다.

세 번째 쉼터인 로위 쉼터(Pondok Lowii)에 이르렀다. 오은선 대장의 근황이 궁금했다. 칸첸중가 미등정 논란과 고미영과의 경쟁 등 묻고 싶은 말은 많았으나 예전의 아픔을 되살리고 싶지는 않았다. 간단한 근황만 물었다.

"그동안 소식을 접하기 어려웠다. 산악 활동은 계속하였는가?"

"쉬었다. 국내의 산에만 다녔다."

"답답하지 않았나?"

"시간이 없었다. 대학원에 다니며 지도자 공부를 하고 있다."

네 번째 쉼터인 멤페닝 쉼터(Pondok Mempening)에 이르렀다. 귀여운 다람쥐들이 나무 사이를 오르락내리락하며 재롱을 떤다.

은퇴 산꾼, 고산에 서다

사람들을 무서워하지 않고 코앞까지 다가와 먹이를 달라고 아우성이다. 사과를 한 입 베어 던져주니 잘 받아먹는다. 한 마리가 받아먹는 걸 보고 주변 나무를 오르락내리락하던 세 마리가 다가온다. 한 입씩 베어 던져 주었다. 사과를 두 손으로 비비듯 돌리며 먹는 모습이 고맙다고 인사를 하는 듯하다. 다람쥐들은 한결같게 토실토실하다. 아니, 토실토실함을 넘어서 비만이다. 오가는 사람들이 던져준 먹이를 주는 대로 받아먹어서 그런 건 아닐까?

야생동물을 보호하기 위해서는 먹이를 주어서는 안 된다. 사람이 버리거나 주는 음식에 길들여지면 스스로 먹이를 찾는 야생 능력을 잃어버리게 된다. 야생성을 상실하면 자생력을 잃어서 결국 죽음에 이르게 된다. 그러나 이곳의 다람쥐들은 이미 길들여질 대로 길들여진 상태이다. 걱정이 된다.

라양라양 쉼터에 이르렀다. 이곳에는 관리소도 있다. 관리소는 대피소로도 활용되고 있으며 국립공원 직원이 상주한다.

쉼터 벤치에 앉아서 점심을 먹고 쉬어간다. 국립공원 관리 사무소에서 입산 신고를 할 때 나눠준 도시락이다. 밥은 안남미이고 밥 위에 계란프라이가 얹혀져 있다. 한쪽에는 김치, 콩 조림, 멸치볶음이 들어있다. 반찬을 밥에 섞어 비빔밥을 만들어 먹었다. 일행이 가지고 온 고추장에 비벼 먹으니 칼칼하고 좋다. 역시 우리나라 사람은 김치와 고추장만 있으면 입맛이 살아난다. 잠시 앉아있으려니 땀이 식으며 한기가 느껴진다. 서둘러서 보온 재킷을 꺼내 입었다.

안개가 자욱한 등산로

빌로사 쉼터(Pondok Villosa)와 파카 쉼터(Pondok Paka)를 지나
며 올라간다. 쉼터마다 잠깐씩 쉬어간다. 서양인도, 동양인도 걸
음을 멈추고 쉬어간다. 해발 3,000m 이상에 오르니 안개가 자욱
하다.

오늘의 목표 지점인 라반라타 산장에 이르러 배낭을 내린다.
시간을 보니 오후 3시 30분이다. 팀폰 게이트를 출발한 지 5시간
30분 만이다.

오늘은 스틱을 전혀 사용하지 않았다. 처음부터 끝까지 오르막
길의 연속이었으나 천천히 가기에 큰 무리는 없었다. 그러나 내려
갈 때는 반드시 스틱을 사용해야 한다. 스틱은 체중의 30%를 분

　　　　　　　　　　　은퇴 산꾼, 고산에 서다

산시킬 수 있고, 그만큼 무릎의 연골과 인대를 보호할 수 있다.

이곳은 산장 지대이다. 우리가 묵을 산장 외에도 네 개의 산장이 더 있다. 산장은 병풍을 두른 듯 바위 능선이 에워싸고 있다. 바위 능선은 마치 삼군을 호령하는 대장군의 모습을 닮아있다. 감히 범접할 수 없는, 범상치 않은 위용에 나 자신이 왜소하게 느껴진다.

라반라타 산장은 국립공원이 운영하는 산장이다. 산장의 이름인 '라반라타'는 옛 명칭이며, 현재의 명칭은 '파나라반 키나발루 국립공원 산장'이다. 그러나 모두 라반라타 산장이라고 부른다. 60 침상 규모의 3층 건물이며, 방마다 나무 침대가 들어서 있다. 8인실 방의 침대 위층으로 올라갔다. 침대에 오르내릴 때마다 흔들리고 삐걱거린다. 에베레스트 롯지에서처럼 침대에서 떨어지지나 않을지 은근히 걱정이 된다.

오후 4시 30분, 일찌감치 저녁을 먹는다. 내일 등정에 나서려면 새벽 한 시 반에 일어나야만 한다.

창밖에는 조용히 비가 내린다. 모두의 시선이 창밖으로 향한다. 가이드는 비가 많이 오면 등정을 포기해야 할 수도 있다고 한다. 비가 오지 않거나 조금 오면 예정대로 새벽 2시 40분에 출발한다. 만약 많이 오면 3시 30분까지 기다리고, 그래도 계속 오면 4시 30분까지 기다린다. 그 시간까지 그치지 않으면 등정은 할 수 없다. 통제관이 통제하므로 가고 싶어도 갈 수가 없다.

"만약 등정을 못 하면 이곳 산장에서 하루 더 머물고 다음 날 가면 되지 않느냐?"

"안 된다. 산장의 수용 인원을 감안하여 하루 130명에 한하여 제한 입산을 시킨다. 내일은 이미 예약된 사람들이 올라오기에 방을 빼 줘야 한다."

모두 내일 날씨가 걱정되는지 날씨 얘기뿐이다. 종교도 없는 나는 부처님이든, 하느님이든 기도라도 하고 싶은 심정이다. 다행히 비가 잦아든다. 모두 표정이 밝아진다. 비만 잦아든 게 아니라 일몰 광경까지 지켜볼 수 있었다.

라반라타 산장에서 바라본 석양

해가 뉘엿뉘엿 저물어간다. 늘 저무는 해이지만, 오늘은 그 느낌이 다르게 다가온다. 붉게 물든 석양은 겹겹이 쌓인 구름 바다 속으로 서서히 녹아든다. 황금색 물감을 풀어 놓은 듯 구름을 물들인 금빛 석양에 눈이 부시다. 그야말로 황홀경이다. 어느새 성큼 다가온 한해의 끝자락에 서 있음을 새삼 느낀다.

비가 잦아드니 마음도 가볍다. 산장에 난방 시설은 전혀 없지만, 다행히 춥지는 않다. 등정을 위해 잠만 푹 자면 된다.

키나발루

Day 3

___

▲ **주요 구간**: 라반라타 산장(Laban Rata mountain cabin, 3,273m)~사
앗사얏 체크포인트(Sayat Sayat check point, 3,668m)~키
나발루산 정상 로우즈피크(Low's peak, 4,095m)~사얏사
얏 체크포인트(Sayat Sayat check point, 3,668m)~라반라
타 산장(Laban Rata mountain cabin, 3,273m)~팀폰 게이
트(Timpohon gate, 1,866m)~키나발루 국립공원(Kinabalu
National park, 1,564m)~코타키나발루(KotaKinabalu)

▲ **도상 거리**: 총 11.4㎞
라반라타 산장~정상 왕복 5.4㎞
라반라타 산장~팀폰 게이트 6.0㎞

룸메이트가 방에 불을 켜며 잠을 깨운다. 시간을 보니 새벽 1시
20분이다. 일어나자마자 날씨부터 확인했다. 비가 조금씩 내리고
있지만, 이슬비 정도이다. 이 정도면 등정에는 무리가 없다. 지난
밤 동안 코를 많이 골았는지 걱정이 되어 룸메이트에게 물었다.

"지난밤에 잠이 오지 않아 수면제를 먹었다. 혹시 코를 많이 골
지 않았나?"

"처음에 조금 골았다. 나중에는 자느라 못 들었다."

다행이다. 지난달에 쓰구냥산에 갔을 때는 수면제를 먹고 코를
많이 골았었다. 사실 코를 많이 골든, 적게 골든 잠만 푹 자면 되
지만, 나로 인하여 룸메이트까지 잠을 설칠까 봐, 그게 걱정이다.

은퇴 산꾼, 고산에 서다

식당에 모여서 간단하게 요기부터 했다. 해발 4,000m 아래여 서인지 속도 편하고 입맛도 좋다. 아직까지 고산 증세는 전혀 없다. 죽 두 그릇과 식빵 두 조각을 먹었다. 아침 식사는 정상에 다녀와서 먹고 간단하게 요기만 한다는 것이, 먹다 보니 많은 양을 먹었다.

새벽 2시 40분. 정상을 향하여 길을 나섰다. 배낭에 커버를 씌우고 헤드랜턴으로 길을 밝히며 등산로에 들어섰다. 다행히 안개비 정도이고 춥지도 않다. 안개비는 이슬비로 바뀌었다.

등산로는 오르막길의 연속이다. 한 시간 정도 지났을 때 조망데크에 이른다. 그러나 어둠과 비구름으로 조망은 제로다. 이어 로프 구간에 접어든다. 경사가 급한 곳은 로프를 잡고 오른다.

조망 데크에서 30여 분 정도를 나아가 사얏사얏 체크포인트에 이른다. 국립공원 직원이 목에 건 명찰과 명단을 대조하며 체크한다. 이곳에는 대피 시설도 있다. 산장에서 이곳까지 겨우 1㎞를 왔을 뿐인데 몸이 서서히 무거워지기 시작한다.

바위 바닥에 깔린 로프

빗줄기가 제법 굵어진다. 모두 우의를 꺼내 입는다. 나는 고어텍스 재킷을 입었기에 별도로 우의를 꺼내 입지 않았다. 바위 바닥에는 한 가닥 굵은 로프가 길을 안내하고 있을 뿐이다. 경사가 그리 급하지 않고 비가 와도 미끄럽지도 않다. 그대로 로프만 따라간다. 천천히, 천천히 오르막길을 이어간다.

새벽 5시 47분, 드디어 정상이다. 산장에서 출발한 지 3시간 7분 만에 정상에 섰다. 일출 시각에 정확히 맞춰서 정상에 올랐으나 비는 계속 내리고, 정상은 비구름에 둘러싸여 있을 뿐이다. 일출을 보고 싶었으나 볼 수가 없다. 함께 오른 오은선 대장도 일출 보기는 틀렸다며, 그만 내려가자고 한다. 선두 다섯 명이 오은선 대장과 함께 정상 표시판 앞에서 '인증 샷' 한 컷을 남기고, 하산 길에 들었다.

정상 표시판 앞에서, 오은선 대장과 함께

은퇴 산꾼, 고산에 서다

키나발루산 정상의 위용

키나발루산은 말레이시아 사바주에 자리하고 있으며 2000년에 세계 문화유산으로 지정되었다. 정상인 로우즈피크의 고도는 해발 4,095.2m이며 말레이시아에서 가장 높은 산이자 동남아 최고봉이다. 키나(kina)는 중국(China)을 뜻하는 이곳의 토착어이고 발루(balu)는 미망인을 뜻한다. 이름이 말해 주듯, 키나발루에는 가슴 아픈 전설이 전해 내려오고 있다.

보르네오 공주가 이곳에 좌초되어 구조된 중국 왕자와 결혼했다. 그런데 중국에 잠시 다녀오겠다던 왕자는 떠나서 돌아오지 않았다.
공주는 매일 이 산꼭대기에 올라 남지나해를 바라보며 왕자를 기다렸다. 공주의 몸은 점점 쇠약해지다가 결국 죽었다.

이를 가엾게 여긴 산신령이 공주의 영혼이 깃든 산꼭대기를 남지나해를 바라보게 해 주었다. 그로부터 이 산을 키나발루(Kinabalu)로 부르고 있다.

하산 길에 들어서자 추위가 엄습해온다. 비가 내리는 걸 보면 영하로 떨어지지는 않았다. 그러나 몸이 젖어있다. 고어텍스만 믿고 우의를 입지 않은 것이 실책이다. 고어텍스는 낡을 대로 낡아 방수 기능이 떨어졌다. 속옷까지 축축해져 오고 장갑까지 젖어서 손이 시리기까지 하다. 추위를 누그리기 위해 빠른 속도로 하산 길을 이어간다.

바위 바다 주변의 기암괴석

은퇴 산꾼, 고산에 서다

일출은 보지 못했으나 날이 점점 밝아 오면서 주변이 보이기 시작한다. 정상에서 사얏사얏 체크포인트까지의 1.7㎞ 구간은 전체가 바위 지대이다. 풀 한 포기, 나무 한 그루 없는 넓고 넓은 바위 바다가 끝없이 펼쳐져 있다. 좌우에는 기기묘묘한 바위들이 저마다의 모습으로 위용을 뽐내고 있다. 눈에 보이는 광경은 모두 한 폭의 그림이다. 그림인 듯 혹은 사진인 듯, 몽환적인 분위기가 물씬 풍긴다. 어느 곳이나 배경이 되고 누구나 모델이 된다. 그저 셔터만 누르면 된다. 대자연의 풍광에 취하고 또 취한다.

갑자기 속이 불편하다. 불편함을 넘어서 요동을 친다. 이곳에 온 지 3일째인데, 단 한 번도 화장실에 가지 못했다. 억지로 볼일을 보려 해도 마음대로 되지 않았다. 뱃속에 3일 동안 먹은 음식이 가득한데, 새벽에 조금만 먹어야 하는 줄 알면서도 배를 채운 것이 화근이다. 거기에 체온이 떨어지며 배가 자극을 받았다. 참을 수가 없다. 다행히 주변에 사람이 보이지 않는다. 등산로를 조금 벗어난 곳으로 뛰어갔다. 쏟아내고 보니 시원하다. 그러나 흔적을 남기고 말았다. 다행히 빗물에 흔적은 금세 사라졌다.

자연보호 방법으로는 '흔적 남기지 않기(Leave no trace)'가 최선의 방법이다. 발자국 외에 어떠한 흔적도 남기지 않아야 하는 것이 가장 중요한 자연보호 방법이다. 내가 가장 좋아하는 말도 "아니 온 듯 다녀가소서."라는 말이 아니던가.

체크포인트에 이르기 직전에는 자그마한 바위 계곡이 있다. 위에서부터 흘러내린 빗물이 이곳으로 모여들어 흐른다. 올라갈 때는 계곡이라고 느끼지도 않았는데 내려올 때 보니 물이 제법 흐른다. 등산화의 삼 분의 일 정도가 잠긴다. 비가 많이 오면 무릎까지 차오르고 물살이 세어서 통제를 한다. 체크포인트에서 오를 때와 마찬가지로 목에 건 명찰을 국립공원 직원이 일일이 확인하고 체크한다.

산장에 이르러 배낭을 내렸다. 오전 7시 15분이다. 일행들이 박수로 맞아준다. 사얏사얏 체크포인트를 통과하여 정상에 다녀온 사람은 십여 명뿐이다. 대부분 체크포인트에서 통제하여 더 이상 오르지 못하고 되돌아왔으며, 몇 명은 처음부터 산장에서 대기하고 있었다. 누군가는 위험하지도 않은데 통제를 했다며 불만을 표하기도 하고, 조용히 아쉬움을 달래는 사람도 있다.

아침을 먹어야 하는데 속이 불편하여 먹을 수가 없다. 맛만 보았다. 맛만 보았는데도 또다시 속이 요동을 친다. 바로 모두 쏟아내야만 했다. 아스피린, 타이레놀, 소화제는 물론 수면제와 고산증약까지 준비해 왔는데 지사제는 생각지도 않았다.

산장 앞에서 단체 사진 한 컷을 남기고, 길을 나섰다. 비는 계속 내린다. 늦게나마 우의를 착용했다. 이제 등산로 입구인 팀폰 게이트까지 내려가기만 하면 된다. 동양인도, 서양인도 스쳐 지난다. 십여 명의 우리나라 사람들도 옆을 스쳐 지난다. 반가웠으나 빗속이어서 대화할 수는 없다. 서로 눈인사만 나누었다. 쉼터에 이르러 비를 피해 잠시 쉬어간다. 빨리 내려가 옷부터 갈아입고 쉬고 싶다는 생각뿐이다.

은퇴 산꾼, 고산에 서다

서둘러 걸음을 재촉하다 보니 어느새 팀폰 게이트이다. 팀폰 게이트에서 국립공원 관리 사무소까지는 소형 버스로 이동하고, 어제 숙박을 했던 호스텔에서 점심을 먹는다. 점심도 맛만 보는 정도로 먹는 둥 마는 둥 했다.

코타키나발루 시내로 이동했다. 시내에 와서도 속이 진정이 되지 않는다. 저녁 식사는 한식당에서 삼겹살이다. 삼겹살 한 조각도 먹지 못했다. 침을 삼키며 구경만 했다. 된장국에 밥만 조금 말아 먹었다. 그러나 잠시 후에 이마저도 모두 쏟아져 나왔다. 나뿐이 아니다. 일행 몇 명도 똑같은 증세로 고생하고 있다. 요동치던 속은 밤을 지나며 서서히 안정되었다.

등정 인증서

등정 기념 타월에 오은선 대장의 사인을 받고, 등정 인증서를 발급받았다. 키나발루 국립공원에서 발행하는 등정 인증서는 세 종류가 있다. 정상에 오른 사람은 컬러 인증서, 정상에 오르지 못한 사람은 흑백 인증서, 정상에 아예 가지 않은 사람은 간 곳까지의 고도가 표시된 흑백 인증서이다.

파란곡절(波瀾曲折), 그야말로 파란곡절을 겪으며 동남아 최고봉 키나발루산 등정이 마무리되었다.

키나발루산에 다녀온 뒤 새로운 사실을 알았다. 키나발루산이 동남아 최고봉이 아니라는 깜짝 놀랄 사실을 말이다.

동남아 최고봉은 미얀마에 있는 해발 5,881m의 카까보라지(Khakaborazi)산이다. 키나발루는 왜 지금까지 최고봉 행세를 하고 있었을까? 카까보라지는 왜 말없이 지켜보기만 했을까?

1996년에 일본인 '오자카 다키시'가 최초로 카까보라지 정상에 올랐다. 하지만 위성항법 장치에 의한 정상 높이를 측정하지 않았다. 그 후 산의 높이를 측정하기 위해 몇몇 사람이 나섰으나 성공하지 못했다. 2014년에 미얀마 산악인 여덟 명이 등정에 나섰다. 그중 두 명이 정상에 올라 높이를 측정하는 데 성공했다. 그러나 이 두 명은 하산 중에 실종되었다. 이들을 수색하기 위해 출동한 헬리콥터마저 실종되었다. 그 후 이 산을 아무도 주목하지 않았고, 아직까지 정확한 산의 높이가 미확정 상태이다.

이 산에 오르기 위해서는 독사들이 우글거리는 고온다습한 밀

은퇴 산꾼, 고산에 서다

림 지대와 깎아지른 것 같은 협곡을 보름 동안 걸어야 한다. 정상의 지형도 공룡의 이빨을 닮은 듯하고 만년설과 강풍을 견뎌내야 한다. 좀처럼 인간의 접근을 허락하지 않는, 베일 속에 가려져 있는 산이다.

언젠가는 정확한 높이가 측정되고, 동남아 최고봉의 자리에 등극할 것이다. 그날이 기다려진다.

05

유럽 최고봉,
엘부르즈산(Mt. Elbrus)

 등반 일자: 2018. 07. 25.~2018. 08. 03.

길을 나서며

지난 오월 첫 주말, 황매산에 등산을 갔다. 정상에 오르고 순결바위 능선으로 하산 길에 들어 바위 내림 길에 이르렀다. 바위의 길이는 대략 삼 미터 정도 되는 듯했다. 살펴보니, 그대로 내려가도 될 듯싶었다. 절반쯤 내려갔을까, 바위를 밟은 등산화가 '치지지~' 소리를 내며 미끄러지는가 싶더니, 눈에서 번갯불이 번쩍 튀겼다. 그야말로 눈 깜박할 순간이었다. 비에 젖어 미끄러운 것을 간과한, 자만심이 화를 불러일으킨 것이다.

모자가 찢기고 머리가 혹처럼 솟아올랐다. 볼과 귀, 엉덩이, 무릎에서 피가 배어나오고 쓰라렸다. 다행히 상처는 깊지 않았다. 약을 바르고 보름 정도 지나자 혹도 가라앉고 상처도 아물었다. 하지만 무릎 통증은 여전했다.

정형외과에 가니 무릎 내측인대가 찢겼다며 약을 먹고 물리치료를 받으라고 한다. 치료를 받으며 주말마다 산에 갔다. 결국 절룩거릴 정도로 무릎 상태가 악화되었다.

빠른 치유를 위해 산에도 가지 않고 치료에 전념을 기울였다. 그러나 회복은 더디기만 했다. 날자는 다가오고 초조하기만 했다. 무엇보다 등반에 앞서 체력을 회복시켜야만 했다. 조심 또 조

은퇴 산꾼, 고산에 서다

심하며 산길을 걸어봤다. 무릎 보호대를 착용했음에도 통증이 심하게 오고 퉁퉁 부어올랐다. 무릎에서 주사기로 누런 물을 뽑아내고 통증 완화 주사를 맞았다. 물리치료를 받고 진통소염제약도 처방받았다.

출발 이틀을 남겨놓고 최종 점검을 하기 위해 산에 갔다. 두 시간 정도를 걸으니 통증이 오기 시작했다. 등정을 포기해야 하는 것은 아닌지 심히 우려되었다. 그렇다고 이제 와서 포기할 수도 없었다. 그래, 일단 가자. 가서 하는 데까지 해보는 수밖에. 출국 전날 주사를 다시 맞고 열흘 분의 약을 처방받았다. 약을 싸가지고 가는 수밖에 없었다.

이제 등정의 성패는 엘부르즈 여신에게 달려있다. 엘부르즈 여신께 모두 맡기고, 여신의 뜻에 따를 수밖에.

엘부르즈

Day 1

▲**주요 구간:** 인천 공항(Incheon airport)~모스크바 공항(Moscow airport)

> 삶이 그대를 속일지라도 슬퍼하거나 노하지 말라.
>
> 슬픔의 날을 참고 견디면 기쁨의 날이 오리니.
>
> 마음은 미래에 살고 현재는 언제나 슬픈 것.
>
> 모든 것은 순간에 지나가고
>
> 지나간 것은 다시 그리워지나니.

아마 이 시를 모르는 사람은 없을 것이다. 러시아 문학의 아버지로 불리는 알렉산드르 푸시킨의 시, 〈삶이 그대를 속일지라도〉이다.

푸시킨은 서른두 살 때, 빼어난 미모의 열세 살 연하 나탈리아와 결혼했다. 결혼 후 나탈리아는 젊고 잘생긴 프랑스 장교 단테스와 밀회를 즐겼다. 이에 격분한 푸시킨은 단테스에게 권총 결투를 신청했다. 삼십 보 떨어진 거리에서 셋을 세었을 때 서로 권총을 뽑아 쏘았다. 푸시킨이 쏜 총알은 빗나갔고 단테스가 쏜 총

은퇴 산꾼, 고산에 서다

알은 푸시킨의 복부에 명중했다. 푸시킨은 이틀 후에 사망했다. 그의 나이 서른일곱 살 때이다. 푸시킨은 자신의 시처럼, 삶이 그대를 속일지라도 왜 참고 견디지 못했을까? 러시아에 가는 길에 그 의문에 대한 답을 찾을 수 있었으면 좋겠다.

연일 40도에 육박하는 찜통더위가 기승을 부린다. 밤에도 30도가 넘는 열대야가 계속되어 잠을 이루기 쉽지 않다. 모스크바 공항에 이르자 기온은 30도 안팎으로 서울보다 낮았으나 덥긴 마찬가지이다. 찜통더위가 아닌 것을 그나마 다행으로 여길 수밖에.

공항 앞에 설치해 놓은 축구공 조형물이 눈길을 끈다. 그 옆의 전광판은 축구 경기를 계속 쏟아내고 있다. 불과 사십여 일 전에 2018 FIFA 월드컵 경기가 이곳 러시아에서 열렸었다.

비행기를 탈 때마다 은근히 기대되는 것이 기내식이다. 장시간 동안 비행하다 보니 기내식이 두 번이나 나왔다. 러시아항공이어서 샐러드와 빵이 기본이고 으깬 감자 또는 훈제 치킨이다. 후식으로는 케이크와 초코파이가 나왔으나 너무 달아서 먹지 못했다. 기내식은 뭐니 뭐니 해도 국내 항공사의 비빔밥이 최고인데.

얼마 전 기내식 문제로 사회적 비난을 받았던 아시아나항공이 생각난다. 기내식 공급 업체 변경 과정에서 차질이 생겨서 운항이 지연되고 기내식을 싣지 못한 채 운항하는 등 큰 혼란이 일어났다. 결국 하청 업체 대표가 손해 배상을 해야 하는 상황에 처하자 스스로 목숨을 끊은 일이 있었다.

오늘은 서른 시간이 하루이다. 시차 여섯 시간이 보태져서이다. 서른 시간 동안 밥을 무려 다섯 번이나 먹었다. 집에서 아침을 먹고 공항에서 출발 전에 비빔밥 한 그릇을 먹었다. 그리고 기내에서 두 번이나 먹고 모스크바에 도착하여 또 저녁을 먹었다. 하는 일 없이 먹고 앉아있으려니 소화가 되지 않는다. 호텔에 짐을 풀자마자 소화제부터 챙겨 먹어야만 했다.

밤 9시에 잠자리에 들었다. 한참 자다 깨어 휴대폰을 열어 보니 6시 20분이다. 새벽 6시에 모닝콜을 해 주기로 했는데, 듣지 못한 것 같았다. 6시 식사, 7시 출발 예정이어서 마음이 급했다. 부랴부랴 세수만 하고 급히 식당으로 달려갔다. 식당이 텅 비어 있기에 모두 식사를 마치고 방에 돌아갔다고 생각했다. 직원에게 손짓, 발짓을 하며 밥을 달라고 했다. 대답은 "NO."이다. 밥도 못 먹고 방에 돌아와 간식으로 준비해 간 고구마말랭이, 육포, 견과류로 배를 채웠다. 출발 시간에 늦을까 봐 서두르며 짐을 싸다 보니 뭔가 이상하다는 생각이 들었다. 시간을 다시 확인해 보았다. 아뿔싸, 착각이었다. 새벽 7시는 우리나라 시간이다. 현지 시각으로는 밤 1시이다. 이야말로 달밤에 체조한 격이 아닌가.

은퇴 산꾼, 고산에 서다

엘부르즈

Day 2

▲ **주요 구간**: 모스크바(Moscow)~민보디(Min vody)~테스콜(Terskol)

모스크바에서 민보디까지는 비행기로 이동한다. 민보디의 정식 명칭은 '미네랄예보디(Mineralnye vody)'이다. 각종 표시판이나 비행 티켓은 정식 명칭을 사용하지만, 현지 주민들은 민보디라는 약칭으로 부른다. 2시간 20분의 비행 끝에 민보디 공항에 착륙했다.

착륙 직전 기장의 안내 방송이 나오자 승객들이 박수를 친다. 가만히 있으면 안 될 것 같아서 덩달아 박수를 쳤다. 하지만 어리둥절하다. 착륙 후 가이드에게 착륙 직전에 기내 방송이 나오자 승객들이 박수를 친 까닭이 무엇인지에 관해서 물었다.

"예전에 비행기가 낡아 사고가 잦았다. 무사히 착륙했다는 감사의 표시이다. 이 전통은 러시아에만 있다. 다른 유럽 사람들은 이를 보고 러시아 사람들은 촌놈이라며 비웃는다."

민보디에 도착했으나 대원 중 한 사람의 짐이 도착하지 않았다. 모두 당황해하며 잠시 술렁였다. 모스크바 공항 검색에서 등반 장비가 위험 물질로 오인돼 정밀 검색 후 다음 비행기 편에 보내 주겠다고 한다.

민보디에서 테스콜까지는 전용 버스로 이동한다. 버스는 45인 승인데, 출입문 계단에 한글로 "어서 오세요.", "감사합니다."라고 쓰인 스티커가 붙어있고, 냉장고 문에는 "발을 올려놓지 마시오."라고 쓰인 스티커가 붙어있다. 버스 뒤에는 '경북버스운송사업조합'이라 쓰여 있다. 내부도 무척 낡았다. 등받이가 젖혀진 상태에서 움직이지 않고 팔걸이도 삐걱거렸다. 에어컨에서는 따뜻한 바람이 나와 찜통을 방불케 했다. 우리나라에서 중고 버스를 수입하여 운행하는 듯하다.

버스는 광활한 평야 지대를 달려간다. 옥수수밭, 사과밭, 해바라기밭이 끝없이 펼쳐져 있다. 잘 가는가 싶더니 총을 든 군인들이 검문을 한다며 버스를 세운다. 게릴라들에게 납치되는 건 아닐까 하는 불안감이 일었다. 버스에서 내려 검색대를 통과하고 여권과 신원 확인 절차를 거쳤다. 테러 지역이어서라고 한다.

두 시간 정도 평야 지대를 달린 버스는 산악 지대로 들어선다. 소 떼들이 도로를 점령한 채로 한가롭게 거닐고 있다. 소에게 비켜달라고 경적을 울리는 차량도 없다. 속도를 줄이고 소들을 피해 핸들을 꺾으며 요리조리 소 사이를 피해 지나간다. 동물이나, 사람이나 참으로 여유로운 풍경이다.

우리나라에서 이런 일이 있다면 어떻게 대처할까? 소가 아니라 다른 차량이 끼어들기라도 하면 경적을 울리거나 창문을 내리고 욕지거리를 퍼붓는 게 예사가 아닌가. 부끄러움을 느끼지 않을 수 없다.

은퇴 산꾼, 고산에 서다

버스는 세 시간을 달려 테스콜에 도착했다. 전에는 도로포장이 되지 않아 네 시간 이상 걸렸다고 한다.

테스콜의 자그마한 호텔에 짐을 풀었다. 명칭은 호텔이었으나 시설은 산장급이다. 그래도 다행히 온수도 잘 나오고 샤워실과 화장실도 방마다 있다. 식당도 별도로 있다. 뒷마당에 가보니 멀리 설산이 고개를 내민다. 이제야 설산에 왔다는 실감이 난다. 기온도 23도 정도의 전형적인 가을 날씨여서, 가을이 온 듯 반가웠다.

저녁 식사를 하기 위해 대원 모두 식당에 모였다. 대장 한 명과 대원 열세 명이다. 현지인 산악 가이드를 포함하여 열다섯 명이 한 팀이 되었다. 산악 가이드는 러시아인으로 이름은 '올레그 프라소프(Oleg vlasov)'이다. 나이는 쉰여섯이며, 엘부르즈 정상에 육십 회 이상 오른 베테랑 산악인이다. 건장한 체격에 수염을 더부룩하게 기른 모습이 산악인으로서의 카리스마를 뿜어낸다.

대장은 혜초 트래킹의 우 대리이다. 우 대장은 혜초에서 산악 팀을 이끌고 여러 차례 고산을 누볐다. 사십 대 중반의 젊은 나이에 체구는 작지만 단단하게 생겼다. 언행은 끊고 맺는 것이 분명하다. 대장이 우유부단하면 대원들까지 사고의 위험에 노출될 수도 있는데 그렇지 않은 점이 마음에 들었다.

대원들은 모든 분이 내로라하는 산악인들이다. 모두 고산 등반 경험이 풍부하다. 지역도 다양하다. 부산, 울산, 대전, 수원, 안산, 서울 등 전국 각지에서 모였다. 연령별로도 다양하다. 70대 2명, 60대 3명, 50대 7명, 30대 1명이다. 이 중에 여성 대원도 2명이 있다. 이들은 모녀간으로 어머니는 오십 대이고 딸은 서른 살이다. 모녀가 함께 등반하는 경우는 매우 드문 일이다. 딸은 새벽이면 조깅까지 하는 등 건강미가 흘러넘쳤으며 활달하다. 딸에게 물었다.

"고산 등반을 한 적 있나?"

"안나푸르나 베이스캠프와 킬리만자로에 다녀왔다."

"힘들지 않았나?"

"힘들었지만 고산의 매력에 빠져서 또 오게 되었다."

어머니께 물었다.

"자녀는 몇 명 두었나?"

"딸만 둘을 두었다. 얘가 큰애다."

"작은딸은 왜 데리고 다니지 않나?"

"큰애는 화장도 하지 않고 이렇게 다니는 것을 좋아한다. 하지만 작은애는 예쁘게 치장하는 걸 좋아하고 벌써 결혼하고 싶다고 난리다. 다니는 것도 좋아하지 않는다."

"한 배에서 나온 딸이 그렇게 다른가?"

"그렇다. 이상한 일이다."

어제와 오늘은 온종일 비행기와 차만 탔다. 어제는 비행기로 9시간, 오늘은 비행기와 버스로 5시간 30분을 이동했다. 그때마다 앉아있기만 했으나 대기하는 시간이 걷는 것보다 더 지루하고 피곤하다.

은퇴 산꾼, 고산에 서다

엘부르즈

Day 3

▲**주요 구간**: 테스콜(Terskol, 1,800m)~체겟봉(Cheget peak, 3,100m)~
테스콜(Terskol, 1,800m)

오늘은 체겟봉에 올라 고산 적응을 한다. 호텔에서만 와이파이가 되고 내일부터는 모든 통신 수단이 끊긴다. 집에 소식부터 전했다. 간단한 문자와 함께 호텔 뒤에서 보이는 설산의 모습을 사진에 담아서 보냈다.

아침 식사를 하는 사이에 울산 조 선생의 배낭이 없어졌다. 그는 배낭을 로비에 놓고 식당에 들어갔다. 이리저리 수소문 끝에, 외국인들이 자기 일행의 배낭인 줄 알고 버스에 싣고 떠났다는 것을 알게 되었다. 삼십여 분 뒤에 되찾아 왔기에 망정이지, 배낭에는 여권 등 중요 물품이 들어 있어서 자칫하면 곤란에 처할 수 있었다. 조 선생은 어제 모스크바에서 민보디에 올 때도 짐이 오지 않아 애를 태웠었다.

테스콜에서 해발 2,100m 지점까지는 스키용 리프트를 타고 올라갔다. 테스콜은 스키장으로 유명하며 겨울에는 스키 인파로 인산인해를 이룬다. 리프트를 타고 오르며 아래를 내려다보니 유

스키용 리프트를 타고 체겟봉에

은퇴 산꾼, 고산에 서다

럽 소나무들이 빽곡히 숲을 이루고 있다. 유럽 소나무는 붉은색
을 띠고 쭉쭉 뻗어 올라간 모습이 우리나라의 금강송과 흡사하다.

리프트에서 내린 뒤에는 둥글게 둘러서서 준비 체조부터 했다.
삼십여 분 정도 올라 체겟봉 정상에 도달했다. 그러나 정상은 군
사 지역이라 통제되어 있다. 정상에 군사 시설이 들어선 것은 우
리나라에서는 흔한 풍경이다. 조금도 낯설게 느껴지지 않았다.

우측 멀리에 엘부르즈가 모습을 드러낸다. 엘부르즈는 동봉과
서봉의 두 봉우리가 새하얀 만년설이 쌓인 채 어깨를 나란히 하
고 있다. 그 모습은 마치 여신의 젖가슴을 연상케 하듯 봉긋하게
솟아있다. 잡티 하나 없이 깨끗하고 부드러운 여신의 젖가슴을

체겟봉에서 바라본 엘부르즈 동봉(우측)과 서봉(좌측)

흰 구름이 어루만지듯 감싸며 흐른다. 눈이 부시도록 아름다운 광경에 취하여 한동안 넋을 놓고 바라보았다. 뜻하지 않은 만남에 행복했고 황홀한 마음을 가눌 수 없었다.

좌측 가까이에는 해발 4,468m의 돈구조론이 우뚝 솟아있다. 그 옆으로는 4,000m 넘는 고봉들이 흰 눈을 덮어쓴 채로 줄지어 있다. 돈구조론 너머는 조지아(Georgia)이며, 러시아와 국경 역할을 한다. 조지아는 소비에트 연방 공화국의 일원이었다가 해체되면서 1991년에 독립했다.

체겟봉 좌측에 우뚝 솟아있는 돈구조론

은퇴 산꾼, 고산에 서다

사십여 분 정도 주변 경관을 바라보며 고산 적응을 하고, 하산 길에 접어들었다. 하산은 3,050m 지점에서 리프트를 타고 내려 왔다.

오늘은 중복이다. 중복은 삼복의 하나로 여름철 중 가장 더울 때가 아닌가. 예로부터 복날이면 더위를 이기고 몸을 보호하기 위해 개장국이나 삼계탕을 먹는 풍습이 있다. 복날에 어울리게 점심은 훈제 닭고기가 나왔다.

오후에는 등반 장비를 렌트하였다. 대원마다 각자 필요한 장비 를 빌렸다. 나는 크램폰, 안전벨트, 확보 줄, 우모복을 빌렸다. 이 중화도 빌려야 했으나 포기해야만 했다. 이중화를 들어보니 일반 등산화보다 세 배 정도 무겁다. 이중화를 착용해야 더욱 안전하 게 등반할 수 있고 발도 시리지 않지만, 무릎이 완치되지 않은 상 태에서 무거운 이중화를 착용하고 오를 수는 없었다. 대여 비용 은 3,600루블, 한화로 약 68,000원이다.

환전은 국내에서 유로화로 환전해 오고, 이곳 환전소에서 유로 화를 루블화로 다시 환전하였다. 환율은 1유로(Euro)가 1,365원이 며, 72루블(Rub)이다. 이를 계산해 보니 1루블에 한화로 19원 정 도가 된다.

장비 대여점은 성업 중이다. 우리뿐만 아니라 엘부르즈를 찾은 많 은 사람이 줄지어서 장비를 빌린다. 맨몸으로 가도 등반할 수 있도 록 장비가 골고루 갖추어져 있다.

엘부르즈

Day 4

▲**주요 구간**: 테스콜(Terskol, 1,800m)~아자우(Azau, 2,350m)~스타리
쿠르고졸(Stary krugozor, 2,930m)~미르(Mir, 3,470m)~카
라바치(Kara bachy, 3,847m)~바렐 산장(Barrel mountain
cabin, 3,700m)
바렐 산장(Barrel mountain cabin, 3,700m)~퓨리엇(Prlyut,
4,157m)~바렐 산장(Barrel mountain cabin, 3,700m)

등반을 마치고 이곳에 다시 내려올 때까지 4일간 필요한 짐을
꾸리고, 나머지는 호텔에 맡겨놓았다. 각종 등반 장비와 침낭, 의
류, 간식 등 필요한 것만 최소로 챙겼는데도 카고백과 배낭이 꽉
찼다. 타 지역에는 포터나 당나귀, 야크 등이 짐을 날라다 주지만
이곳에는 그런 것이 없다. 차량과 케이블카가 그 역할을 대신하
지만, 갈아탈 때마다 배낭과 짐을 메고 들어 날라야 한다.

차량으로 십여 분 정도를 이동하여 아자우에 이르렀다. 케이블
카를 타기 전에 탑승 요금을 내고 스카이 패스를 발급받았다. 아
자우에서 카라바치 케이블카 종점까지 한꺼번에 오르는 것이 아
니라 중간 지점인 스타리쿠르고졸과 미르에서 갈아타며 올라갔
다. 그때마다 스카이 패스를 찍어야 탑승 문이 열린다.

은퇴 산꾼, 고산에 서다

독특한 모습의 바렐 산장

차량과 케이블카로 올라가다보니 한꺼번에 2,047m의 고도를 올려주게 된다. 한꺼번에 고도를 올려주면 고산증이 온다. 아니나 다를까, 케이블카에서 내려서자마자 머리가 지끈대기 시작한다. 다행히 바렐 산장은 147m 아래에 있다. 설상차를 타고 바렐 산장으로 갔다. 조금이나마 고도를 낮춰주니 머리가 지끈대는 것이 가라앉았다.

말로만 듣던 바로 그 바렐 산장의 독특한 모습이 눈길을 끈다. 커다란 드럼통을 뉘어놓은 것같이 둥글고 긴 모양이다. 길이는 대략 8m, 지름 3m 정도이다. 열한 개의 드럼통이 나란히 뉘어져 있고 사각형 건물도 세 동이 있다. 사각형 건물은 주방 겸 식당, 관리용, 창고용으로 쓰이고 있다. 별도로 작은 재래식 화장실도 있다.

산장은 겉보기와는 달리 내부는 훌륭하다. 편백나무로 인테리어가 되어 있어서 편백나무 향이 은은하게 흘러나온다. 타 지역 산장과는 달리 침대도 삐거덕거리지 않는다. 한 동마다 여섯 개의 침상이 구비되어 있으므로, 예순여섯 명을 수용할 수 있는 규모이다. 산장은 대피소 겸 베이스캠프의 역할을 한다.

산장 주변은 온통 설산뿐이다. 사방팔방으로 설산에 포위되어 갇혀있는 듯하다. 설산과 흰 구름이 겹쳐서 어느 게 산인지, 어느 게 구름인지 경계조차 모호하다. 산장 옆 낭떠러지 아래에는 만년설이 녹은 물이 계곡을 이루며 흐른다. 밤이 되자 산장은 고요 속에 빠져든다. 오르내리던 케이블카도 멈추고, 움직이는 것은 아무 것도 없다. 계곡물 흐르는 소리만 들려올 뿐이다. 그 소리는 신들의 속삭임 같았다.

퓨리엇 빙하 지대

은퇴 산꾼, 고산에 서다

오후에는 퓨리엇까지 오르면서 고산 적응을 한다. 밤사이에 쌓인 눈이 얼어붙고 낮이면 눈이 녹는다. 마침 눈이 녹아 물먹은 스펀지를 밟는 듯하다. 곳곳에는 눈이 녹은 물이 골을 이루며 흐른다. 표면은 눈으로 덮여있어서 자칫 잘못 밟으면 물구덩이에 빠지기 십상이다. 스틱을 꽂아 보니 1m 이상 들어가는 곳도 있다. 물구덩이에 빠진다고 생사를 달리하는 것은 아니지만, 사고의 위험은 곳곳에 있다. 산악 가이드는 밟아야 하는 곳과 그렇지 않은 곳을 정확히 알고 있다. 그의 발자국만 따라 밟으며 오르내린다. 2m 정도의 폭으로 급류를 이루며 빙하가 흐르는 곳도 있다. 그곳은 설상차와 등반객이 안전하게 건널 수 있도록 다리가 놓여 있다.

퓨리엇 추모 바위

퓨리엇에는 커다란 바위가 우뚝 솟아있다. 그 바위에는 동판 삼십여 개가 붙어있다. 자세히 살펴보니, 엘부르즈에서 조난사한 산악인을 추모하는 동판이다. 잠시 옷깃을 여미고 고개 숙여 영령들을 추모하며 넋을 기렸다. "엘부르즈에서 생사를 달리하신 영령이시여! 부디 고이 잠드소서!"

은퇴 산꾼, 고산에 서다

엘부르즈

Day 5

▲**주요 구간**: 바렐 산장(Barrel mountain cabin, 3,700m)~퓨리엇
(Prlyut, 4,157m)~파트코브락(Pastuhova rocks, 4,500m)~
퓨리엇(Prlyut, 4,157m)~바렐 산장(Barrel mountain cabin,
3,700m)

편백나무로 꾸며진 산장에서 잠을 자서일까? 지난밤에는 편안
하게 잠을 잤다. 편백나무는 피톤치드가 가장 많이 나오는 나무
이다. 피톤치드는 해충이나 병원균으로부터 자신을 보호하기 위
해 나무 스스로 내뿜는 항균 물질이다. 이게 오히려 사람에게는
심신이 안정되는 효과를 가져다준다. 삼림욕을 하면 기분이 상쾌
해지는 것도 이 때문이다. 더구나 자율신경을 안정시켜 주어 잠
이 잘 오게 하는 효능까지 있다. 피톤치드야말로 숲이 사람에게
주는 최고의 선물이 아닐까?

오늘은 등반 장비 점검과 적응을 하고, 고산 적응을 하기 위해
파트코브락까지 다녀온다. 현재 가장 두려운 것은 무릎 통증이
다. 무릎 때문에 걷지 못할 상황이 올까 봐 두렵기만 하다. 우 대
장에게 사정을 얘기했다.

"무릎 때문에 도저히 안 되겠다. 등정은 어떻게든 하겠지만, 오늘 고산 적응은 무리이다."

"무릎 통증이 그렇게 심한가?"

"무릎에서 물을 빼고, 약을 싸 가지고 왔다."

"그렇다면 산장에 체류해라."

"고산 적응을 해야 하는데 산장에 머무를 수만은 없다. 올라갈 때는 스노우 바이크를 타고 올라가고 고산 적응과 내려오는 것은 대원들과 함께하겠다."

"좋다. 그렇게 하자."

스노우 바이크

은퇴 산꾼, 고산에 서다

설상차

대원들은 먼저 출발했다. 파트코브락에서 대원들과 합류하기 위해 시간에 맞춰서 세 시간 후에 출발했다. 스노우 바이크를 탄 사람은 나만이 아니다. 모녀 중 어머니도 스노우 바이크를 탔다. 스노우 바이크는 거침없이 설산을 달려 올라간다. 어제 퓨리엇까지 걸어서 두 시간이 걸렸는데, 스노우 바이크를 탔더니 십 분밖에 걸리지 않았다. 퓨리엇에 이르자 대원들이 내려오고 있었다.

"벌써 파트코브락까지 다녀오는가?"

"아니다. 해발 4,200m 지점까지만 갔다."

"왜 파트코브락까지 가지 않았나?"

"등정에 앞서서 체력을 비축할 필요가 있어 무리하지 않기로 했다."

"몇 명이 보이지 않는다."

"세 명은 예정대로 파트코브락까지 다녀온다며 올라갔다."

스노우 바이크에서 내려 대원들과 합류했다. 이용 요금은 거리에 따라 다르다. 2,000루블을 지불했다. 한화 약 38,000원이다. 다행히 엊그제 장비 대여를 하고 남은 루블화가 있었다.

스노우 바이크는 설상차와 함께 이곳의 혹독한 기후와 환경에 맞게 이동 수단과 구조용으로 쓰인다. 설상차는 언뜻 보면 불도저와 흡사하다. 눈이나 얼음 위를 달릴 수 있도록 타이어 대신 폭이 넓은 무한궤도가 장착되어 있다. 설상차는 최대 열세 명, 스노우 바이크는 최대 두 명이 탈 수 있다.

등정에 앞서서 배낭을 미리 꾸려놓았다. 간식을 챙기다 보니 찰떡 파이, 초콜릿, 사탕 등 비닐 포장된 제품들이 모두 빵빵하게 부풀어있다. 기압 때문이다.

엘부르즈

Day 6

▲**주요 구간**: 바렐 산장(Barrel mountain cabin, 3,700m)~해발 5,000m
지점~새들(Saddle, 5,400m)~엘부르즈 정상(Elbrus sum-
mit, 5,642m)~새들(Saddle, 5,400m)~해발 5,000m 지점
~바렐 산장(Barrel mountain cabin, 3,700m)

드디어 정상에 오르는 날이다. 새벽 2시 30분에 기상하여 간편
한 죽으로 아침 식사를 대신했다. 대원 모두 식사도 잘하고 표정
도 좋다. 누구 하나 낙오 없이 등정에 성공할 것 같은 예감이 든
다. 그런데 나만 정상에 오르지 못하는 것은 아닌지 불안감을 떨
쳐버릴 수가 없다. 애초부터 정상에 오르고, 못 오르고는 엘부르
즈 여신에게 맡긴다고 다짐하였기에, 애써 담담한 척하며 부딪쳐
보는 수밖에 없다.

무릎 보호대부터 착용했다. 크램폰, 스패츠, 안전벨트, 확보 줄,
우모복으로 완전 무장을 하고, 헤드랜턴으로 길을 밝히며 산장을
나섰다. 산악 가이드 다섯 명이 따라붙었다. 메인 가이드를 제외
한 네 명의 가이드는 등정을 마치고 하산할 때까지만 동행한다.
대장을 포함해 대원 열네 명에 다섯 명의 가이드가 따라붙었으
니 대원 두세 명에 가이드 한 명씩 따라붙은 셈이다. 만약의 사

태에 대비하기 위해서이다.

설상차는 밤사이 얼어붙은 눈길을 한 시간여 달려 해발 5,000m 지점에 대원들을 내려 주었다. 때마침 일출이 막 시작되어 주변이 밝아오기 시작한다. 흰 눈에 덮인 새하얀 세상이 끝없이 펼쳐져 있다. 온통 눈 바다이다. 키나발루가 바위 바다였다면 엘부르즈는 눈 바다이다. 전후좌우상하, 사방팔방으로 보이는 것이라고는 하얀색밖에 없다. 필설로 다 표현할 수 없는 장관 중의 장관이다.

바람에 찬 공기가 실려 와 온몸에 스멀스멀 스며든다. 핫팩을 꺼내 장갑 속에 한 개씩, 바지 주머니에 각각 한 개씩 넣었다. 휴대폰 주머니에도 핫팩을 넣었다. 휴대폰 주머니에 핫팩을 넣은 것은 지난번 쓰구냥산에 갔을 때 한파로 배터리가 방전되어 사진조차 찍지 못했던 일이 있어서이다. 양말을 두 개나 겹쳐 신었는데도 발이 시리다. 이중화를 신지 않아 어쩔 수 없지만, 붙이는 핫팩이라도 준비했더라면 좋았을 거라는 생각이 든다.

새벽 5시, 최종 점검을 마치고 등정이 시작되었다. 길은 동봉을 우회하여 사면으로 이어진다. 다행히 사면 길은 완만하다. 그러나 설상차를 이용하여 순식간에 1,300m의 고도를 올려 줘서인지 자꾸 졸음이 쏟아진다. 졸음도 고산 증세의 하나이다. 졸다 잠들면 저세상으로 갈 수밖에 없다.

은퇴 산꾼, 고산에 서다

정상을 향하여

졸음을 이기지 못해서 숨을 고를 때마다 스틱에 기대어 잠깐씩 눈을 붙이기를 거듭한다. 고산에서의 산행 방식은 어디서나 '천천히'이다. 천천히 세 걸음을 걷고 잠시 숨을 고르고 다시 걷는다. 바람이 몹시 불어온다. 몸이 흔들릴 정도이다. 바람이 몸을 뒤흔들어도 졸음은 가시지 않는다.

어느새 새들에 이른다. 등정을 시작한 지 세 시간 만이다. 새들은 동봉과 서봉의 갈림길 안부이다. 우측은 동봉이고 좌측은 서봉이다. 동봉의 표고는 해발 5,621m이고 서봉의 표고는 해발 5,642m이다. 불과 표고 21m의 차이로 동봉은 서봉에게 정상의 자리를 내어 주었다. 하긴 사람도 마찬가지가 아닌가. 쌍둥이도 단 몇 분 차이로 형과 아우로 나뉘는 것이다.

얼어붙은 눈 위에 벌러덩 눕기부터 했다. 모두 여기저기에 앉거나 눕기에 바쁘다. 바람은 더욱더 거세게 불어온다. "어~ 어!" 소리가 나기에 고개를 돌려보니, 어느 대원의 장갑이 날아가고 있다. 바닥에 꽂아놓지 않고 내려놓은 스틱도 데굴데굴 굴러간다. 장갑과 스틱은 순식간에 눈앞에서 사라져갔다.

주변이 어수선하며 대원들이 웅성거린다. 차 선생의 코에서 피가 흘러내리고 있다. 심상치 않아 보인다. 급한 대로 휴지를 돌돌 말아서 콧구멍을 틀어막는다. 우 대장과 가이드가 차 선생에게 하산을 권유한다.

"더 이상 가면 위험하다. 여기서 하산해라."

"괜찮다. 정상까지 가겠다."

"이 상태에서는 안 된다. 다음으로 미뤄라."

"만약 사고가 나면 내 책임임을 분명히 하겠다. 등정을 계속하겠다."

차 선생의 연세는 일흔일곱이다. 군더더기 하나 없는 몸매 탓에 칠십 대 중반이 넘어섰다고 하기에는 믿어지지 않는다. 외국어에 능통하고 고산 경험도 많다. 킬리만자로, 키나발루, 에베레스트 베이스캠프에 다녀왔다. 아마 내가 이분의 입장이라고 해도 정상을 눈앞에 두고 포기하기는 쉽지 않았을 것이다. 차 선생에겐 새들이 동봉과 서봉의 갈림길이 아니라 등정을 하느냐, 못하느냐의 갈림길이었던 셈이다.

다시 길을 이어간다. 차 선생 뒤에는 가이드 한 명이 밀착해서 만약의 사고에 대비하고 있다. 경사는 점점 급해지고 바람은 더욱 거세게 불어온다. 걷기조차 힘들다. 바람에 떠밀려가듯 몸이 흔들려 중심을 잡는 데 온 신경을 집중해야만 한다.

길은 주 능선에서 사면으로 이어진다. 사면 오름길에는 안전 자일이 설치되어 있다. 안전 자일에 안전벨트를 확보 줄로 연결하여 안전 확보를 하였다. 아래를 보니 수십 길 낭떠러지가 아득하다. 그대로 추락하는 상상을 하자 온몸에 소름이 돋는다.

안전 확보를 하고 오르던 강 선생이 자진해서 하산한다. 가이드 한 명과 함께 발길을 되돌리며 아쉬운, 무척 아쉬운 표정을 짓는다.

"이제 얼마 안 남았다. 왜 내려가나?"

"도저히 안 되겠다. 어제 무리를 했다. 살아서 돌아가려면 어쩔 수 없다. 잘 다녀와라."

강 선생은 어제 고산 적응을 할 때 예정대로 4,400m 지점까지 다녀온 세 명 중 한 명이다. 그의 연세는 일흔하나이다. 젊은 시절에는 마라톤을 즐겼고 킬리만자로, 옥산, 키나발루를 등정했다. 세계 지리와 역사에도 해박하다. 어디를 물어봐도, 무엇을 물어도 막힘없이 술술 설명해 준다.

안전 자일 구간이 지나자 저만치 정상이 모습을 드러낸다. 정상이 가까워질수록 숨은 가빠지기만 한다. 산소가 희박하기 때문이다. 외국인 세 명이 옆을 스쳐 간다. 그들의 걷는 모습에 웃음이 절로 나온다. 발에 힘을 가하여 크램폰을 눈 얼음에 눌러 찍고, 스틱으로 몸의 중심을 잡고, 발을 내디딘다. "하나, 둘!" 구령에 맞춰서 걷듯이, 세 명이 조금도 오차 없이 기계적으로 움직인다. 마치 로봇이 걷는 듯하다. 그들도 우리가 걷는 모습을 보면 웃음이 날 것이다. 우리가 걷는 방식도 그들과 같을 수밖에 없지 않은가.

바람은 더욱더 거세게 몰아친다. 잠시라도 방심하면 순식간에 바람에 떠밀려서 추락할 것만 같다. 강풍은 얼어붙은 눈 조각들을 날린다. 바람에 날려 온 눈 조각들이 사정없이 온몸을 때린다. 맨살이 드러난 코와 볼이 따끔따끔하다. 마치 우박이 오는 것 같았다. 가이드에게 물었다.

"바람이 너무 세차다. 풍속 몇 미터나 되는가?"

"초속 15m 정도 되는 듯하다."

"늘 바람이 세차게 부는가?"

"평소에도 바람이 많이 불긴 하지만, 이보다는 약하다."

"어이구, 죽겠다. 날아갈 것 같다."

"이 정도의 바람에 눈이 동반하지 않은 것만으로도 행운이다."

풍속 15m는 태풍급에 가깝다. 이 상태에서 눈까지 몰아친다고 생각하니 끔찍하다. 가이드의 말대로, 이나마 다행으로 생각해야 할 것 같았다. 수은주는 영하 6도를 가리키고 있다. 기온은 초속 1m의 풍속에 1.6도씩 떨어지므로, 체감 기온은 무려 영하 30도에 이른다.

정상이 코앞에 있다. 많은 사람이 밟아서인지 한 사람이 겨우 통과할 만큼 움푹 패어 다져져 있다. 양옆으로는 가슴 높이까지 눈이 쌓인 채 얼어붙어 있다. 마치 담장 사이의 좁은 골목길을 지나는 것 같다. 마지막으로 있는 힘을 다하여 치고 올라간다.

드디어 정상에 섰다. 시간부터 확인했다. 9시 30분이다. 해발 5,000m 지점에서 거리는 4km밖에 되지 않았으나 시간은 4시간 30분이 지나있다.

정상은 두 평 남짓한 작은 공터에 불과하다. 한편에 정상석으로 보이는 자그마한 돌이 박혀있다. 오랜 세월 서 있었던지 우툴두툴하게 풍화되어 세월의 흔적만 배어 있다. 그 돌에 길쭉한 삼각형의 철판이 정상임을 알리고 있을 뿐이다. 명색이 유럽 최고

정상에서

봉인데, 그 모습치고는 너무나 소탈하다. 하긴, 무슨 허세가 필요
할까? 누가 뭐래도 유럽 최고봉인 것을. 그저 그렇게 당당히 자리
하고 있음으로 충분하리니.

정상에 오른 사람들은 환호하기보다는 묵묵히 있을 뿐이다. 무
엇을 생각하는지, 무엇을 기원하는지 알 수 없다. 주변을 둘러보
았다. 모든 것이 정지되어 있는 것 같았다. 시간조차 멈춰있는 것
같았다. 나도 그대로 주저앉고 싶었다. 이대로 영원히 산이 된들
어떠랴.

바람은 쉴새 없이 불어온다. 몸을 지탱하고 서 있기조차 힘들
다. 올라온 쪽을 제외한 삼면이 낭떠러지여서 두렵기까지 하다.
정상에 선 모습을 사진에 담으려고 휴대폰 주머니에 핫팩까지 넣

은퇴 산꾼, 고산에 서다

어 왔건만, 누구에게 찍어달라고 부탁조차 할 수 없다. 마침 우대장이 아슬아슬하게 사면에 자리를 잡고 대원들의 사진을 찍어 주었다. 덕분에 정상에 선 모습을 남길 수 있었다.

엘부르즈는 세계 7대륙 최고봉 중 하나이며 유럽 대륙에서 가장 높은 산이다. 그 높이가 해발 5,642m에 달한다. 1874년에 영국 원정대의 그로브(F. C. Grove)가 최초로 정상에 오른 것으로 기록되어 있다. 카스피해와 흑해 사이에 북서쪽으로 길게 1,500㎞ 정도 뻗어있는 코카서스산맥에 우뚝 솟아있는 산이다. 코카서스 산맥은 유럽과 아시아의 경계를 이루는 산맥이며, 그리스 신화에 그 전설이 전해져 내려오고 있다.

메인 산악 가이드 올레그 프라소프와 함께

불의 신 프로메테우스는 제우스의 명을 거역하고 불을 훔쳐다 인간에게 주었다.

이에 격노한 제우스는 프로메테우스를 쇠사슬로 바위에 묶은 뒤 독수리에게 간을 쪼이도록 하는 형벌을 내렸다. 헤라클레스가 독수리를 없애고 쇠사슬을 풀어줄 때까지 프로메테우스가 삼천 년간 형벌을 받은 곳이 코카서스산맥에 있는 베틀레미 동굴이 위치한 바위 절벽이다.

오던 길을 되짚어서 하산 길에 들었다. 뒤를 돌아보니, 새들에서 코피를 흘리던 차 선생이 내려오고 있다. 그 뒤에는 가이드가 안전벨트에 자일을 연결하여 움켜쥐고 있다. 바람에 휩쓸리려 하고 다리 힘이 풀렸는지 넘어질듯 말듯 아슬아슬하다. 그때마다 가이드가 자일을 당겨 중심을 잡아 주었다. 그의 코에는 아직도 돌돌 말린 휴지가 콧구멍을 틀어막고 있다.

차 선생의 정신력은 대단하다. 누구도 흉내 낼 수 없는 경지이다. 차 선생의 연세가 되었을 때 나도 고산에 오를 수 있을까? 어기적대며 동네 뒷산이나 어슬렁대고 있지는 않을까? 아니면 저세상에 가 있을지도 모를 일이다.

어느새 등정을 시작했던 해발 5,000m 지점에 이르렀다. 6시간 50분에 걸친 바람과의 사투 끝에 무사히 돌아온 것이다. 이제 산장까지 내려가기만 하면 된다. 산장까지 걸어가면 2시간 30분이 걸린다. 그러나 모두 지쳐있다. 두 명은 걸어서 내려가고 나머지는 설상차를 타고 내려간다. 예정에 없던 일이어서 요금은 각출하였으며 1인당 5,000루블, 한화 약 95,000원이다.

눈밭에 앉아서 설상차가 오기를 기다렸다. 그때 외국인이 배낭 하나를 가지고 우리 팀으로 왔다. 조 선생의 배낭이다. 조 선생은 모스크바 공항과 테스콜에서 짐이 늦게 오고 배낭을 분실했던 분이다. 배낭 건만 혼자서 세 번째이다. 기이한 일이다.

"어찌 된 일인가?"

"정상에 배낭을 놓고 왔다."

"어쩌다 깜박했나?"

"정상에서 산악회 깃발과 스폰서인 아웃도어 업체 깃발을 들고 사진을 찍으려다 산악회 깃발이 바람에 날아갔다. 어쩔 줄 모르고 있는데 가이드가 위험하다고 빨리 내려가라고 재촉했다. 나도 모르게 빈 몸으로 내려왔다."

"빈 몸인 것을 언제 알았나?"

"안전 자일 구간을 지나서 물을 마시려고 보니 배낭이 없었다."

"배낭 속에 여권 등 중요한 물품이 들어있지 않았는가?"

"모두 배낭 속에 있었다. 다시 올라가 배낭을 가져와야 했지만, 자신이 없었다."

조 선생은 배낭을 가져다준 외국인에게 사례비로 50유로, 한화로 약 68,000원을 지불했다. 정상에서 배낭을 운반해 준 포터를 기용한 셈이다.

조 선생은 어제부터 감기 기운이 있다며 약을 먹고 있었고, 안

색이 좋지 않았다. 그의 나이는 쉰여덟이다. 현재 한국산악회 모지부의 부지부장으로 활동하고 있다. 한때는 울트라 마라톤을 했고 에베레스트 베이스캠프와 키나발루에 다녀왔다. 웬만한 사람은 엄두도 못 내는 히말라야 임자체를 등정한 산악인이다.

산장으로 돌아왔다. 등정이 무사히 마무리되었다. 총 9시간 30분이 소요되었다. 등정하면서 너무 긴장해서인지 무릎이 아픈 것도 느끼지 못했다. 다만 속이 메스껍고 목이 칼칼하다. 통통거리며 매연을 내뿜는 설상차를 타고 내려오면서 매연을 마셔서인 듯하다.

산장에서의 마지막 밤이다. 강 선생만 제외하고 모두 등정에 성공하였다. 모두 기뻐하며 뒷이야기를 나누기에 여념이 없다. 저녁 식사도 안남미라 부르는 인디카 쌀로 지은 밥이 아니고 차진 자포니카 쌀로 지었다. 거기에 된장국까지 있다. 매일 안남미에 빵, 치즈, 햄, 샐러드, 닭고기만 먹는 것이 지겹기도 했다. 우리 입맛에 맞는 음식이 있고, 달콤한 피로가 뒷받침되어서인지 최고의 성찬이다.

무사히 끝났다는 안도감에 그동안 쌓인 피로가 말끔히 사라졌다. 너그러이 등정을 허락해 주신 엘부르즈 여신께 감사를 드린다.

"엘부르즈 여신이시여! 여신님의 너그러움에 무사히 등정하였습니다. 고맙고 감사합니다."

엘부르즈

Day 7

▲**주요 구간**: 바렐 산장(Barrel mountain cabin, 3,700m)~카라바치
(Kara bachy, 3,847m)~미르(Mir 3,470m)~스타리쿠르고
졸(Stary krugozor, 2,930m)~아자우(Azau, 2,350m)~테스
콜(Terskol, 1,800m)

어젯밤에는 오랜만에 푹 잤다. 고산에서는 물을 많이 먹어야
하는 것이 상식이다. 하지만 정상에도 다녀왔고, 물을 많이 마시
면 몇 차례 잠에서 깨야 하기에 물조차 먹지 않았다. 저녁 8시부

바렐 산장에서 일출을 바라보며

터 새벽 5시까지 한 번도 깨지 않고 19시간 동안 잤다. 깨자마자 밖으로 나왔다. 마침 일출이 시작되고 있다. 국내에서 보는 것과 비슷하면서도 또 다른 아름다움과 생동감이 넘쳐흐른다.

오늘은 엘부르즈와 이별하는 날이다. 바렐 산장에서 설상차로 카라바치로 가고, 카라바치에서 케이블카로 아자우까지 간다. 아자우에서 차량으로 테스콜까지 이동한다.

케이블카를 타고 엘부르즈를 떠나면서, 점점 멀어져가는 여신의 모습을 바라보고 또 바라보았다. 엘부르즈가 지워지지 않도록 가슴속에 영원히 새겨두고 싶었다. 생전에 재회할 수 있을까? 쉽지 않은 일이다. 정든 임과 헤어지듯, 이별의 아쉬움이 짙게 밀려온다.

등정 증명서

은퇴 산꾼, 고산에 서다

테스콜 호텔에 짐을 풀었다. 등반을 하기 위해 렌트했던 장비를 반납했다. 저녁 식사를 하기 위해 식당에 모였다. 등정 증명서를 발급받았다. 우 대장이 낯선 여성을 소개한다. 어디서 본 듯한 얼굴이다. 알고 보니, 새들 근처에서 사진을 찍어 주던 분이다.

"이분은 전문 사진작가이다. 우리가 찍어 달라고 의뢰한 게 아니다. 스스로 찍어 주었다. 사진을 보고 구입하실 분은 구입해라. 구입하지 않아도 된다."

사진을 열어 보았다. A4용지 크기의 사진 열네 장과 CD가 들어있다. 사진은 누가 봐도 흡족하다. 거절할 수 없을 정도로 잘 찍었다. 하긴 작가가 찍었는데 말해 무엇하랴. 모두 사진을 구입했다. 사진값은 30유로, 한화 약 41,000원이다.

모든 것이 만족스러웠다. 다만 한 가지, 엘부르즈는 상업적으로 물들어 가고 있는 것은 아닌지, 안타깝다는 생각이 일기도 한다. 사진도 상업적인 듯하고, 설상차와 스노우 바이크도 상업적인 것은 아닌지.

엘부르즈

Day 8, 9, 10

▲**주요 구간**: 테스콜(Terskol)~민보디(Min vody)~모스크바(Moscow)~
인천(Incheon)

세계 7대륙 최고봉에 오르고자 하는 꿈이 생긴 것은 지난해에
에베레스트에 갔을 때부터다. 그 후로 늘 그 꿈을 꾸고 있었다.
산을 좋아하는 사람이라면 누구나 이루고자 하는 꿈이 아닌가.
이번에 그 두 번째 꿈을 이뤘다.

등반의 완성은 무사히 집에 돌아가는 것이다. 그렇다. 이제 안
전하게 집에 돌아가는 일만 남았다.

테스콜에서 전용 버스로 민보디로 이동하고, 민보디에서 비행
기로 모스크바로 이동하는 데 하루가 걸렸다. 모스크바에서 하
룻밤을 보내고 저녁에 모스크바를 떠났다. 비행기 내에서 밤을
보내고 이튿날 오전에 인천 공항에 도착했다. 여덟 시간의 비행
과 시차 여섯 시간으로 꼬박 하루가 훌쩍 흘러갔다.

모스크바를 떠나기 전, 모스크바를 대표하는 아르바트 거리를

찾았다. 푸시킨에 대한 의문의 답을 찾아보고 싶어서였다. 아르
바트 거리에는 푸시킨 부부의 동상이 있다. 푸시킨과 나탈리아가
정면을 응시한 채로 나란히 서 있다. 푸시킨의 손 위에 나탈리아
의 손이 포개져 있었지만, 왠지 모를 슬픔이 배어있다. 전해오는
말대로 푸시킨은 나이가 들고 곱슬머리에 못생긴 모습이고 나탈
리아는 날씬하고 흠잡을 데 없이 아름다운 모습이다. 푸시킨의
답을 듣고 싶어서 묻고 또 물었다.

"당신은 왜 당신을 버린 나탈리아와 함께 서 있습니까? 아직도
나탈리아를 사랑하고 있습니까? 아니면, 단테스가 나탈리아를
버리고 프랑스로 떠나갔기에, 나탈리아를 동정해서입니까? 시인
인 당신은 군인인 단테스를 권총 대결에서 이길 수 없는데도 왜

권총 대결을 제안했습니까? 정의로운 결투를 통해 명예를 지키고 싶어서였습니까? 아니면, 실연에 따른 자포자기였습니까? 삶이 그대를 속일지라도, 왜 참고 견디지 못했습니까?"

의문은 꼬리에 꼬리를 물고 끝없이 일었다. 그러나 그의 답은 들을 수 없었다.

동북아 최고봉,
옥산(Mt. Yushen)

등반 일자: 2018. 11. 24.~2018. 11. 27.

옥산

Day 1

▲**주요 구간:** 인천 국제공항(仁川 國際空港)~타이완 타오위안 국제공항(臺灣 桃園國際機場)~자이시(嘉義市)

펑펑 눈이 온다. 올겨울 첫눈이다. 길을 나서자 축하라도 하듯이 하늘에서 서설을 뿌려 준다. 어쩐지 이번 등반은 순조로울 것 같은 예감이 든다.

준비부터 수월하다. 기간도 길지 않고 날씨도 춥지 않으니 국내에서 산행을 하듯 간단하게 꾸리기만 하면 된다. 여분의 옷가지와 약간의 간식, 스틱 등 등반 장비를 챙겨서 배낭을 꾸렸다. 등반 중 소소한 비용으로 쓸 일에 대비해서 환전도 했다. 환율은 1타이완 달러에 한화 41.33원이다. 가벼운 마음으로 길을 나설 수 있었다.

공항에 들어서자 수원에 사는 송 선생이 먼저 와 있다. 그의 건강한 모습을 사 개월 만에 다시 보니 반갑기 그지없다. 송 선생과는 지난여름에 엘부르즈에 함께 다녀왔다. 그때 휴대폰 배터리가 모두 소진되어 난감하던 차에 예비 배터리로 충전을 해 준 배

은퇴 산꾼, 고산에 서다

러심이 깊은 분이다.

이번 등반을 함께할 대원은 모두 열일곱 명이다. 이 중에서 제일 연장자는 평택에서 오신 예순여덟 살의 김 선생이다. 나이가 들다 보니 어딜 가나 연장자를 면키 어려운데, 이번엔 나보다 나이가 많은 분이 계셔서 마음이 편하다. 연령별로는 육십 대 다섯 명, 오십 대 열두 명이다.

비행기에 탑승하면서 신문부터 집어 들었다. 신문을 읽고 눈을 감았으나 잠이 오지 않는다. 모니터를 켜고 영화를 선택했다. 〈맘마미아 2〉 영화에 몰입해 있다 보니, 영화가 채 끝나기도 전에 타오위안 공항에 착륙한다. 끝까지 보지 못한 게 아쉽다. 인천에서 타오위안까지는 2시간 30분밖에 걸리지 않았다. 도착 시각이 우리나라 시간으로는 12시 40분이었으나 1시간의 시차로 인해 현지 시각은 11시 40분이다.

타오위안에서 자이까지는 전용 버스로 이동한다. 버스는 우리나라 관광버스와 같으나 구조는 복층이다. 아래층은 짐을 싣고 위층은 승객이 탄다. 에어컨도 잘 나오고 깨끗하다.

산악 가이드가 합류했다. 그의 이름은 유국용, 오십 대 초반이며 가이드 삼 년째이다. 공직 생활을 하다가 산이 좋아 산에서 가이드 일을 시작했다고 자신을 소개한다. 아내는 한국인이고 장모님은 연희동에 살고 있다. 자이까지 가는 동안 지루하지 않도록 서툰 한국말로 노력하는 모습이 가상하다. 그에겐 산악 가이드에게서 볼 수 없는 유머와 재치가 있다. 관광 가이드를 해도 손색이 없을 정도이다. 그는 "마음에 드는 한국 여성과 결혼하기 위해서 나훈아의 〈영영〉을 배웠다. 내 노래에 감동하여 결혼까지 했다."라며 너스레를 떤다. 박수로 그에게 노래를 청했다. 노래를 시작한 그는 가사를 잊어버렸다며 중간에 중단했다. 그의 변명이 걸작이다. "결혼하고 나서 가사를 잊어버렸다. 남자는 다 그렇다."

3시간 30여 분만에 자이에 도착했다. 자이의 날씨는 20도 안팎으로 춥지도 않고 덥지도 않다. 신선한 바람과 쾌청한 공기에 마음마저 상쾌하다. 음식도 입에 잘 맞다. 중국 본토와는 달리 기름기도 없고 특유의 독특한 향도 없다.

자이에서 첫 밤을 보낸다. 잠자리에 들기 전에 짐을 분류해 놓았다. 산행에 필요한 물품만 배낭에 넣고 나머지는 전용 버스에 보관하기 위해서다.

은퇴 산꾼, 고산에 서다

옥산

Day 2

▲**주요 구간**: 자이시(嘉義市)~옥산 국가 공원 관리처 배운관리참(玉山 國家 公園 管理處 排雲管理站)~탑탑가 안부(塔塔加 鞍部, 2,610m)~배운 산장(排雲 山莊, 3,402m)

▲**도상 거리**: 탑탑가 안부~배운 산장 8.5㎞

　자이에서 옥산 국가 공원 관리처까지는 전용 버스로 이동한다. 버스에 보조 산악 가이드 한 명이 합류했다. 버스는 산굽이를 따라 구불구불한 산악 지역에 들어선다. 좌우에 늘어선 숲은 녹음이 짙게 우거져있다. 온갖 나무들이 빈틈없이 빽빽하게 들어서 있다. 산사태를 방지하기 위해 돌로 축대를 쌓거나 철 구조물을 설치해 놓았다. 어느 곳은 통째로 시멘트를 발라놓은 곳도 있다. 우리나라와 조금도 다를 게 없다.

　작은 산골 마을을 거치고 아리산 지역을 지난다. 아리산 지역은 우롱차의 명산지이다. 길 양쪽에 우롱차 상점이 즐비하고 우롱차밭이 가득하다. 구름과 안개가 많고 일교차가 커 우롱차를 재배하는 데 최적의 조건을 갖추고 있다.

　아리산 지역을 지나자 빈랑나무가 도열해 있다. 회색빛 나무가

빈랑나무 숲. 지방 선거 후보자의 현수막이 걸려있다

대나무처럼 마디를 이루며 20여 m나 쭉쭉 뻗어 올라가 있다. 맨 위에 야자수같이 크고 길쭉한 잎이 붙어있다. 도토리 크기의 녹색 열매는 대만 사람들이 껌처럼 즐겨 씹는다는 빈랑자이다. 때마침 지방선거를 맞아 후보자의 현수막이 빈랑나무에 걸려있다.

버스는 오르락내리락 산속 깊이 들어간다. 가쁜 숨을 토해내며 꼬불꼬불 기어오른다. 빈랑나무 숲이 뜸해지는가 싶더니 대나무 숲이 이어진다. 고갯마루에 오르자 은회색의 복슬복슬한 억새가 바람에 하늘거린다. 점점 가을빛 속으로 빨려들어 간다.

차창 밖으로 전개되는 풍경에 빠져있다 보니 어느새 옥산 국가공원 관리처 배운관리참이다. 자이를 출발한 지 2시간 10분 만이다.

은퇴 산꾼, 고산에 서다

국가공원 직원에게 여권을 제시하고, 직원은 사전 허가된 입산자 명단과 여권을 하나하나 대조하며 체크한다. 입산이 사전 허가제인 것은 산장의 수용 인원이 여든두 명으로 제한되어 있기 때문이다.

관리처에서 탑탑가 안부 등산로 입구까지는 차량으로 오 분, 도보로 이십 분 거리이다. 우리는 국가공원에서 운영하는 접박차(接駁車)를 이용했다. 접박차는 8인승 미니버스로 등산로 입구까지 운행하는 셔틀버스이다.

탑탑가 안부 등산로 입구에는 '옥산등산구(玉山登山口)' 표석과 '옥산 주봉(玉山 主峰)'의 표고를 알리는 표석이 나란히 서서 우리를 맞이한다. 산행 준비를 마치고 둥글게 둘러서서 준비운동부터 했다.

오전 11시, 산행이 시작되었다. 등산로에 들어서자 '주의낙석(注意落石)', '소심강풍(小心强風)' 푯말이 눈길을 끈다. 돌이 얼마나 떨어지기에? 바람이 얼마나 불기에? 아직은 알 수 없다.

한 시간 만에 해발 2,838m에 위치한 맹록정 쉼터에 이른다. 사각 정자 아래에 앉아서 미리 준비한 삼각 김밥, 바나나, 빵으로 점심을 먹는다. 자그마한 안내판에는 미국인 '몬로(J. E. Monroe)'를 한자어인 '맹록(孟祿)'으로 표기하여 이같이 그 유래를 설명하고 있다.

맹록정 쉼터

옥산 주봉으로 가는 길은 단애를 이룬 곳이 많다.
1952년에 세무 고문으로 부임한 미국인 맹록 선생이
이곳을 지나다 단애에서 추락하여 사망하였다. 그 후
당국에서 그의 공을 기리고 등산객의 안전을 위하여
등산로를 대대적으로 보수하여 현재의 등산로가 되었다.
이를 기념하기 위해 그의 이름을 붙여 맹록정이라 한다.

맹록 선생의 희생 때문일까? 등산로는 잘 정비되어 있다. 산허
리를 깎아서 등산로를 만들고, 위험지대에는 추락을 방지하기 위
하여 손으로 잡을 수 있는 쇠줄이 설치되어 있다. 계곡을 가로지
르는 다리도 있고 통나무 계단과 돌계단도 있다. 거리를 표시한

은퇴 산꾼, 고산에 서다

등산로에 설치된 각종 시설물

이정목도 500m 간격으로 세워놓았다. 동물 감시 카메라도 설치되어 있다. 그 아래에는 손을 대거나 부딪치지 말라는 '장기감측 중 청물촉펑(長期監測中 請勿觸碰)'이라는 안내문이 붙어있다.

전봉(前峰) 갈림길에는 이정표가 있고, 화장실(廁所)이 있다. 나무로 지은 화장실은 지은 지 오래되어서 고풍스럽고 주변 숲과 어울려 아담한 펜션 같은 분위기를 풍긴다.

잠시 후 쉼터에 이른다. 쉼터의 이름은 '백목림휴게량정(白木林 休憩涼亭)'이다. 서봉 아래에 있어서 서봉관경대라고도 하며 해발

백목림 숲

은퇴 산꾼, 고산에 서다

3,054m에 자리하고 있다. 잠시 벤치에 앉아서 쉬어간다. 정면으로 옥산 남봉이 손을 뻗으면 닿을 듯 지척에 우뚝 서 있다. 그 아래 산비탈에는 쭉쭉 뻗어 올라간 하얀 나무가 군락을 이루고 있다. 이름 그대로 백목림 숲인데, 그 모습이 아름다워 시선을 거둘 수 없다. 키가 높게 자라 촘촘히 모여서 하얀빛을 내는 것이 마치 우리나라 자작나무 군락지 같았다.

길은 산허리로 계속 이어진다. 우측 아래는 단애를 이룬 수직 낭떠러지이다. 가이드는 수시로 좌측으로 바짝 붙어가라고 한다.

산허리 길

옥산 전죽

만약 발을 헛디뎌 추락하면 "아, 쿵!" 하고 떨어지는 것이 아니라
"아~~~~~ 쿵!" 하고 떨어진다고 한다. 가이드의 표현에 웃음이
나왔으나, 까마득한 아래를 내려다보니 정신이 아찔하다.

해발 3,000m가 넘는데도 간간이 대나무 숲이 이어지고 무수
히 많은 나무가 숲을 이룬다. 대나무는 가늘고 길게 자란 것이
우리나라 시누대와 흡사하다. 화살대를 만드는 데 쓰이는 옥산
전죽(玉山 箭竹)이다.

성인 몇 명이 팔을 벌려서 잡아야 할 만큼 아름드리 거목과 고
사목이 원시림을 이룬다. 해발 2,000m~3,200m에서 자란다는 대
만운삼(臺灣雲杉)과 철삼(鐵杉)나무이다. 우리나라 구상나무와
비슷하며 상록침엽수이다. 다른 곳에서는 볼 수 없는 그림 같은

풍경에 발걸음마저 가볍다.

맑았던 산허리 길에 갑자기 구름이 차오른다. 구름은 금방이라도 산을 삼킬 듯이 덮었다가 언제 그랬느냐는 듯 사라져버린다. 그때마다 옥산 산줄기가 장쾌한 모습을 드러낸다.

해발 3,173m에 이르자 끝이 보이지 않는 암벽이 병풍처럼 수직으로 우뚝 서 있다. 말로만 듣던 대초벽(大峭壁)이다. 그 높이가 무려 60여 m나 되는 어마어마한 위용에 걸음을 멈추지 않을 수 없다. 마치 햇볕에 그을러 퇴색한 거무튀튀한 천이 드리워져 있는 것 같았다.

오십 대 초반의 여성 대원이 한쪽 구석으로 뛰어가더니 쪼그리고 앉아서 "웩~웩!" 대며 토한다. 쉼터에서부터 속이 메스껍고 어지럽다며 걸음이 늦어지더니 결국 토하기에 이른 것이다. 등을 두드려 주고 젊은 대원이 배낭을 대신 메어 주었으나 백여 미터마다 주저앉아 토하기를 거듭한다. 나중에는 더 이상 나올 것이 없는지 끈적끈적하고 누런 위액까지 흘러나온다. 본인은 체한 것 같다고 했으나, 전형적인 고산 증세이다. 그는 안양에 사는 임 선생이다. 임 선생은 암벽 등반 전문가이다. 그러나 고산 경험은 처음이다. 고산 증세가 오고, 안 오고는 체질에 달려있다. 제아무리 젊고 체력이 좋다 해도 고산에 적응하지 못하는 체질이면 고산 증세가 올 수밖에 없다.

우여곡절 끝에 배운 산장에 이르렀다. 시간을 보니 오후 4시

30분이다. 산행을 시작한 지 6시간 30분 만이다. 이래저래 지체될 수밖에 없었다.

배운 산장(排雲 山莊)이 아름다운 풍광을 구름이 가리지 못하도록 구름을 밀어내서일까? 포토샵을 한 보정 사진처럼 구름 한 점 없이 맑다. 파란 하늘에 하얀 태양이 떠 있는 붉은색 대만 국기, 청천백일만지홍기가 바람에 힘차게 펄럭인다.

산장은 3층 건물이며 최근에 리모델링한 듯 깨끗하다. 1층은 식당, 2, 3층은 숙소이다. 방마다 열 명이 사용할 수 있으며 복층 나무 침대가 놓여있다. 난방이나 온수 시설은 전혀 없다.

식당 카운터에 산장 기념 스탬프가 놓여 있다. 노트에 기념으로 찍어놓았다. 저녁을 먹고 밖에 나가보니 온통 암흑천지이다.

배운 산장 기념 스탬프

은퇴 산꾼, 고산에 서다

밤이 되자 밀쳐냈던 구름을 다시 불러들인 걸까? 짙게 드리운 구름에 별도, 달도 보이지 않는다.

산장의 기온은 영상 5도 정도여서 그리 춥지는 않다. 하지만 체온이 떨어지는 것만큼은 막아야 한다. 양치질하고 물티슈를 꺼내서 손, 발, 얼굴을 대충 닦았다. 고산에서는 이같이 약식으로 하는 것이 철칙이다.

내일 등정 시 입을 방한복으로 갈아입고 침낭 속에 핫팩을 넣었다. 저녁 7시, 이른 시간에 침낭에 든다.

옥산

Day 3

▲**주요 구간**: 배운 산장(排雲 山莊, 3,402m)~옥산 주봉 정상(玉山 主
峰 頂上, 3,952m)~배운 산장(排雲 山莊, 3,402m)~탑탑
가 안부(塔塔加 鞍部, 2,610m)~옥산 국가 공원 관리처
배운관리참(玉山 國家 公園 管理處 排雲管理站)~타이베
이시(臺北市)
▲**도상 거리**: 배운 산장~옥산 주봉 정상~배운 산장~탑탑가 안부
13.3km

새벽 2시 10분, 죽 반 그릇과 빵 한 조각으로 가볍게 요기를 했
다. 창밖에는 비가 내리고 있다. 그나마 다행인 것은 죽죽 내리는
비가 아니고 부슬부슬 내리는 가랑비이다. 우의를 펼쳐보니, 아
뿔싸, 어린이용이다. 이곳에 올 때 짐을 줄이기 위해 일회용 비닐
우의를 가지고 오면서 치수도 확인하지 않은 것이다. 억지로 입어
봤으나 길이는 배꼽까지 내려오고 소매는 반팔처럼 짧다. 모자는
아예 쓸 수조차 없다. 마치 반팔저고리를 입은 광대 같았다. 그렇
다고 비를 맞을 수는 없는 노릇이다. 옷이 젖으면 체온이 떨어지
기에 억지로라도 입어야만 한다. 고심 끝에 물병 하나만 달랑 주
머니에 넣고, 스틱만 잡은 채 빈 몸으로 등정 준비를 마쳤다.

새벽 3시 30분, 헤드랜턴으로 길을 밝히며 산장을 나섰다. 바

은퇴 산꾼, 고산에 서다

람이 거세게 불어온다. 억지로 채운 우의 단추가 바람에 금세 뜯겨나가, 입으나 마나 한 상태가 되었다. 솔솔 내리는 가랑비이지만, 그칠 줄 모르고 내린다. "가랑비에 옷 젖는 줄 모른다."라는 속담처럼 머리와 옷에 빗물이 스며들기 시작한다.

해발 3,700m 지점까지는 나무가 빽빽하게 들어서 있다. 지리적으로 열대와 아열대가 만나는 지점이기에, 세계에서 유일하게 대만에서만 자란다는 상록침엽교목인 대만냉삼(臺灣冷杉)나무이다. 그렇기에 다른 고산보다 산소가 희박하지 않다. 희박한 산소 속에서 호흡을 고르며 올라야 하는 힘든 여정이 아니어서 그나마 다행이다.

끝없이 펼쳐진 너덜 지대

등산로에는 500m마다 이정목이 설치되어 있다. 그러나 사람 한 명이 겨우 다닐 수 있을 정도로 좁다. 경사도 급하고 금방이라도 쏟아져 내릴 것 같은 너덜 지대가 끝이 보이지 않는다.

정상을 600m 남겨둔 지점에서부터는 대원 모두 스틱을 내려놓았다. 지난해에 스틱을 잡은 채로 오르다 스틱에 발이 걸려 추락 사고가 일어났다고 한다. 등산로에 설치된 쇠줄을 두 손으로 잡고 오름길을 재촉한다.

정상 직전에는 낙석 주의 안내문과 낙석으로부터 보호하기 위한

정상을 향하여

터널 같은 보호 철망

철망이 머리 위에 설치되어 있다. 철망 아래를 통과하는 것이 마치 터널을 통과하는 것 같았다. 안내문에는 "옥산 일대는 판암(板岩)과 변질사암(變質砂岩)으로 구성되어 쇄석파(碎石坡) 지형을 이루고 있다."라고 적혀있다. 부서진 돌이 쌓여있으므로 주의하라는 내용이다.

코가 땅에 닿을 정도로 경사가 몹시 급한 마지막 구간을 오른다. 가랑비는 이슬비 정도로 약해졌으나 바람은 점점 거세게 불어온다. 쇠줄을 잡고도 몸이 기우뚱거린다. 새벽의 찬바람에 몸도, 마음도 저절로 움츠러든다. 송 선생이 "어~ 어!" 하기에 고개를 돌려보니, 그의 배낭 커버가 바람을 타고 훨훨 날아가고 있다.

옥산 주봉 정상에서

드디어 정상이다. 산장에서 정상까지의 거리는 2.4㎞에 불과했으나 시간은 2시간 45분이 소요되었다. 정상에는 멋진 정상석이 자리하고 있다. 돌로 단을 만들고 그 위에 정상을 표시한 큼지막한 돌이 박혀있다. 그 돌에는 '玉山 主峰 標高 3,952m 公尺'이라 새겨져 있고, 단에는 'Mt. Jade Main Peak Elevation 3,952m'라 쓰여 있다.

주위를 둘러보았다. 일출 시각에 맞춰서 정상에 올랐으나, 일출은 고사하고 비구름이 걷히지 않아 주변이 뿌옇기만 하다. 하지만 정상에 선 모습을 사진에 담을 수 있는 것만으로도 감사하고 행복하다.

은퇴 산꾼, 고산에 서다

정상의 기온은 영상 3도이다. 바람만 불지 않으면 춥지도 않다. 하지만 바람이 문제다. 초속 10m 정도의 강풍이 불고 있으므로 체감온도는 영하 13도에 이른다. 가이드는 정상에서 강풍을 만난 것은 행운이라며, 이렇게 강풍이 부는 일은 드물다고 너스레를 떤다.

찔끔거리던 이슬비는 슬그머니 그쳐 간다. 하산 길에 들었다. 올라오던 길을 되짚어서 그대로 산장까지 내려간다. 올라갈 때 젖었던 옷도 바람 덕분에 대충 말라 가고 있다.

등정을 마무리하고 국수로 아침을 먹으며 뒷얘기를 나누었다. 일행 중에서 두 명이 아쉽게 정상에 오르지 못했다. 어제 고산 증세로 고생했던 임 선생과 안양에서 온 정 선생이다. 정 선생은 밤에 고산 증세가 와서 포기했다고 한다.

오전 8시 30분, 산장을 나섰다. 타이베이까지 가야 하는 타이트한 일정이다. 하산은 빠르게 진행되었다. 등산로 입구에서 올라올 때 6시간 30분 걸리던 길을, 내려갈 때는 2시간 40분밖에 걸리지 않았다.

하산 길에 커다란 등짐을 진 사람들이 간간이 스쳐 지나간다. 포터이다. 등반객들의 짐을 지는 게 아니라 산장에 필요한 물품을 져 나르고 살아가는 사람들이다.

백목림 전망 쉼터에서 잠시 걸음을 멈춘다. 벤치에 앉아있으려니 이름 모를 산새 한 쌍이 포르르 날아와 "찌르르~ 찌르르" 노래를 하며 교태를 부린다. 먹을 것을 달라고 하는 것 같았다. 견과류 한 봉지를 꺼내어 손바닥 위에 올려놓고 다가오기를 기다렸다. 산새는 고개만 갸우뚱거릴 뿐, 가까이 오지 않는다. 바닥에 뿌려 주니 그제야 잽싸게 날아와 쪼아 먹는다.

골짜기마다 흰 구름이 넘실댄다

은퇴 산꾼, 고산에 서다

골짜기마다 흰 구름이 넘실댄다. 그야말로 운해, 구름바다이다. 목화솜처럼 부드럽고 어머니 품처럼 포근하게 느껴진다. 그속에 풍덩 뛰어들어서 안기고 싶다는 생각이 저절로 든다.

점심을 먹고, 전용 버스로 타이베이로 갔다. 가이드는 긴 시간을 지루하지 않게 하기 위해 애를 쓴다. 한국인과 결혼하고 잠시한국에 살고 있을 때의 경험을 얘기한다.

"노량진 수산 시장에 가기 위해 노량진역에서 내렸다. 지나는 사람에게 길을 물으니, 손으로 방향을 가리키며 이 길로 '쭉~' 가면 된다고 한다. 그 말대로 '쭉~' 가다 보니 영등포역이었다. 결국택시를 탔다."

옥산

Day 4

▲**주요 구간**: 타이베이시(臺北市)~타이완 타오위안 국제공항(臺灣 桃
園國際機場)~인천 국제공항(仁川 國際空港)

    옥산(玉山), 옥산에 눈이 내리면 산의 모습이 마치 옥같이 아름
답다고 하여 옥산이라 부른다. 비록 눈 덮인 옥산에 오르지는 못
했으나, 대신 비에 젖은 옥산에 올랐다.

    옥산에 대한 대만 사람들의 자부심은 대단하다. 동북아시아
최고봉이 자기 나라에 있어서이다. 더욱이 과거에 일본의 지배를
받았던 대만인들은 일본 최고봉인 후지산보다 176m가 높다는
점에서 자긍심을 갖고 있다.

    등반 일정이 무사히 마무리되었다. 이제 집에만 돌아가면 된
다. 등반의 완성은 무사히 집에 돌아가는 것이기에.

    버스로 타오위안 공항으로 이동하고, 인천행 비행기에 탑승했
다. 비행기에서 이곳에 올 때 미처 다 보지 못해서 아쉬웠던 〈맘
마미아 2〉를 보았다. 〈맘마미아 2〉! 최고의 뮤지컬 영화로 평가
받는 영화다. 소피 셰리던 역의 아만다 사이프리드의 춤과 노래

가 화면에 가득하다. 영화는 소피 셰리던이 할머니께 쓰는 편지로 시작된다.

> 음악에게 감사하다고. 내가 부르는 노래에게도요. 그것들 덕분에 얻게 되는 기쁨에 감사해요. 그 누가 노래 없이 살 수 있나요? 난 아주 정직하게 물어보죠. 노래와 춤이 없으면 인생이 어땠을까 하고요. 그래서 난 음악에게 감사하다고 말하죠. 내게 이런 기쁨을 주어서요.

소피 셰리던은 음악에게 감사하며 살아간다. 하지만 나는 산에게 감사하며 살아간다. 산은 나에게 기쁨과 행복을 주기에.

07

아프리카 최고봉,
킬리만자로산(Mt. Kilimanjaro)

등반 일자: 2019. 01. 09.~2019. 01. 20.

킬리만자로

Day 1

"킬리만자로의 만년설이 녹아내리고 있다. 2030년까지 눈 덮인 킬리만자로의 풍경은 완전히 사라지게 될 것이다."

몇 년 전 미국 오하이오 주립대학교 기후변화 연구팀이 발표한 내용이다. 1912년의 측정 당시에 비해서 지금은 90%가 녹아서 사라졌다고 한다. 실제로 최근 킬리만자로 정상 사진을 보면 눈은 온데간데없고 맨살을 드러낸 초라한 모습뿐이다. 킬리만자로의 상징처럼 여겨지는 만년설이 지구온난화로 사라지고 있다니, 서글픈 생각까지 든다.

킬리만자로에 오르는 것은 나의 버킷리스트 중의 하나이며, 세계 7대륙 최고봉에 오르는 세 번째 여정이기도 하다. 정상에 오르면 만년설을 직접 눈으로 보고, 손으로 만지고, 발로 밟으면서 정말 사라지고 있는지, 그것이 피할 수 없는 현실인지 확인해 봐야겠다. 우매한 내가 그 답을 찾을 수 있을지 모르겠다.

등반의 성패는 짐을 잘 꾸리느냐, 못 꾸리느냐에 달려있다고 해도 과언이 아니다. 등반 장비, 상비약, 간식류, 세면도구, 여벌옷, 책 등 짐을 꾸리는 데는 노련한 계산이 필요하다. 많아도 안

은퇴 산꾼, 고산에 서다

되고 부족해도 안 된다. 고산에 몇 차례 다녀오다 보니 필요 물품을 챙기는 데는 이골이 나서 수월하다. 하지만 준비는 한 달 전부터 했다. 황열병 예방 접종을 받고 E비자를 사전에 신청해야 하기 때문이다.

예방 접종을 받고, '국제 공인 황열병 예방 접종 증명서'를 반드시 지참해야 한다. 만약 증명서가 없으면 아프리카 국가에 입국할 때 강제로 예방 접종을 받고 면역력이 생길 때까지 최소 일주일간 억류된다. 예방 접종을 받는 것도 간단하지 않다. 아무 병원에서나 받을 수 있는 것이 아니다. 서울대병원이나 국립중앙의료원에 예약을 하고 받아야 한다.

E비자 신청도 번거롭다. 탄자니아에서 케냐로 육로 입국할 때, 타라케아 국경에서 비자를 신청하면 발급을 거부하며 금전을 갈취하는 일이 빈번하게 일어났다. 이에 케냐 정부에서는 E비자를 사전에 발급받도록 규정을 바꿨다. 잘한 일이지만, 인적사항에 돌아가신 부모님 성함까지 기재해야 하는 점은 의아하다.

어제와 오늘은 삼시 세끼마다 돼지고기 수육이 식탁에 올라왔다. 말은 안 해도 그 뜻을 모를 리 없다. 고산 등반을 다녀올 때마다 비쩍 말라서 오는 것을 보고 안 됐다는 생각이 들었나 보다.

공항에 들어서니 시간 여유가 있다. 서점에 들렀다. '소확행' 신드롬을 불러일으킨 무라카미 하루키의 『반딧불이』가 눈에 들어왔다. 여섯 편의 단편이 수록된 소설집이어서 오가며 틈나는 대로 읽기에 좋을 듯하다. 때마침 별별 클럽 문우들의 글이 메일로 도착했다. 서둘러 다운받아 놓았다.

대원 16명이 모두 모였다. 모두 고산 마니아들이다. 제주에서 3명, 진주에서 2명, 울산에서 2명, 대구, 안성, 부천, 서울 등 전국 각지에 계신 분들이다. 연령별로도 다양하다. 70대 1명, 60대 4명, 50대 8명, 40대 20대 10대도 각 1명씩이다. 하 교수와도 반갑게 만났다. 하 교수는 지난 2017년 5월에 에베레스트에 동행했던 분이다.

자, 이제 출발이다.

킬리만자로

Day 2

▲**주요 구간**: 인천 국제공항(Incheon International airport)~에티오피아
볼레 국제공항(Ethiopia Bole International airport)~탄자
니아 킬리만자로 국제공항(Tanzania Kilimanjaro Interna-
tional airport)~모시(Moshi)

밤 1시, 에티오피아 항공은 인천 공항을 이륙했다. 긴 비행시간
을 어떻게 보내야 할까. 걱정이 앞선다. 책부터 펼쳤다. 『반딧불
이』 단편 한 편을 읽고 눈을 감았다. 그러나 쉽게 잠이 오지 않는
다. 모니터를 켰다. 보다가 잠이 오면 그대로 자도 되는 가벼운
영화가 없을까? 아프리카 영화를 켜니 모두 동물의 왕국 일색이
다. 동물들이 서로 물어뜯고 물리는 약육강식의 세계뿐이다. 이
리저리 돌려봤다. 〈사랑은 비를 타고(Singin in the rain)〉라는 영
화가 있다. 오래된 뮤지컬 영화이지만, 가볍게 보기에는 안성맞춤
이다. 쏟아지는 빗속에서 우산을 돌리며 탭댄스를 추는 사랑의
세레나데는 압권이었다.

좌석에 꼬박 앉아서 책을 읽거나 영화를 보거나 음악을 듣고,
기내식이 나오면 먹고 그 사이사이에 자다 깨기를 거듭할 뿐이
다. 꼼짝 않고 먹고 자고, 또 먹고 자다 보니 사육되는 것 같은

느낌마저 든다. 그렇다고 시간이 멈춰있는 것은 아니다. 시간은 어둠을 타고 하늘을 날며 흘러갔다. 결국 아침을 맞이했다.

12시간 30분의 긴 비행 끝에 에티오피아 볼레 국제공항에 착륙했다. 시차 6시간으로 국내 시각은 오후 1시 30분, 현지 시각은 오전 7시 30분이다. 볼레 국제공항은 에티오피아 수도 아디스아바바 인근 볼레 지역에 있는 공항이다.

공항 대합실에서 세 시간여를 기다려 탄자니아 킬리만자로행 비행기로 갈아탔다. 킬리만자로 공항까지는 두 시간 정도가 걸렸다.

킬리만자로 공항에 내려서자, 푹푹 찐다. 30도 안팎의 한여름 날씨이다. 공항 천장에는 커다란 선풍기가 윙윙대며 돌아가고 있

킬리만자로 국제공항 청사

은퇴 산꾼, 고산에 서다

다. 쉼 없이 날갯짓을 해서일까, 선풍기 바람은 뜨뜻하다. 아프리카에 왔다는 실감이 온몸으로 느껴졌다.

현지인 메인 산악 가이드가 마중 나왔다. 그의 이름은 실바누스(Sylvanus), 나이는 서른아홉이다. 흑진주같이 검은 피부에 윤기가 자르르 흐르고 눈매가 부리부리하다. 산악인의 풍미가 느껴진다. 그는 킬리만자로 정상에 여든일곱 번이나 올랐다고 자신을 소개한다.

25인승 준중형 버스로 한 시간여를 달려 모시에 이르렀다. 모시는 커피의 고장으로 유명한 탄자니아의 작은 도시이다. 모시의 호텔은 정원이었다. 1층 또는 2층 건물에 야자수 등 수십 종의 나무와 분수가 어우러져 있다. 새들도 날아와 지저귀었다.

내일부터는 본격적인 등반이 시작된다. 앞으로 6일 동안 필요한 짐을 별도로 분류해 놓고, 나머지 짐은 이곳에 보관해 놓는다.

킬리만자로로 가는 길은 멀고도 멀었다. 온종일 기다림과 이동, 또다시 기다림과 이동의 반복이다. 거듭되는 기다림과 이동에 벌써 심신은 지쳐가고 있다.

킬리만자로

Day 3

▲ **주요 구간**: 모시(Moshi)~마랑구 게이트(Marangu gate, 1,879m)~만
다라 산장(Mandara Hut 2,720m)
▲ **도상 거리**: 마랑구 게이트~만다라 산장 8.2㎞

이른 아침, 마지막 샤워를 했다. 오늘부터 본격적인 등반이 시작
되고, 해발 2,720m까지 오르므로 더 이상 물을 몸에 댈 수 없다.

마랑구 게이트까지는 버스로 이동한다. 얼마를 달렸을까, 차창
밖으로 커다란 나무가 수려한 자태를 뽐내고 있다. 높이가 20여
m나 되고 둘레도 10여 m나 된다. 수령은 천 년에서 오천 년에
달한다고 한다. 아프리카 열대 사바나 초원의 상징인 바오바브
(Baobab)나무이다. 프랑스 소설가 생텍쥐페리가 쓴 『어린 왕자』에
등장하는 나무가 바로 이 나무이다.

길가에는 해바라기와 옥수수밭이 끝없이 펼쳐져 있다. 바나나
나무도 곳곳에 있다. 버스는 마을 길을 벗어나 산길에 접어든다.
점점 고도를 높이며 굽이굽이 오른다.

마랑구 게이트에 있는 킬리만자로 국립공원 관리소에 입산 신
고를 한다. 입산료는 1인당 800달러, 한화 약 90만 원이다. 메인

은퇴 산꾼, 고산에 서다

마랑구 게이트

가이드 1명, 보조 가이드 7명, 포터 34명, 주방 요원 5명 등 총 47명의 스태프를 배정받았다. 대원 16명과 스텝 47명을 합하여 총 63명으로 팀이 구성되었다. 지금부터 63명의 대인원이 정상 등반이라는 단일 목표 아래에서 일사불란하게 움직여야 한다.

포터가 많은 것은 한 사람이 15㎏ 이내의 짐만 질 수 있기 때문이다. 네팔에서도 15㎏으로 제한되어 있지만, 비용을 더 지불하면 더 많은 짐을 날라다 준다. 그러나 이곳은 규정을 엄격하게 준수한다. 자국민 보호와 일자리 창출 면에서 바람직해 보인다.

입산 허가가 나오기를 기다리며 잠시 쉬고 있었다. 현지 젊은 남성들이 대원들을 따라다니며 모자, 팔찌, 티셔츠 등 기념품을 사라고 한다. '뽈레 뽈레 킬리만자로(pole pole Kilimanjaro)'가 인쇄

된 등산 모자가 5달러이다. 그리 비싸지 않기에 덥석 샀다. 알고 보니 4달러에 산 대원도 있다. 1달러를 더 준 꼴이지만, 그들을 도와줬다고 생각하니 마음이 가볍다. 모자를 판 남성은 고맙다는 뜻으로 "아산떼, 아산떼."를 연발하더니, 쓰고 있던 모자를 기념으로 달라고 한다. 어차피 새로 산 모자를 쓸 생각이어서 쓰고 있던 모자를 흔쾌히 벗어주었다.

정오, 등반이 시작되었다. 시작에 앞서서 최 팀장을 중심으로 빙 둘러서서 준비 체조부터 했다. 최 팀장은 무조건 천천히 가야 함을 강조하고 또 강조한다. 맞는 말이다. 고산에서 아무리 강조해도 지나치지 않는 것이 바로 '천천히'이다. '천천히'의 현지 스와힐리어는 '뽈레(pole)'이다. 모자에 인쇄된 바로 그 글자이다.

킬리만자로 초등 기념비

등산로 입구에는 세 개의 기념비가 나란히 서 있다. 1889년에 킬리만자로에 최초로 오른 독일인 한스 메이어(Hans meyer)의 안면 부조상이 중앙에, 탄자니아인 셰르파 요하네 라우우(Yohane lauwo)의 안면 부조상이 좌측에, 우측에는 포터 여섯 명의 이름이 새겨져 있다. 잠시 두 손을 모으고 고개를 숙여서 경의를 표한다.

열대 우림의 정취

등산로는 완만하다. 두 사람이 나란히 걸으며 대화를 나눌 수 있을 정도로 넓고 잘 닦여있다. 주변 숲은 원시림을 이루고 있다. 나무를 타고 올라가 두툼하게 붙어 축축 늘어져 있는 이끼가 열대 우림의 정취를 더해 준다.

열대 우림 속에서 "뿡~ 뿡~" 하는 소리가 들려온다. 자그마한 원숭이들이 다람쥐처럼 이 나무 저 나무를 옮겨 다니며 우리를 반겨준다. "삐~ 삐~", "뾰르르~ 뾰르르~", "찌르르~ 찌르르~" 하는 다양한 새소리가 영롱하게 들려온다.

계곡을 가로지르는 곳엔 나무다리가 놓여있다. 작은 폭포도 있고, 졸졸 흐르는 물소리는 지친 몸과 마음에 활력을 불어넣어 준다. 돌로 단을 만들어 놓고 방향과 시간 또는 거리가 표시된 이정석도 간간이 있다. 날씨도 쾌청하고 기온이 영상 10도 정도여서 산행하기도 좋다.

마주치는 사람들과 "잠보, 잠보." 하고 인사말을 건네며 나아간다. '잠보(Jambo)'라는 말은 현지 스와힐리어로 '안녕하세요'라는 뜻이다. 네팔 지역에서 "나마스테."라며 인사를 나누던 생각이 떠오른다.

만다라 산장

만다라 산장에 이르렀다. 마랑구 게이트에서 거리는 8㎞밖에 되지 않지만, 시간은 5시간이 소요되었다. 국내 산행과는 차원이 다르기에 빨리 걸을 수도 없고 빨리 걸어서도 안 된다. 천천히 '뽈레, 뽈레' 걷는 게 상책이다. 하지만 답답하다. 마음은 벌써 정상에 가 있는데 몸은 거북이걸음, 아니, 달팽이걸음이다. 빨리 걷고 싶어도 메인 가이드가 앞에서 리드하고 뒤에는 최 팀장이 있기에 대열을 이탈할 수도 없다.

산장에 이르러 물티슈로 고양이 세수부터 했다. 천천히 걷는 것도, 고양이 세수도 고산증 때문이다. 이 시간 이후부터 하산 시까지 물은 절대 몸에 대어서는 안 된다. 물티슈 하나로 버텨야만 한다.

우연인지 마랑구 게이트의 고도가 한라산 높이와 비슷하고 만다라 산장의 고도가 백두산 높이와 비슷하다. 산장은 직삼각형 건물 이십여 동이 자리하고 있다. 동마다 태양광 발전으로 전기를 사용한다. 조명이 흐려서 책을 읽거나 글을 쓰는 것은 언감생심이다.

방 하나에 십여 개의 나무 침대가 2층으로 들어서 있다. 피곤하면 코를 고는 습성이 있기에, 대원들의 잠을 설치게 하고 싶지 않았다. 최 팀장과 함께 중앙에 있는 방에 자리를 잡았다. 좌우측 방은 아늑하지만, 중앙 방은 문 앞에 있어서 서늘하다. 좌우측 방에서 화장실에 가느라 들락거려 문 여닫는 소리에 잠을 이룰 수 없었다. 수면제 한 알을 먹었으나 자다 깨기를 거듭해야만 했다.

킬리만자로

Day 4

▲ **주요 구간**: 만다라 산장(Mandara Hut, 2,720m)~호롬보 산장
(Horombo Hut, 3,720m)
▲ **도상 거리**: 11.7㎞

오늘은 6, 7, 8 법칙으로 움직인다. 즉, 6시 기상, 7시 식사, 8시 출발이다. 침낭에서 일어나자마자, 주방 요원이 커피를 가지고 왔다. 아침 식사는 '밀레 포리지(Millet porridge)'이다. 수수, 기장, 조 등 곡물을 빻아 물과 우유를 섞어서 끓인 죽이다. 소화와 흡수도 잘되고 현지인들이 건강식으로 즐겨 먹는 음식이다.

길을 나섰다. 어느새 열대 우림은 사라지고 키 작은 나무들과 야생화가 초원에 가득하다. 날씨도 영상 5도 정도로 포근하고 쾌청하다. 고도를 높일수록 기온이 조금씩 떨어지므로 거기에 맞게 조금 더 두꺼운 셔츠나 방풍 재킷을 걸치기만 하면 된다. 군데군데에 피어있는 다양한 야생화가 지루함을 달래 주기까지 한다. 산행하기에 이보다 더 좋을 수는 없다. 등반 내내 이런 날씨가 계속되면 얼마나 좋을까?

은퇴 산꾼, 고산에 서다

멀리 우측에 마웬지 피크가, 좌측으로는 우후르 피크가 얼굴을 내민다. 마웬지 피크는 풀 한 포기, 나무 한 그루 없이 골산의 위용을 뽐내고 있다. 마치 우락부락한 근육질 남성을 보는 듯하다. 정상인 우후르 피크는 8부 능선 위 일부에 지도처럼 만년설이 쌓여있다. 만년설은 햇빛을 받아서 눈이 부시도록 반짝인다. 하지만 왠지 애잔하고 허전하게 보인다.

포터들의 짐 나르는 모습

골산의 위용을 뽐내는 마웬지 피크

포터들이 곁을 스쳐 지나간다. 무거운 짐을 지고 성큼성큼 나아간다. 이곳 포터들의 짐 나르는 모습은 다른 지역과는 다르다. 짐 하나를 등에 지고 또 하나를 머리에 이고 간다. 머리에 인 짐은 손으로 잡지도 않는다. 어떻게 균형을 잡는지, 보는 사람이 다 아슬아슬하다. 옛날 우리 어머니가 생각난다. 어머니는 장에 가시거나 참을 나르실 때면 머리에 이고 다니셨다.

우리나라의 대표적인 짐 나르는 방법은 지게에 지는 것이다. 네팔에서는 끈을 이마에 걸고 등에 짐을 진다. 우리나라와 네팔, 이곳 포터가 짐을 지는 방법은 이같이 다르다. 어느 것이 가장 효율적일까? 만약 경기를 한다면 누가 더 많은 짐을 더 빨리 나를 수 있을까? 한 번쯤 경기를 해 보면 좋겠다는, 쓸데없는 생각이 머릿속을 스쳐 지나간다.

오 선생의 아들 오 군이 보조 가이드와 도란도란 얘기를 나누며 걷는다. 오 군은 이제 겨우 열여섯 살, 중학교 졸업반이다. 날짜가 겹쳐서 졸업식에 참석하지 못하고 이곳에 왔다. 어린 나이에 외국인과 자연스레 대화를 나누는 것이 예사로 보이지 않는다. 오 선생에게 물었다.

"아들이 외국어를 할 줄 아나?"

"초등학교 때 영어 프로그램에 참여시켰다. 그 후 안나푸르나에 데리고 갔는데, 외국인과 스스럼없이 얘기하고 있더라."

"대견하다. 고산 등반에 참여한 것도 그렇고, 외국인과 대화를 나누는 것도 대견하다."

은퇴 산꾼, 고산에 서다

"외국인과 접촉하다 보니 어느 순간 말문이 트인 것 같다."

"고등학교는 외국으로 유학을 보내라."

"싫다. 데리고 살겠다."

오 선생은 제주에서 기타리스트이자 보컬로 활동하는 음악인이다. 아들을 데리고 안나푸르나 베이스캠프와 에베레스트 베이스캠프에 다녀왔다. 감동이다. 누가 뭐래도 자식은 이렇게 키워야 한다. 자식 교육에서 살아있음이 느껴진다.

쉼터에 이르렀다. 쉼터에는 서너 개의 벤치와 화장실이 있다. 벤치에 앉아 점심으로 준비한 이동식 도시락을 먹고 있었다. 그때 시커먼 새 두 마리가 날아왔다. 부리가 날카롭고 몸통은 새까만 것이 기름을 발라놓은 듯 반질댄다. 목에는 하얀 스카프를 두른 듯 흰 줄무늬가 선명하다. 한 마리가 "꾁~ 꾁!" 대자, 다른 한

흰목까마귀

마리는 "트륵~ 트륵!" 댄다. 뭔가 말을 주고받는 것 같았다. 닭튀김 한 조각을 떼어서 던져주자 덥석덥석 받아먹는다. 죽은 동물도 잘 먹는다는 '흰목까마귀(White necked raven)'이다.

쉼을 마치고, 다시 길을 나섰다. 계곡에서 구름이 바람을 타고 빠른 속도로 달려와 초원과 옷깃에 스며든다. 한 굽이 돌아서자 산장이 눈앞에 나타난다. 그 아래 계곡에는 '자이언트 세네시오 킬리만자리(Giant Senecio Kilimanjari)'나무가 군락을 이루고 있다. 세네시오의 매혹적인 자태에 걸음을 멈추지 않을 수 없다. 50㎝의 작은 것부터 4m가 넘는 큰 것까지 지천으로 있다. 세네시오는 해발 3,000m 이상의 고산에서만 자라며, 이곳 아프리카에서만 볼 수 있다.

호롬보 산장. 산장 위로 우후르 피크가 보인다

은퇴 산꾼, 고산에 서다

호롬보 산장에 이르렀다. 만다라 산장에서 거리는 11.7㎞에 불과하지만, 시간은 8시간 가까이 걸렸다. 시속 1.5㎞ 정도의 속도이다. 그야말로 '뽈레, 뽈레'이다.

산장은 등반객으로 북적였다. 대부분 서양 사람들이다. 한국 사람도 몇 명 있다. 그러나 중국 사람과 일본 사람은 보이지 않는다. 어딜 가나 흔히 만날 수 있는 사람들이 중국 사람과 일본 사람인데, 이들은 왜 보이지 않을까? '방콕'을 하고 있는 것은 아닌지, 궁금증이 인다.

정상에 가는 사람들과 정상에 다녀온 사람들은 표정부터 다르다. 올라가는 사람들의 표정에는 긴장감이 나타나 있고 내려오는 사람들의 표정은 뭔가 밀린 숙제를 마쳤다는 홀가분함이 배어 있다.

산장은 만다라 산장과 마찬가지이다. 직삼각형의 건물 이십여 동이 늘어서 있고 건물 지붕마다 태양광 발전 패널이 설치되어 있다. 방은 좁다. 두 평 정도의 공간에 네 사람이 들어가기는 구조라니. 다행히 최 팀장이 여유 방을 확보하여 두 명이 쓸 수 있었다.

화장실은 넓고 깨끗하게 관리되어 있다. 바닥에는 타일까지 깔아놓았다. 대변기는 바닥에 가로 20㎝, 세로 30㎝ 정도의 작은 구멍을 뚫어놓은 곳도 있고, 양변기를 붙여 놓은 곳도 있다. 소변기는 양변기를 붙여놓았으나 높이가 높다. 키가 크고 다리가 긴 현지인들의 체형에 맞게 설치해 놓은 듯하다. 현지인들에 비해

키가 작은 동양인들은 불편하기 짝이 없다. 이곳뿐 아니라 모든 화장실이 그렇다. 하 교수는 소변기를 사용하지 못하고 대변기를 사용했다며 웃음을 지었다.

저녁 8시 30분, 일찌감치 침낭에 든다.

킬리만자로

Day 5

▲ **주요 구간:** 호롬보 산장(Horombo Hut, 3,720m)~제브라 락(Zebra
rocks, 4,050m)~호롬보 산장(Horombo Hut, 3,720m)
▲ **도상 거리:** 6.8㎞

"쬬르릉~ 쬬르릉~" 영롱하게 우짖는 산새 소리에 잠에서 깼다.
나도 모르게 밖으로 나왔다. 주위를 둘러봐도 새는 보이지 않는
다. 이 높은 곳에도 새가 살고 있다니, 무슨 새일까? 고산에 사는
지빠귀 과의 작은 새인 '알파인 쳇(Alpine chat)'이다.

호롬보 산장에서 바라본 운해

호롬보 산장에서 바라본 일출

때마침 새로운 하루가 열리고 있다. 산장 앞의 동쪽 하늘이 새벽 여명에 붉게 물들어가기 시작한다. 구름과 구름 사이를 비집고 떠오르는 일출의 모습은 숨이 멎을 것 같이 경이롭다. 그 기운이 따스하게 전해져 와 가슴까지 훈훈해져 온다. 하늘에는 흰 구름이 멈춰있는 듯 천천히 흘러간다. 발아래에는 구름이 바다를 이룬다. 구름 물결이 잔잔하게 일렁일 때마다, 구름과 함께 어디론가 흘러갈 것만 같다. 여명과 운해의 조화, 이토록 아름다운 일출을 보라고 새가 잠을 깨운 건 아닐까?

오늘은 4,000m에 진입하여 고산 적응을 한다. 고산에서는 일사천리로 고도를 높여 줄 수 없다. 서서히 몸을 고산에 적응시키며 올라야 한다. 아침 식사는 북엇국이다. 북엇국의 시원한 맛이 입맛을 돋우었으나, 식사량이 절반으로 줄어들었다. 고산증이 시작된 듯하다.

은퇴 산꾼, 고산에 서다

최 팀장은 교과서대로 움직인다. 출발에 앞서 준비 체조를 하는 것은 단 한 번도 거른 적이 없다. 사실 준비 체조라고 해 봐야 별것도 아니다. 모든 스포츠가 그러하듯이, 산행에 앞서서 관절이나 근육을 풀어 주어 부상을 방지하기 위한 가벼운 운동이다. 그뿐이 아니다. 최 팀장은 하나부터 열까지 만사에 빈틈이 없다. 설명하고 또 설명한다. 흔히 하는 말로 완전 'FM'이다. 하긴 그래야 한다. 느슨하면 그만큼 사고의 위험에 노출될 수 있다. 그의 나이는 스물아홉, 미혼이다. 그런데도 그의 언행은 나이에 비해 범상치 않다. 절도가 있으며 노련함이 있다. 요즘 보기 드문 젊은이다. 내가 그 나이 때는 세상 물정 모르고 혈기만 넘쳤으며 모든 게 부족하고 미숙했다. 분명 그에게는 뭔가가 있다. 그게 뭘까?

등반을 마치고 돌아오는 길에 그 답을 알 수 있었다. "어려서부터 알바를 했다. 해병대 공수 부대에서 조교로 군 복무를 했다." 그의 말 한마디에 의문은 시원하게 해소되었다. 사회에서 크게 성장할 재목임이 틀림없다.

산장을 나서서, 갈림길에서 우측 길로 들어섰다. 좌측 길은 내일 정상에 갈 때 가야 할 길이다. 오른쪽으로 마웬지 피크를, 왼쪽으로 우후르 피크를 바라보며 걷는다. 킬리만자로에 있는 세 개의 봉우리 중 해발 3,962m의 시라 피크는 머리카락이 보일세라 정상 뒤편에 꼭꼭 숨어있다.

신비한 모습의 세네시오

은퇴 산꾼, 고산에 서다

좌우 계곡에는 세네시오가 군락을 이루고 있다. 세네시오 윗부분에는 푸른 잎이 있고 그 아래에는 낙엽이 된 잎이 켜켜이 달라붙어 있다. 푸른 잎으로는 광합성을 하고 낙엽이 된 잎은 몸통을 감싸며 추위로부터 자신을 보호하고 수분 증발을 막는다. 이는 생존하기 위한 전략이다. 일반적인 나무는 겨울이 되면 모든 잎을 땅으로 돌려보내고 몸통을 살리는 전략을 쓴다. 여러모로 대비되는 모습이다. 그런 세네시오가 신비스럽다. 가까이 다가가 그의 몸에 귀를 대어 보았다. 그윽한 침묵만 흐르고 있다. 살며시 손을 대 보니 낙엽이 된 잎은 딱딱하다. 힘주어 만지자 부스러진다.

하 교수가 사진을 찍으려고 빠른 걸음으로 세네시오 옆으로 다가간다. "어이쿠~!" 소리와 함께 한쪽 발이 작은 웅덩이에 빠졌다. 등산화 속까지 물이 들어갔다. 다행히 양말 두 켤레를 겹쳐 신어 젖지 않은 쪽 양말을 나누어 신었다.

어찌 된 일인지 왼쪽 무릎이 절룩거릴 정도로 시큰댄다. 지난해 5월 산행 중 미끄러져 무릎 인대가 찢기는 사고를 당한 적이 있는데, 그 후유증인 듯하다. 염려가 되어 이곳에 오기 전에 병원에 들러 점검을 받았다. 물이 조금 차 있기에 물을 빼고 약을 처방받아 가지고 왔다.

길옆에 높지는 않지만 크고 넓적한 바위가 있다. 바위 위에는 지나는 사람들이 소원을 빈 듯 자그마한 돌탑을 쌓아놓았다. 돌하나를 주워들고 바위에 올라갔다. "신이시여! 무탈하게 정상에 오르게 하여 주시옵소서!"

제브라 락. 필자 얼굴 앞의 얼룩말

제브라 락에 이르렀다. 길이 20여 m, 높이 5m 정도의 암벽이
얼룩져있다. 마치 색색의 페인트로 위에서 아래로 칠해 놓은 것
같다. 바위에 함유된 알칼리 성분이 오랜 세월 녹아내리면서, 세
월의 깊이가 새겨진 것이다. 암벽 중앙에는 귀를 쫑긋 세운 얼룩
말 한 마리가 있다. 제브라 락, 글자 그대로 얼룩말 바위이다. 손
으로 톡 건드리기만 하면 당장 뛰어나올 것만 같다. 저 얼룩말에
올라 단숨에 정상에 오를 수는 없는 걸까?

이 길로 계속 오르면 해발 5,149m의 마웬지 피크(Mawenzi
peak)이다. 내친김에 오르고 싶었지만, 일정에 없다. 고산 적응을
마치고 산장으로 돌아왔다.

점심은 라면이다. 맛은 좋았으나 한 그릇 이상 목구멍으로 넘길

수가 없다. 오후에는 아이젠 등 장비를 점검하고 휴식을 취했다.

산장 옆에서 졸졸 개울물 흐르는 소리가 들려온다. 개울가에 내려가 잠시 손을 담가 보았다. 차갑기는 했으나 에베레스트처럼 손이 시릴 정도는 아니다. 하지만 명색이 킬리만자로 만년설이 녹은 물이다.

저녁은 꽁치 김칫국이다. 얼큰한 게 속이 다 시원하다. 고산에 적응되어서인지 입맛도 살아나고 출출하던 차여서 한 그릇을 더 청해 먹었다.

짐 분류를 했다. 내일과 모레 이틀간 등정에 필요한 장비, 의류, 간식, 구급약을 배낭에 챙겨 넣고 나머지는 이곳에 보관한다.

저녁 7시 30분, 일찌감치 침낭에 든다. 잠이 오든, 오지 않든 누워만 있어도 어느 정도 피로 해소가 되기 때문이다. 새벽에는 영하 5도까지 떨어진다. 옷을 껴입고 침낭 속에 핫팩을 넣었다.

침낭에 들기 전에 하 교수가 파스를 꺼내어 내게 내민다. 고산 적응을 할 때 다리가 불편한 것을 안 하 교수의 배려이다. 그의 발걸음은 날렵하고 가볍다. 이곳에 오기 위해 연습 산행을 많이 했다고 한다. 문득『반딧불이』의 한 구절이 떠오른다.

> 그와 그녀는 꽤 많은 거리를 걸었다.
> 그가 걱정스럽게 말했다. "체력이 상당히 좋구나."
> 그녀는 웃음 지었다. "이래 봬도 중학교 때는 장거리 선수였어. 게다가 아버지가 산을 좋아한 탓에 어릴 적부터 일요일만 되면 등산을 했고, 그래서 지금도 다리 하나는 튼튼해."

킬리만자로

Day 6

▲ **주요 구간**: 호롬보 산장(Horombo Hut, 3,720m)~키보 산장(Kibo Hut, 4,720m)

▲ **도상 거리**: 10.1㎞

오늘은 5, 6, 7 법칙이다. 즉, 5시 기상, 6시 식사, 7시 출발이다. 일찍 출발하여 일찍 마치고 일찍 휴식을 취해야 하기 때문이다.

아침 식사는 미역국에 눌은밥이다. 눌은밥은 누룽지에 물을 붓고 푹 끓여서 구수하고 소화가 잘된다. 한 그릇을 더 청해 먹었다.

출발에 앞서 스태프들이 킬리만자로 노래를 불러 주며 성공을 기원해 준다. 케냐 민요인 〈잠보 송(Jambo Song)〉은 경쾌한 리듬에 따라 부르기도 쉽다. 몇 번 듣다 보니 중독성이 있는지 자꾸만 듣고 싶다.

Jambo Jambo Bwana

(잠보 잠보 브와나)

Habari Gani Nzuri Sana

(하바리 가니 은주리 사나)

Wagenil Mwakaribishwa

(와게니 와카리비슈와)

구름에 둘러싸인 우후르 피크

Kilimanjaro Hakuna Matata

(킬리만자로 하쿠나 마타타)

넓은 길은 사라지고 돌이 울퉁불퉁하게 박혀있는 좁은 길이 이어진다. 이곳 계곡에도 세네시아가 무리 지어 있다. 파란 하늘에는 구름이 온갖 모습으로 바뀌며 바람 따라 천천히 흘러간다. 우후르 피크가 손에 잡힐 듯 가까이 있다. 그러나 구름이 흘러들면 흔적조차 없이 사라진다. 그러다가 잠시 얼굴만 보여 주기도 하고 어깨까지 보여 주기도 한다. 얼굴은 가린 채로 가슴만 보여 줄 때도 있다. 하지만 모습 전체를 보여 주지는 않는다. 왜 이리 애만 태우는 걸까?

8부 능선 위 일부에 쌓여있는 만년설은 힐끗힐끗 나타났다가 사라지기를 거듭한다. 지도를 그려놓은 듯, 얼룩지듯 일부만 남아있다. 나머지는 벌거벗은 채이다. 그 많은 만년설은 모두 어디로 갔단 말인가?

헬기장 옆에 쉼터가 있다. 벤치에 앉아 있으려니 작은 들쥐 한 마리가 나타났다. 본래 의심이 많은 동물이라 가까이 오지도 않는다. 갑자기 나타나 쭈뼛거리다 금세 사라진다. 이 높은 곳에 들쥐라니, 이곳에서 무얼 먹고 살아갈까? 지나는 사람들이 먹다 흘린 음식물을 먹고 살아가는 것은 아닐까? 일부러 빵부스러기를 조금 흘려놓았다. 들쥐는 다람쥐처럼 몸통에 줄무늬가 선명한 게 귀여웠다. '킬리만자로 들쥐(Kilimanjaro Mouse Shrew)'이다.

끝없이 펼쳐진 사막 지대

긴급 환자 이송용으로 쓰이는 구루마

사막 지대에 들어섰다. 사막 지대는 끝이 보이지 않는다. 가도 가도 끝이 없다. 대략 5㎞ 정도 되는 듯, 길고 넓으며 광활하다. 나무 한 그루 없이 황량할 뿐이다.

현지인이 구루마를 끌고 스쳐 간다. 철제로 만들어져 있으며 가운데에 바퀴 하나가 달랑 붙어있다. 호롬보 산장에 다섯 대가 널브러져 있던 그 구루마이다. 아마도 긴급 환자가 발생하면 쉼 터 옆 헬기장까지 이송하는 도구로 사용하는 것은 아닐까?

새들(Saddle) 표시판과 키보(Kibo) 표시판을 스쳐 지난다. 길옆 에는 누군가가 작은 돌로 글자를 만들어 놓았다. 지나던 사람들 이 자기 이름을 만들어 놓은 것 같았다. 그렇게라도 해야 긴 사막 지대를 통과하는 데 지루함을 조금이나마 달랠 수 있었을 것이다. 사막 지대가 끝나갈 즈음 두 번째 쉼터에 이른다.

사막 지대를 통과하며 무릎 아래는 흙먼지가 허옇게 묻었다. 산장에 미리 와 있던 보조 가이드는 먼지떨이를 손에 들고 대원들이 도착하는 대로 등산화와 바지에 묻은 흙먼지를 일일이 털어 주었다. 전혀 예상치 못했던 감동이다.

산장은 정상인 우후르 피크 아래, 고요 속에 자리하고 있다. 다른 곳과 마찬가지로 직삼각형 건물 여러 동이 들어서 있다. 앞마당과 옆과 뒤 공터에는 텐트 십여 동이 설치되어 있다. 예약이 안 된 사람들이 야영을 하는 듯하다.

키보 산장

은퇴 산꾼, 고산에 서다

정상의 이름은 '키보'에서 '우후르'로 바뀌었다. 키보가 우후르로 바뀐 것은 1947년에 영국으로부터 독립하면서부터이다. '우후르'의 뜻은 이곳 스와힐리어로 '독립'을 뜻한다. 키보라는 이름에 정이 들어서일까? 산장의 이름은 아직 그대로 키보다.

고도 4,000m 이상에 진입해서인지 머리가 지끈대기 시작한다. 두통약부터 챙겨 먹었다.

오후 4시, 이른 시간에 저녁을 먹었다. 누군가가 식당 한구석에 스마트폰으로 〈킬리만자로의 표범〉 노래를 틀어 놨다. 조용필의 내레이션과 노래가 식당에 가득 울려 퍼진다. 가슴 한편이 뭉클해 온다.

> 묻지 마라 왜냐고 왜 그렇게 높은 곳까지
> 오르려 애쓰는지 묻지를 마라.
> 고독한 남자의 불타는 영혼을
> 아는 이 없으면 또 어떠리…
> 구름인가 눈인가 저 높은 곳 킬리만자로
> 오늘도 나는 가리 배낭을 베고
> 산에서 만나는 고통과 악수하며
> 그대로 산이 된들 어떠리…

최 팀장은 등정을 앞두고 마지막 당부를 아끼지 않는다. "믿을 건 두 다리와 배낭뿐이다. 배낭 속에 따뜻한 물과 비상식을 충분히 챙겨라."

지극히 맞는 말이다. 하지만 고산이라는 특수성 탓에 두 다리와 배낭만 믿는다고 안 될 일이 되는 것은 아니다. 문제는 어떻게 고산 증세를 이겨내는가이다.

오후 5시, 등정에 나설 옷을 미리 차려입었다. 두꺼운 겨울 셔츠 두 개를 껴입고 그 위에 패딩 점퍼를 입었다. 양말까지 신은 채로 침낭에 든다.

밤 10시 30분 기상, 5시간 30분 동안 자는 둥 마는 둥 침낭 속에 있었다. 간단하게 눌은밥으로 요기하고 출발 준비를 서둘렀다. 지난밤에 붙인 파스 위에 무릎 보호대를 착용했다. 구스다운을 겹쳐 입고 장갑과 주머니에 핫팩을 넣었다. 이제 준비는 끝났다. 정상에 오르기만 하면 된다.

킬리만자로
Day 7

▲**주요 구간**: 키보 산장(Kibo Hut, 4,720m)~우후르 피크(Uhuru peak,
   5,895m)~키보 산장(Kibo Hut, 4,720m)~호롬보 산장
   (Horombo Hut, 3,720m)
▲**도상 거리**: 키보 산장~우후르 피크 왕복 12.0㎞
   키보 산장~호롬보 산장 10.1㎞(총 22.1㎞)

　자정, 헤드랜턴으로 길을 밝히며 정상을 향해 길을 나섰다. 메인 가이드가 선두에서 대원들을 이끌고, 대원 두세 명 사이마다 보조 가이드가 있다. 후미에는 최 팀장이 대원들을 살피며 따라온다. 대원과 가이드, 총 스물네 명이 일렬로 줄을 지어 오른다.

　지금까지와는 달리 경사도 급하다. 하지만 그게 문제가 아니다. 시작부터 졸음이 쏟아지는 게 문제이다. 엘부르즈에 갔을 때도 졸리기는 했으나 이토록 심하지는 않았다. 몸은 주저앉을 것만 같았고 걸음은 비틀거렸다. 단순한 졸음이 아니고 뇌에 산소 공급량이 절대적으로 부족해서 나타난 고산 증세이다.

　해발 5,000m 이상은 생명 한계선으로 불리는 죽음의 지대이다. 즉, 어떤 생명체도 살아갈 수 없고 뇌세포가 죽어 가기 시작하는 데스 존(death zone)이다. 신만 살 수 있는 신의 땅인 것이다. 이제 어쩌면 좋지? 어쩌면 좋단 말인가?

보조 가이드가 〈킬리만자로의 노래〉를 불러 줘도 졸음은 달아나지 않는다. "울면 안 돼, 울면 안 돼." 캐럴에 맞춰, "졸면 안 돼, 졸면 안 돼." 노래를 부르며 마인드컨트롤을 해 봐도 소용이 없다. 그대로 주저앉아서 한숨 푹 자고 싶을 뿐이다. 하지만 그럴 수도 없지 않은가. 고산에서 잠을 잔다는 것은 곧 죽음을 의미하기에, 무작정 졸음을 쫓고 가야만 한다. 그게 살길이다.

이를 알아차린 최 팀장이 달려왔다. 최 팀장은 내 의지를 확인하고는, 보조 가이드를 불러 내 배낭을 대신 메도록 조치했다. 배낭을 대신 메어 주니 몸은 가벼웠다. 하지만 쏟아지는 졸음을 쫓을 수는 없었다. 잠을 못 자서 졸린 것은 의지만으로 쫓을 수 있지만, 산소 부족에 따른 졸음은 어찌할 방법이 없다. 졸며, 비틀거리며 비몽사몽간에 오름길을 이어간다.

배낭을 맡긴 사람은 나뿐이 아니다. 연장자인 서울 남 선생도, 동갑내기인 진주 김 선생도, 제주 오 선생도 맡겼다. 내 배낭을 대신 메어 준 보조 가이드는 '아구스티노 주아'이다. 나이는 스물아홉, 미혼이다. 날렵한 몸에 펄펄 날아다닌다. 아버지와 함께 참여하여 이름 앞에 '스몰'을 붙여서 부른다.

정상을 향하여

눈이 내리기 시작한다. 싸락눈이 바람에 날려 얼굴을 때린다. 그래도 졸음은 달아나지 않는다. 여섯 시간 만에 해발 5,685m인 길만스 포인트(Gilmans point)에 올라섰다. 길만스 포인트에서 바라보는 수평선 너머로 뜨는 일출 광경은 아름답기로 알려져 있는데, 일출보다는 눈 내리는 풍광이 너무나 아름답고 반가웠다. 꽁꽁 언 손을 비비면서도 이곳에서 만나는 눈이 반갑기만 하다. 내리는 눈은 순식간에 온 킬리만자로를 하얗게 만들었다. 능선 길을 따라 순백의 세상 속으로 걸어 들어간다.

어느새 해발 5,756m의 스텔라 포인트(Stella point)에 이르렀다. 정상에 다녀오는 사람들과 간간이 스쳐 지나간다. 그들의 옷에 내려앉은 눈이 들러붙은 채로 얼어있다. 눈썹과 수염에도 눈이 얼어붙어서 설인을 보는 듯하다.

현재 기온은 영하 7도 정도이다. 하지만 눈바람이 매섭게 몰아친다. 체감 온도는 영하 20도 정도 되는 듯하다. 주머니와 장갑에 핫팩을 넣었으나 손끝이 아려 온다.

우후르 피크 정상에서

드디어 정상이다. 시간을 확인해 보니 오전 7시 40분이다. 정상에 섰지만, 어찌 된 일인지 아무것도 느낄 수 없었다. 어떤 감흥도 일지 않았다. 그저 몽롱할 뿐이다. 마치 시간이 갑자기 멈춰버린 듯하다. 절대적인 고요 속에 갇혀있는 것만 같았다.

잠시 주저앉아서 눈을 감았다. 그때 한 줄기 바람 소리가 들려왔다. 숨을 깊이 들이마셨다. 킬리만자로의 청량한 기운이 가슴 깊이 스며들었다. 고개를 들어서 주위를 둘러봤다. 그곳은 분명 정상이다. 벌거벗은 정상의 모습만 사진으로 봤는데, 눈 덮인 정상에 선 것이다. 그제야 온몸에 행복이 스멀스멀 솟아올라 왔다. 그렇다. 행복이 거기에 있었다.

문득 헤밍웨이(E. M. Hemingway)가 쓴 『킬리만자로의 눈(The snows of Kilimanjaro)』에 나오는 표범이 떠오른다. 그 표범은 왜 이리 높은 곳까지 올라왔을까? 이곳에서 무엇을 찾으려고 했을까? 목숨과 맞바꿀 만큼 소중한 것이 이곳에 있단 말인가? 그게 뭘까? 아무리 생각해도 알 수 없다. 정상에 오르면 그 답을 꼭 찾고 싶었다. 헤밍웨이는 킬리만자로의 표범에 대하여 이같이 쓰고 있다.

> 킬리만자로는 1만 9,710ft의 눈 덮인 산으로, 아프리카에서 가장 높은 산이라고 한다. 그 산의 서쪽 정상은 마사이족의 말로 '누가예 누가이'로 불리는데, 이는 '하나님의 집'이라는 뜻이다. 서쪽 정상 가까이에는 미라의 상태로 얼어붙어 있는 표범의 사체가 있다. 그런 높은

곳에서 그 표범이 무얼 찾고 있었는지 설명할 수 있는 사람이 이제까지 아무도 없었다.

티베트 쓰구냥산에 갔을 때의 일이 떠오른다. 그때 대원 중 한 사람이 해발 4,390m 캠프에서 산소 부족에 의한 고산 증세로 뇌세포가 손상되면서 헛소리를 지껄였다. 그분처럼 다치지 않고 내려가기 위해서는 한시바삐 하산해야만 한다. 때마침 최 팀장이 다가와 빠른 하산을 권유한다. 인증 샷을 한 컷 찍고 서둘러 발길을 되돌렸다.

올라올 때는 너덜 지대로 올라왔는데, 내려갈 때는 화산이 분출될 때 쏟아져 나온 조그만 돌조각과 흙이 쌓인 길로 내려갔다. 켜켜이 쌓여있는 화산재는 마치 세월이 쌓여있는 듯하다. 경사가 급해서 한 발 내디디면 1~2m는 쭉쭉 미끄러져 내려간다. 썰매가 있으면 그 위에 앉아서 내려가고 싶었다. 눈은 그쳤으나 내린 눈이 스며들어 먼지가 날리지 않는다. 눈이 오지 않았더라면 온몸이 먼지투성이가 될 뻔했다. 잠시 걸음을 멈추고 뒤를 돌아봤다. 걸어온 길들이 아득하게 펼쳐져 있다.

오 선생의 아들은 이 길을 내려오다 돌에 무릎이 부딪쳤다. 오 군은 무릎이 부어올라 절룩거렸다. 결국, 이튿날 호롬보 산장에서 구급용 차량으로 마랑구 게이트까지 내려갔다. 산장에서 게이트까지 구급용 차량이 다닐 수 있는 길이 별도로 있다고 한다. 다행히 큰 부상은 아니고 성장기여서 빠르게 회복되었다.

키보 산장에 돌아왔다. 올라갈 때 일곱 시간 이상 걸렸던 길을 단 두 시간 만에 내려왔다. 보조 가이드 '아구스티노 주아'와 함께, 표범이 쫓아오는 것도 아닌데 "걸음아 날 살려라~" 하고, 앞만 보고 내림 길을 재촉했다. 한시바삐 고산을 벗어나야 한다는 일념뿐이었다. 산장에 이르자 그제야 내가 살아있다는 느낌이 들었다. 온몸의 혈관까지 깨끗해진 기분이다.

산장에는 남 선생이 이미 내려와 있었다. 그는 해발 5,300m 지점까지 오르고 스스로 발길을 되돌렸다. 서울 모 초등학교 교장으로서 정년을 마치고, 현재는 사업체를 운영하고 있다. 수필가이며 서예가, 서각가, 사진작가로 활동하고 있다. 일흔하나의 연세가 믿어지지 않을 정도로 활발한 활동을 이어가고 있다.

나도 남 선생처럼 일흔이 넘어서까지 고산에 오를 수 있을까? 쉽지 않을 듯하다. 중간에 발길을 되돌릴 줄 아는 용기, 그 용기만큼은 누구나 본받아야 한다. 하지만 나에게는 그런 용기가 없다. 죽을 때 죽더라도 목표를 이루고야 마는 부질없는 만용이 있을 뿐이다.

호롬보 산장으로 내려가는 걸음은 모두 거침없이 빠르다. 점차 고도를 낮추므로 힘도 들지 않는다. 눈발은 빗물로 바뀌었으나, 마침 건기여서 비의 양은 많지 않다. 오히려 사막 지대를 촉촉이 적셔 주어 먼지가 나지 않아서 좋다.

앞서가던 남 선생의 시선이 바닥을 훑는다. 두리번거리며 걷다가 돌을 주워들고 이리저리 살펴본다. 올라올 땐 대포 렌즈가 달린 커다란 카메라로 곳곳의 풍경을 사진에 담더니, 무얼 하는 걸까? 알고 보니, 만고의 세월이 스며든 기묘한 돌을 찾는 수석의 대가이다.

키보 산장에서는 속이 거북해서 점심을 먹지 못했다. 호롬보 산장까지 내려왔으나 쉽게 회복되지 않는다. 4,000m 아래로 내려왔는데도 입맛이 살아나질 않는다. 저녁은 눌은밥 반 공기 정도를 뜨고 수저를 내려놓았다.

침낭에 들자 피곤이 사지를 짓누르면서, 꽁꽁 얼었던 몸이 기분 좋게 사르르 녹아내린다.

킬리만자로

Day 8

▲ **주요 구간**: 호롬보 산장(Horombo Hut, 3,720m)~만다라 산장
(Mandara Hut, 2,720m)~마랑구 게이트(Marangu gate,
1,879m)~모시(Moshi)

▲ **도상 거리**: 호롬보 산장~마랑구 게이트 19.9㎞

이른 새벽 5시에 일어났다. 모시까지 가야 하기에 갈 길이 멀다. 고도를 낮추고 잠을 푹 자서인지 몸도, 마음도 한결 가뿐하다. 입맛도 살아났다.

등정 성공을 축하해 주는 스태프들

은퇴 산꾼, 고산에 서다

길을 나서기 전에 작은 이벤트가 있었다. 그동안 고락을 함께 했던 스태프 삼십여 명이 모였다. 그들은 노래와 춤으로 성공적인 등정을 축하해 주며, 아쉬운 작별을 고한다. 우리도 그들과 함께 박수를 치고 일일이 악수를 나누며 작별을 아쉬워한다. "아산떼, 아산떼."

내려가는 길은 수월하다. 올라올 때의 길을 그대로 따라가면 된다. '뽈레 뽈레' 걸었던 길을 '빨리 빨리' 걸어 일사천리로 내려간다. 올라오는 사람들과 스쳐 지날 때마다 인사를 나눈다. "잠보, 잠보."

김 선생은 아직도 속이 불편하다고 한다. 그는 진주의 모 중등학교 교장으로 정년을 마치고, 에베레스트 베이스캠프와 옥룡설산에 다녀왔다. 매일 새벽 헬스로 하루를 열어서인지 부지런하고 건강하다. 거기에 음악적 재능까지 뛰어나 하모니카 연주 실력이 수준급이다. 그의 하모니카에서는 인생의 희로애락이 흘러나온다.

하 교수는 피로한 기색이라고는 조금도 보이지 않는다. 그는 대학에서 전공과목 외에 드론 스쿨 원장까지 맡고 있는 드론 전문가이다. 다방면에 걸쳐서 못하는 게 없는, 동년배들인 그들이 부럽기만 하다.

요즘 시대에는 뭔가 하나는 할 줄 알아야 하는데, 드론은 고사하고 몸치, 박치, 음치인 나는 악기 연주는커녕 악보조차 볼 줄 모른다. 스스로 생각해도 잘하는 것은 별로 없고 못하는 것만 많다. 내세울 것이라고는 두 발로 걷는 것뿐이니, 다재다능한 그들이 부러울 수밖에.

마랑구 게이트에 이르자 사실상 등반이 마무리되었다. 만감이 교차한다. 이번 등반은 힘들긴 했으나, 복 받은 등반이었다. 킬리만자로의 눈을 온몸으로 맞으며 정상에 오를 수 있었고, 눈 덮인 정상에 설 수 있었다. 또한, 내려올 때는 화산재 구간에서 먼지를 뒤집어쓰지 않을 수 있었다. 아니, 그보다는 무탈하게 등반을 마무리할 수 있었던 것은 분명 행운이 따라 주었기 때문이다.

보조 가이드 아구스티노 주아와 함께

은퇴 산꾼, 고산에 서다

마랑구 게이트를 나서면서, 정상에 오를 때 배낭을 대신 메어 준 '아구스티노 주아'에게 다가갔다.

"힘들지 않은가?"

"힘들지만 괜찮다."

"쉬운 일을 찾아서 해라."

"일자리가 없다."

가슴이 뭉클하다. 그의 눈을 물끄러미 들여다봤다. 사슴같이 투명한 눈망울에 슬픔이 담겨있다. 최 팀장을 통해 규정대로 삼십 달러를 주었으나, 그의 손에 십 달러를 쥐어주었다. 그는 엄지 손을 척 세우더니 "코리아 넘버 원."이라며 밝게 웃는다. 잠시 생각해 봤다. 우리나라 젊은이들은 이같이 힘든 일을 할 사람이 몇이나 될까? 놀면 놀았지, 거의 없을 듯하다.

내게 모자를 팔고, 내 모자를 기념으로 받은 현지인 남성과 마주쳤다. 그는 내가 준 모자를 쓰고 등반객들에게 모자와 기념품을 팔고 있었다. 서로 알아보고 반갑게 인사를 나누었다. "잠보, 잠보."

마랑구 게이트에서 모시까지는 버스로 이동했다. 모시 호텔에 여장을 풀었다. 명칭은 호텔이지만, 시설은 그저 그렇다. 오후 5시까지 전기조차 들어오지 않는다. 국가적인 절전 정책으로 나라 전체가 그렇다고 한다. 침대에는 모기장이 쳐져 있다. 황열병 예방 접종을 받고 온 게 실감 난다.

모시 호텔에서 바라본 하얗게 반짝이는 킬리만자로

그러나 위치만큼은 특급이다. 킬리만자로가 한눈에 들어온다. 킬리만자로 서쪽 모습은 가히 환상적이다. 어제 온 눈으로 6부 능선까지 눈에 덮여 하얗게 반짝인다. 거기에 구름이 띠를 이루고 산을 감싸 돈다. 누가 킬리만자로의 만년설이 모두 녹아 없어질 거라 했는가? 2030년이면 모두 사라질 거라고? 어림없는 말이다. 이제 그런 우려는 깨끗이 씻어졌다. 킬리만자로는 스와힐리어로 '하얗게 반짝이는'이라는 뜻이다. 그 뜻은 지워지지 않을 것이다. 킬리만자로는 영원히 '하얗게 반짝일' 것이다.

킬리만자로는 애초에 케냐에 속해 있었다. 독일 황제 빌헬름 2세는 케냐에 속해 있던 킬리만자로를 탄자니아로 넘겨달라고 영국 여왕에게 간청했다. 빅토리아 여왕은 자신의 외손자인 빌헬름 2세에게 생일 선물로 주었다. 그로부터 킬리만자로는 탄자니아의 영토가 되었다.

은퇴 산꾼, 고산에 서다

국립공원에서 등정 인증서가 발급되었다. 인증서를 받아들고 깜짝 놀랐다. 인증서 번호(Certificate No.)가 414,107로 기록되어 있는 것이 아닌가. 정상에 오른 사람들이 무려 사십만 명을 넘어 섰다니, 많은 사람이 올랐으리라고 생각은 했으나 상상 이상이어서 깜짝 놀라지 않을 수 없었다.

어제 케냐 나이로비에서 폭탄 테러가 일어나 열다섯 명의 사상자가 발생했다고 한다. 나이로비는 모레 가야 할 곳이어서 소식을 접한 대원들이 잠시 술렁였다. 휴대폰에는 여행 경보 1단계를 발령했다며, 여행 유의 국가이므로 철수하라는 내용의 문자가 날아들었다.

무려 엿새 동안 고양이 세수만 하고 보니 몸에서, 머리에서 땀 냄새가 진동하는 것 같다. 전기가 들어오자마자 샤워부터 했다. 잠자기 전에 또 샤워를 했다. 지금 이 시간 유일하게 하고 싶은 것은 뜨거운 물을 받아놓고 욕조에 몸을 푹 담그는 것이다. 그러나 욕조 시설은 없다.

방 안에는 삼십 촉 백열전구 두 개가 천장에 붙은 채로 졸고 있다. 헤드랜턴을 켜고 탁자 앞에 앉아 떠오르는 단상들을 대충 정리했다.

킬리만자로

Day 9, 10, 11, 12

▲**주요 구간**: 모시(Moshi)~타라케아 국경(Tarakea Border)~케냐 암보
셀리 국립공원(Kenya Amboseli National Park)~케냐 나
이로비 국제공항(Kenya Nairobi International airport)~에
티오피아 볼레 국제공항(Ethiopia Bole International air-
port)~인천 국제공항(Incheon International airport)

오늘부터 귀국 시까지는 버스를 타거나 비행기를 타고 이동하
는 일뿐이다.

아홉 번째 날은 탄자니아 모시에서 타라케아 국경으로 이동하
여 케냐로 육로 입국했다. 타라케아 국경에는 전자 시스템이 구
축되지 않아, 짐을 모두 풀어서 일일이 육안으로 확인하는 절차
를 거쳤다. 암보셀리 국립공원으로 이동하여 호텔에 여장을 풀
고, 한 차례 사파리 탐방을 했다. 이곳에도 침대마다 모기장이
쳐져 있고, 오후 5시 이후에야 전기가 들어왔다. 다행히 음식 맛
은 지금까지 중 최고이다.

열 번째 날은 새벽 사파리 탐방을 하고, 나이로비로 이동하여
하룻밤을 보냈다.

열한 번째 날은 나이로비 공항에서 비행기로 아디스아바바 볼
레 국제공항으로 날아가, 환승하여 인천행 비행기에 몸을 실었

은퇴 산꾼, 고산에 서다

다. 나이로비 공항은 케냐의 총리와 대통령을 지낸 '조모 케냐타'의 이름을 따 조모 케냐타 공항으로 불린다.

밤새 어둠 속을 날아서 열두 번째 날에 인천 공항에 이르렀다. 면도도 하지 못해 흰 수염이 덥수룩하게 자라 완전 할아버지 모습이다. 짧은 일정에는 면도기를 가지고 다니지만, 열흘 이상은 충전 문제로 가지고 다닐 수도 없다. 손자는 수염이 자란 할아버지를 영상으로 보고 "산타할아버지 같아요."라며 싱글벙글댄다.

돌아오는 비행기 안에서는 주면 먹고 졸리면 잤다. 틈틈이 못 다 읽은 책도 펼쳐 들었다. 『반딧불이』 중 단편 「세 가지의 독일 환상」에는 이런 글이 쓰어 있다.

> 정말로 아무것도 없었다. 안개의 바다 속에 공중정원이 외롭게 떠 있을 뿐이었다. 공중정원이라는 것만 빼면 여느 평범한 정원과 하등 다를 바 없었다. 그러나 나는 특별히 실망한 건 아니었다. 나는 훌륭한 정자며, 분수며, 동물 모양 나무의 큐피드 조각상을 기대하고 여기에 온 것이 아니었다. 그저 공중정원이 보고 싶었을 뿐이었다.

킬리만자로의 모습이 파노라마처럼 펼쳐졌다 사라져간다. 눈만 감으면 떠오르는 신들의 땅 킬리만자로, 벌써 그곳이 그립다.

잠보, 잠보. 킬리만자로!

08

인도차이나 최고봉,
판시판산(Mt. Fansipan)

🥾 등반 일자: 2019. 03. 28.~2019. 04. 01.

판시판
Day 1

▲**주요 구간**: 인천 공항(Incheon Airport)~베트남 하노이 노이바이 공항(Vietnam Hanoi Noibai Airport)~사파(Sapa)

정상에 오르고 하산까지 당일에 마무리할 수 있다? 그게 가능할까? 얼마 전까지만 해도 생각조차 할 수 없었던 일이다. 하지만 그게 가능하다고 한다. 그러니 가지 않고 배길 수 있겠는가.

우리나라와 베트남 사이에는 과거의 아픈 상처가 있다. 1964년에 통킹만 사건으로 베트남 전쟁이 일어나고, 우리나라는 전투 부대를 파병하여 그들과 전투를 벌였다. 1975년에 월남이 패망하고 베트남 사회주의 공화국이 수립되며 국교가 단절되었다. 1992년에 이르러 국교가 정상화되고 기업체들이 속속 진출하며 양국 관계는 우호적으로 바뀌었다. 때맞춰 훈풍이 불어오고 있다. 그 훈풍을 불러온 주역이 바로 박항서이다.

베트남 '국민 영웅' 박항서 축구 감독. 그는 2017년에 베트남 축구 대표팀 감독으로 영입되었다. 아시아 U-23 챔피언십 준우승, 2018 스즈키컵 10년 만의 우승, 베트남 A매치 18경기 무패 신기

은퇴 산꾼, 고산에 서다

록을 이끌며 베트남 국민을 열광케 했다. 베트남인들은 축구 경기가 있을 때마다 베트남 국기와 태극기, 박 감독의 대형 사진을 들고 환호한다.

공항 발권 창구에 줄을 서 있는데, 어디서 많이 본 듯한 얼굴이 몇 사람 앞에 서 있는 게 아닌가. 뜻밖에도 카라와 둘리이다. 예고 없는 만남이어서일까, 무척 반가웠다. 카라와 둘리는 금남정맥과 호남정맥을 함께 종주한 산우이다. 또한, 이들은 백두대간과 9정맥을 모두 완주한, 국내에 몇 안 되는 여성 산악인이다. 만나자마자 이구동성으로 함께한 말이 있다. "여기서 이렇게 만날 줄이야, 죄짓고는 못살아."

사실 어딜 가든 가장 중요한 게 동반자이다. 어디를 가느냐보다 누구와 함께 가느냐가 더 중요하다. "원수는 외나무다리에서 만난다."라는 속담처럼, 서로가 좋지 않은 관계였다면 반갑기는커녕 난감했을 것이다. 참으로 복잡하고 미묘한 게 인간관계가 아니던가. 호불호를 떠나서 원만한 관계를 유지할 수도 있고 원수처럼 등을 돌리는 경우도 있다. 그러나 이들과는 악감정 없이 산을 사랑하며 산길을 함께 걸었었다. 그러니 반가울 수밖에.

평소에 영화를 자주 보는 편은 아니다. 기껏해야 일 년에 한두 편 보는 정도이다. 비행기에 탑승하여 모니터를 켜자 〈보헤미안 랩소디〉가 있다. 이렇게 반가울 수가. 카라와 둘리를 만난 것도 반가운데 〈보헤미안 랩소디〉까지 만난 것이다. 뭔가 좋은 일이 일어날 것만 같은 느낌이다. 러닝 타임이 136분으로, 시간도 적당하다. 이 영화는 세상에서 소외된 아웃사이더에서 전설이 되기까지의 록밴드 '퀸'과 '프레디 머큐리'의 삶을 그린 영화로, 지난해에 엄청난 흥행과 사회적 신드롬을 불러일으켰었다.

4시간 40여 분을 날아 하노이 노이바이 공항에 도착했다. 시간을 보니 오후 3시 40분, 현지 시각으로는 오후 1시 40분이다. 우리나라와 2시간의 시차가 있다.

공항을 나서자 후텁지근한 바람이 온몸을 감싼다. 땀이 송골송골 맺히는 게 한여름 날씨이다. 다행히 전용 버스에는 에어컨이 시원스럽게 나온다. 또한, 22인승 버스를 16인승으로 개조하여 쾌적하기까지 하다.

하노이의 대기는 우리나라와 마찬가지로 부옇다. 안개인지, 미세먼지인지 구분이 되지 않아 찜찜한 기분이 든다. 아니나 다를까, 안개 반, 미세먼지 반이라고 한다. 오나가나 그놈의 미세먼지. 베트남에는 오토바이가 많다고 하는데, 오토바이가 미세먼지의 큰 부분을 차지할 거라는 생각이 든다.

가이드는 이곳 토질은 석회질이 많이 함유되어 있어서 베트남 사람들은 치아가 좋지 않다며, 물은 그대로 먹지 말고 생수만 사 먹으라고 당부한다.

도로변 공동묘지

　버스는 평야 지대를 달린다. '베트남' 하면 정글이 떠오르곤 했는데, 산이라고는 그림자도 보이지 않는다. 차창 밖으로 보이는 풍경은 우리나라 농촌 풍경과 조금도 다를 게 없다. 그러나 도로변 논과 밭에는 수많은 묘지가 있다. 묘지가 보이는가 싶으면 마을이 나타나고, 마을이 보이는가 싶으면 묘지가 나타난다. 봉분은 없고 비석과 제단뿐이다. 논이나 밭 한가운데에 한두 개씩 있는 곳도 있고 십여 개 이상 큰 규모의 공동묘지도 있다.

　이곳 장례 문화는 죽은 자도 산 자와 항상 함께 있다고 여기기에, 죽은 자를 멀리 산으로 모시지 않고 집 곁에 있는 논이나 밭, 마당에 모신다. 사람이 죽으면 가매장을 하고 삼 년이 지나면 뼈를 수습하여 영구 안치한다. 묘지의 형태는 대체로 소박하나 드물게 크고 화려한 것도 있다. 이는 재력이나 권력이 있는 사람들은 더 크고 더 화려하게 조성한다고 하니, 지구촌 어디나 재력과 권력은 살아서 뿐만 아니라 죽어서까지 그 영향을 미치는 듯하다.

옛말에 "음식은 중국 음식을 먹고 결혼은 일본 여성과 하고 죽을 때는 베트남으로 가라."라는 말이 있다고 한다. 중국 음식은 기름지고 일본 여성은 싹싹하기에 그렇다고 하지만, 베트남에서 죽으라는 것은 무엇을 뜻함일까? 그건 죽은 자를 산 자와 같이 지극히 모시는 풍습이 있기에 그런 건 아닐까?

북으로, 북으로 고속도로를 달린다. 도로변에는 우리나라에 없는 0m, 50m, 100m를 표시한 표지판이 드물게 있다. 차간 거리를 눈대중으로 지키라는 표시이다.

라오까이를 지나 일반 도로에 들어서니 평야 지대는 사라지고 숲이 나타난다. 저녁 여섯 시가 넘어서자 버스는 어둠 속으로 들어간다. 도로에 가로등은 전혀 없다. 전조등 불빛으로 길을 밝히며 굽이굽이 휘어진 산악 지대를 오른다.

하노이에서 5시간 30분을 달려, 중국과 국경을 접한 사파에 이르렀다. 사파는 생각했던 것 이상으로 야경이 아름답고 사람들도 많다. 커다란 호수가 있고 야외 공연장과 광장이 있으며 건물마다 색색의 네온 불빛이 넘실거린다. 고풍스러운 기차역도 있고 식료품점, 커피숍, 음식점, 주점, 호텔, 마사지숍 등 없는 게 없다. 레저와 관광을 아우르는 명실상부한 휴양 도시이다.

호텔 로비에 모셔놓은 '반터 선 파인' 신전

호텔에 들어서니 로비 옆에 자그마한 신전이 모셔져 있다. 불상도 아니고 저게 뭘까? 예사롭게 보이지 않는다. '반터 선 파인' 신전이다. '반'은 책상을, '터'는 제사를, '선'은 신을, '파인'은 신의 이름이다. 즉, 파인이라는 신을 책상에 모셔놓고 제사를 지내는 곳이다. 이 신은 재물을 관장하는 신이기에 상점마다 모셔놓고 있다.

내일 등반에 필요한 약간의 간식과 의류, 상비약만 챙겨서 배낭에 넣고 나머지는 호텔에 맡겨놓기 위해 짐을 분류해 놓았다.

판시판

Day 2

▲ **주요 구간**: 사파(Sapa)~짬똔(Tram Ton, 1,900m)~판시판 정상(Fansi-
pan summit, 3,143m)~사파(Sapa)
▲ **도상 거리**: 짬똔~판시판 정상 12.8㎞

안개 속에 잠겨있는 쓰헝산맥 산줄기

은퇴 산꾼, 고산에 서다

잠에서 깨어 커튼을 젖히자, 쓰헝산맥의 산줄기가 실루엣으로 모습을 드러낸다. 새벽안개 속에 희미하게 드러난 산줄기. 몽롱하게 보이는 것이 내가 잠에서 덜 깬 걸까, 꿈일까, 현실일까? 그윽한 정취를 자아내는 것이 한 폭의 수묵화가 따로 없다.

호앙리엔 국립공원 사무소

슬리퍼와 운동화 차림의 포터

버스는 삼십여 분 정도 산허리 길을 올라 짬똔 등산로 입구에 이른다. 호앙리엔 국립공원(Hoang Lien National park) 관리 사무소에서 입산 신고를 한다. 등반을 함께할 현지인 산악 가이드 한 명과 포터 두 명이 합류했다. 산악 가이드의 이름은 '찡', 나이는 스물아홉이다. 모두 크지 않은 키에 날렵한 체형이 등반에 최적화된 모습이다. 하지만 복장은 청바지에 운동화 또는 슬리퍼 차림이다. 포터가 등에 지고 있는 둥근 대나무 바구니에는 우리가 점심으로 먹을 음식과 물, 취사도구가 가득 담겨있다. 등반 준비를 하다 보니 찬바람이 스멀스멀 스며들어 한기가 느껴진다. 서둘러서 패딩을 꺼내 입었다.

오전 7시 30분. 산행이 시작되었다. 맨 앞에서 산악 가이드의 뒤를 따라 나아갔다. 내가 앞에 나선 것은 산행을 잘해서가 아니다. 나이가 제일 많기에, 자칫 뒤처지기라도 하여 대원들에게 피해를 끼치지 않을까 우려해서이다. 대원들의 연령대는 육십 대 네 명, 오십 대 여섯 명이지만 모두 내로라하는 산악인들이다.

밤새 비가 와서인지 등산로가 축축하게 젖어있고 나뭇잎마다 물방울이 방울방울 맺혀있다. 싱그러운 숲길을 따라 삼십여 분을 올랐을까, 땀이 줄줄 흘러내린다. 패딩을 벗어서 배낭에 넣고 오른다. 작은 나무다리를 건너고 개울 옆 데크 길을 따라 나아간다. 개울은 작은 물결을 이루며 졸졸 흘러내린다.

카라와 둘리의 발걸음은 여전히 사뿐사뿐하다. 일주일에 두세 번씩 산행을 하며 다져진 체력과 고산 등반을 여러 차례 하며 체득한 노하우가 그대로 담겨있다.

어느새 해발 2,200m에 자리한 제1 산장에 이른다. 대원들 모두 걸음이 빠르다. 애초 3시간을 예상했는데 1시간 30분밖에 걸리지 않았다. 고도가 높지 않기에 빨리 걸어도 고산 증세는 나타나지 않는다.

산장은 관리하는 사람도 없고 이용하는 사람도 없는 듯하다. 여기저기 소똥이 흩어져있고 화장실도 청소 흔적은 전혀 없다. 까만 개 한 마리가 오수를 즐기다 갑자기 나타난 불청객을 보고 기지개를 켜고 일어나 꼬리를 흔든다. 햇빛 잘 드는 마루 한쪽에 누워있던 고양이 한 마리도 벌떡 일어나 웬일인가 두리번거리더니 금세 사람들 사이를 오가며 재롱을 떤다. 사람도 없는 이곳에서 개와 고양이는 어떻게 외로움을 달랬을까?

봉우리에 올라서자 멀리 정상이 모습을 드러낸다. 정상 바로 아래의 산머리가 케이블카 승강장으로 깎여 있는 게 선명하다. 국가적으로 관광객을 불러들이기 위하여 설치했을 터인데, 우리나라에서는 어떠했던가? 도롱뇽과 산양이 죽고 자연환경이 훼손된다고 시위가 끊임없이 일어나지 않았던가. 관광객을 유치해야 할까, 아니면 자연환경을 보존해야 할까? 자생하는 동식물과 공존할 수는 있는 방법은 정녕 찾을 수 없단 말인가?

오르고 내리고 또 오르고 내린다. 산죽 숲길을 오르내리고 계단 길도 오르내리고 바윗길도 오르내린다. 봉우리에 올라서면 더

해발 2,800m에 자리한 제2 산장

높은 봉우리가 앞을 가로막는다. 완전 빨래판 구간이다. 사면에
들어서면 땀이 흐르고 마루금에 올라서면 바람에 모자까지 날아
가려 한다. 추우면 껴입고 더우면 벗어야 하는데, 수시로 덥다,
춥다가 거듭되니 여간 귀찮은 게 아니다.

제2 산장에 이르렀다. 제2 산장은 해발 2,800m에 자리하고 있
다. 산장은 방치된 채로 적막에 잠겨있는 것이 제1 산장과 마찬가
지이다. 마룻바닥은 천정에서 빗물이 샌 듯 군데군데 물에 젖어
있다. 정상까지 오르는 케이블카가 있으니 우리 같은 등반 마니
아가 아니고서야 누가 걸어서 올라가겠는가? 케이블카가 없으면
등반객이 있고, 등반객은 당일 산행이 안 되므로 이곳에서 잠을

은퇴 산꾼, 고산에 서다

자야 하는데 그럴 필요가 없어진 것이다. 그러니 관리도 안 되고 방치될 수밖에. 산중에서 침낭 속에 들어 하룻밤을 보내며 밤하늘의 별과 달, 일몰과 일출을 볼 수 있는, 그 묘미가 사라진 것이 못내 아쉽기만 하다.

잠시 앉아있으려니 땀이 식어 가며 체온이 뚝뚝 떨어진다. 체온이 떨어지면 고산 증세가 오는데, 그래서 그런지 속이 메슥거린다. 패딩을 꺼내 입고 털모자를 썼다. 얼마 전에 장모님이 산에 다닐 때 쓰라고 떠주신 빨간 털모자이다. 많고 많은 색 중 하필 빨간색이었을까? 늙수그레하게 보이는 사위가 젊게 보였으면 하셨을까? 대원들이 그 모습을 보고, '빨강머리 앤'이 생각난다고 하여 웃음 지었다.

점심을 먹으려고 둘러앉았다. 찹쌀밥에 땅콩 가루를 찍어 먹으니 고소한 게 그만이다. 닭고기 튀김이 있고 김치, 오이, 수박, 망고도 있다. 포터가 라면을 끓여온다는 게 뜨거운 물에 생라면을 동동 띄워 가지고 왔다. 라면 끓이는 방법을 모를 리는 없을 터인데 컵라면과 혼동한 듯하다. 먹지도 못하고 모두 웃기만 했다.

포터는 그들의 역할이 끝났으므로 이곳에서 되돌아갔다. 정상까지 가서 케이블카를 타면 조금은 수월할 터인데 그들에겐 포터 수입으로는 케이블카 탑승 요금이 나오지 않는다고 한다.

짧은 철 계단과 긴 철 계단으로 이어진 가파른 계곡 길을 오른다. 철 사다리를 잡고 기어오르기도 하고 바위를 손으로 잡고 오

등산로에 설치된 돌계단

등산로에 설치된 철계단

케이블카 승강장과 정상

르기도 한다. 빨간 꽃이 핀 나무가 드문드문 있다. 네팔의 국화인 '랄리구라스'와 비슷하기도 한데, 무슨 꽃일까? 한 굽이를 내리 올라 능선에 선다. 정상이 손에 잡힐 듯 눈앞에 있다. 그 아래에서 커다란 부처님이 어서 오라고 손짓한다.

앞서가던 산악 가이드가 바위 오름길에 멈춰서 대원들의 손을 일일이 잡아 끌어올려준다. 머리 위에서 케이블카가 윙윙대며 오르내린다. 정상이 눈앞에 있으니 몸보다 마음이 더 급하다. 한동안 오름길을 재촉하자 다리 근육이 팽팽하게 긴장하며 경련이 일어나려 한다. 하지만 마음은 벌써 정상에 가 있다.

이제 계단만 오르면 정상이다. 계단은 화강암으로 튼튼하고 깨끗하게 단장하고 있다. 세어 보지는 않았으나 그 숫자가 어림잡아 무려 육백여 개가 된다. 각양각색의 수도승 상을 스치며 계단을 오른다. 사찰에서 잔잔하게 흘러나오는 불교 음악과 바람에 실려 온 그윽한 향내가 코끝을 스치며 가슴속에 스며든다. 천혜의 비경에 나도 모르게 탄성이 터져 나오고, 경건하고 신비스러운 분위기에 절로 옷깃을 여미게 된다.

드디어 정상이다. 산행을 시작한 지 일곱 시간 만에, 예정 시간을 두 시간이나 앞당겨 정상에 섰다. 선두에서 함께 오른 카라와 둘리는 힘든 모습조차 보이지 않는다. 가히 '철의 여인(Iron Lady)'이라 불러도 손색이 없다. 뒤따라 대원 모두 정상에 섰다. 모두 대단한 체력의 소유자들이다. 등정 인증서와 기념 메달을 목에

정상에서

걸고 단체 사진 한 컷을 남겼다.

정상은 거대한 바위로 이루어져 있으나 나무 데크를 깔아놓아
서 안전하다. 삼각형의 정상석이 무려 네 개나 있고, 베트남 국기
인 금성홍기가 파란 하늘을 배경 삼아서 힘차게 펄럭인다. 국기
의 빨간 바탕에 가운데에 노란 별이 선명하다. 빨간 바탕은 혁명
의 피를, 노란 별 다섯 개 모서리는 노동자, 농민, 지식인, 청년,
군인을 상징한다. 정상석 옆에 금성홍기를 비치해 놓아 누구든
국기를 들고 기념사진을 찍을 수 있다. 나도 금성홍기를 들고 인
증 샷을 한 컷 남겼다.

주위를 둘러보니 의외의 사람들이 정상에 있는 게 아닌가. 굽

높은 구두를 신고 스커트를 입은 젊은 여성, 말쑥하게 차려입고 구두를 신은 남성이 있다. 운동화를 신은 사람, 슬리퍼를 신은 사람도 보인다. 모두 케이블카를 타고 오른 관광객들이다. 그러고 보니 등산복에 스틱까지 감싸 쥔 사람은 우리 대원들밖에 없다. 2015년부터 정상 아래까지 케이블카가 운행되기 시작하면서 나타난 풍경이다.

판시판은 베트남어로 '흔들리는 거대한 암석'이라는 뜻이다. 인도의 동쪽, 중국의 남쪽에 자리한 인도차이나반도에 있는 쓰형(Chehuong)산맥의 최고봉으로, 고도는 해발 3,143m이다.

1884년에 베트남을 식민지화한 프랑스에서 등산로를 만들고 정상에 정상석을 세웠다. 그러나 오랜 기간 전쟁이 계속되면서 등산로는 숲이 우거져 흔적도 없이 사라졌다. 1991년에 이 지역에 근무하던 응우엔(Nguyen) 성씨를 가진 군인이 흐몽족 소년을 셰르파로 동반하고 산양의 발자취를 따라 열세 번의 도전 끝에 정상에 올랐다. 오늘 우리가 오른 길이 바로 이때 개척된 등산로이다.

하산 길에 들었다. 족히 20m가 넘는 어마어마하게 큰 부처님이 그윽한 눈길로 세상을 내려다보고 있다. 부처님은 무엇을 보고 계실까, 아니면 무엇을 생각하고 계실까? 속세에서 고통받는 일체중생을 제도할 방법을 찾고 계시는 건 아닐까? 잠시 멈춰서 두 손을 모아 몸을 굽혀 예를 드린다.

세상을 내려다보는 부처님

케이블카 승강장 벤치에 앉아있는 몇몇 관광객의 표정이 시무룩하다. 케이블카로 올라오긴 했으나 고산 증세가 온 사람도 있고, 무릎이 아파 계단을 오르지 못하는 어르신들도 있다. 그 모습에 내 마음이 심란해진다.

케이블카로 내려오면서 밑에 펼쳐진 사파 지역과 계단식 논밭이 한눈에 내려다보인다. 하지만 별다른 감흥이 일지는 않는다. 케이블카는 엄청나게 속도가 빠르다. 일곱 시간에 걸쳐 올라간 길을 단 이십 분 만에 내려왔다. 이곳 케이블카는 두 가지가 기네스북에 등재되어 있다. 하나는 운행 거리가 6,292m로 세계에서 가장 길다는 것이고, 다른 하나는 고도차가 1,410m로 가장 크다는 것이다. 또한, 한 시간에 이천여 명의 관광객을 실어 나를

은퇴 산꾼, 고산에 서다

정상을 오르내리는 케이블카

수 있다. 탑승 요금은 편도 700,000VND(동), 한화 약 35,000원
이다.

이른 시간에 하산이 완료되어, 사파 지역을 한 바퀴 돌아볼 수
있었다. 이른바 동네 한 바퀴다.

대여섯 살 정도의 어린아이가 전통 의상을 차려입고 수공예품
을 팔고 있는 게 아닌가. 좌판 위에 각종 수공예품을 늘어놓고
그 앞에 앉아있는 어린이도 있고, 바구니를 들고 다니며 관광객
에게 파는 어린이도 있다. 앙증맞은 몸짓으로 무희 못지않게 전
통춤을 추는 모습은 귀엽기도 하고 가엾어 보이기도 한다. 그런
아이들이 한두 명이 아니다. 한창 뛰어놀 아이가 물품을 팔고 있

수공여품을 파는 어린이

다니, 따지고 보면 앵벌이와 다를 게 무엇이란 말인가? 드물게는
일상복을 입고 뛰노는 아이들도 있는데, 돈이 없으면 전통복을
입혀 거리로 내보내고 돈이 있으면 뛰놀게 하는 건 아닌지. 애잔
함에 가슴이 뭉클해진다.

　베트남을 느끼고 싶어서 베트남 국민 커피로 유명한 '콩 카페
(Cong Caphe)'에 들어섰다. 코코넛 아이스크림이 듬뿍 들어간 '코
코넛 스무디 커피'를 주문했다. 자그마한 무대에서는 젊은 악사가
여러 개의 피리를 바꿔가며 연주를 한다. 달콤 쌉쓰름한 코코넛
향이 감도는 커피와 청아한 피리 소리가 어우러져, 산행 때문에
쌓인 피로가 말끔히 가시는 듯하다.

　　　　　　　　　　　　　　은퇴 산꾼, 고산에 서다

판시판

Day 3

▲**주요 구간**: 사파(Sapa)~깟깟(Cat Cat) 마을~함롱산(Mt. Ham Rong)~하노이(Hanoi)

어제까지의 일정으로 사실상 등반은 완료되었다. 오늘은 오전에 깟깟 마을을 둘러보며 함롱산 트래킹을 하고, 오후에는 하노이로 이동한다.

깟깟 마을 상점

베트남에는 54개의 소수 민족이 살아가고 있다. 그중에서도 깟깟 마을은 흐몽족이 살아가는 마을이다. 천천히 걸으며 그들의 모습을 엿보았다.

마을 입구 상점에는 전통 의상을 차려입은 여성들이 각종 물건을 판다. 다리에는 각반을 차고 커다란 은색 귀고리와 목걸이로 치장한 차림이다. 어느 여성은 검은 두건을 쓰고 또 다른 여성은 붉은 두건이나 꽃무늬 두건을 쓰고 있다. 두건의 색에 따라 블랙 흐몽, 레드 흐몽, 플라워 흐몽족으로 나뉜다.

상점마다 지갑, 벨트, 가방, 열쇠고리, 칼, 팔찌, 반지, 목걸이 등의 수공예품이 있고 군고구마, 군옥수수, 대통 밥, 야자수 열매, 사탕수수, 염소 육포, 참새구이 등 다양한 먹거리와 약초도 있다. 또한, 색색의 전통치마, 저고리, 모자가 독특한 자태를 한껏 뽐내며 눈길을 사로잡는다.

십 대 중후반 정도로 보이는 앳된 여성이 아기를 안고 물건을 팔고 있다. 언니려니 하고 생각했는데, 아기의 엄마이다. 어린이가 아기를 안고 있는 모습이다. 조혼하는 풍습이 남아있기 때문이다.

몇 걸음 걸었을까, 검은 두건을 쓴 어느 여성과 눈이 마주쳤다. 나도 모르게 그만 멈칫했다. 그 여성의 눈썹이 하나도 없는 게 아닌가. 나병 환자일까? 어렸을 적 문둥이를 본 기억이 떠올라 섬뜩한 느낌이 든다. 알고 보니, 눈썹을 뽑아서 그렇다. 그들만의 미의 기준이겠지만, 블랙 흐몽족은 눈썹이 없어야 미인이라고 여

은퇴 산꾼, 고산에 서다

전통 의상을 차려입은 관광객

긴다. 자세히 보니 순박한 눈망울, 오뚝한 코, 가무잡잡한 볼, 균형 잡힌 얼굴이 아름답다. 내가 만약 총각이라면 눈썹 없는 여인에게 망설임 없이 프러포즈할 것 같다. 문득 나태주 시인의 시 〈풀꽃〉이 떠오른다.

> 자세히 보아야 예쁘다.
> 오래 보아야 사랑스럽다.
> 너도 그렇다.

마을에 있는 자그마한 공원에는 각종 꽃이 활짝 피어있다. 중앙에는 붉은색 꽃이 마을의 이름인 'Cat Cat' 글자를 만들고 있다. 집은 대부분 판자를 얹은 너와집이며, 오밀조밀하게 둥지를 틀고 있는 것이 한 장의 그림엽서이다. 계곡에서 물이 흘러내려서 폭포를 만들고 맑은 물이 내를 이루며 흐른다. 대나무로 만든 커다란 물레방아가 쉼 없이 돌아간다. 산비탈에는 계단식 논과 밭이 펼쳐져 있고 이름 모를 과일나무와 약초가 자라고 있다. 소, 돼지, 염소, 닭도 기르며 물레질을 하고 공예품을 만들기도 한다. 관광객들은 노랗고 빨갛고 파란 전통 의상을 차려입고 저마다의 표정으로 사진 찍기에 바쁘다.

깟깟 마을은 글자 그대로 고양이들이 많아 부르게 된 이름이다. 그런데 마을을 둘러보는 동안 고양이는 한 마리도 보지 못했다.

함롱산에서 바라본 사파 지역

걸음을 옮겨 함롱산에 오른다. 산이라고 해봐야 마을의 고도가 1,650m이고 정상의 고도가 1,780m이므로 130m의 고도만 오르면 된다. 함롱산은 공원으로 꾸며져 있다. 기기묘묘한 바위 사이를 지나 정상 조망 데크에 섰다. 아기자기한 깟깟 마을과 사파 지역이 한눈에 들어온다.

소박하게 살아가고 있는 흐몽족의 삶을 뒤로하고, 사파를 떠나 하노이로 이동한다. 하노이에서 하룻밤을 보내고, 다음날 밤 귀국 비행기에 오른다.

중앙아시아의 알프스,
우치텔피크(Uchitel peak)

등반 일자: 2019. 07. 29.~2019. 08. 03.

우치텔피크

Day 1

▲ **주요 구간**: 인천 공항(Incheon Airport)~알마티 공항(Almaty Airport)~마나스 공항(Manac Airport)~비슈케크(Bishkek)

대한산악구조협회 원정대 112명이 현재 키르기스스탄에 가 있다는 소식이다. 그들은 라첵 산장을 베이스캠프로 하고 열흘에 걸쳐서 악사이 산군 4,000m 이상 7개 봉우리 동시 등정에 도전한다. 한국 산악계에 길이 남을 원정이다. 성공적인 등정과 무사 귀환을 기원한다.

그들의 뒤를 따라 우치텔피크에 등정하기 위해 배낭을 꾸렸다. 출발에 앞서 혜초 우 과장과 통화를 했다. 우 과장은 지난해 여름, 유럽 최고봉 엘부르즈에 팀 리더로 동행했던 분이다. 그는 엘부르즈와 우치텔을 하나하나 비교 설명하며 등정 성공을 기원해 주었다. 지난주에 25명의 대원이 등정에 나섰다가 악천후로 정상을 눈앞에 두고 발길을 되돌렸다며, 이에 대한 준비를 철저히 할 것을 당부한다.

오전 11시 45분, 일행들과 합류하여 인천 공항에서 출발했다.

은퇴 산꾼, 고산에 서다

낮 시간 비행이어서 잠을 자면 오히려 밤에 잠을 설칠 것 같았다. 모니터를 켜고 볼만한 영화가 있는지 살펴봤다. 많은 영화 중에서 〈밀리언 달러 베이비(Million dollar baby)〉가 눈에 들어왔다. 십오 년 전에 본 영화이지만, 내용도 감동적이고, 그보다는 클린트 이스트우드가 보고 싶었다. 그의 주름진 얼굴과 우수에 젖은 눈빛은 언제 봐도 매혹적이다. 무법자 시리즈부터 〈더티 해리〉, 〈용서받지 못한 자〉, 〈집행자〉, 〈메디슨카운티의 다리〉 등 그의 영화를 볼 때마다 단 한 번도 후회한 적이 없다.

카자흐스탄 알마티 공항에 도착하니 오후 6시 15분, 현지 시각은 오후 3시 15분이다. 우리나라와는 3시간의 시차가 있다. 잠시 기다려 키르기스스탄행 비행기에 환승했다. 카자흐스탄과 키르기스스탄은 국경을 맞대고 있어 마나스 공항까지는 사십 분밖에 걸리지 않았다. 마나스 공항은 키르기스스탄 수도 비슈케크에 있는 공항으로, 키르기스스탄의 상징인 전설 속의 영웅 '마나스(Manac)'의 이름을 따서 붙여진 이름이다.

공항에 현지인 가이드가 마중 나왔다. 서른다섯 살의 메인 가이드 '류슬란'과 스물세 살의 보조 가이드 '자꾸'. 두 사람 모두 의사소통에 전혀 문제가 되지 않을 정도로 우리말이 유창하다. 류슬란은 우리나라 '서울막걸리'에서 삼 년간 일하며 말을 배웠고, 자꾸는 독학으로 익혔다고 한다.

공항 밖으로 나오자 뜨거운 열기가 증기처럼 훅 풍겨온다. 현재 기온 36도, 우리나라보다 더 덥긴 했으나 습도가 낮아서인지 땀은 나지 않는다. 여름에는 영상 40도까지 오르고 겨울에는 영하 40도까지 내려가며, 우리나라와 마찬가지로 사계절이 뚜렷하다.

비슈케크에 들어가는 도로 한쪽은 소나무가, 다른 한쪽은 자작나무가 줄지어 있다. 자작나무가 하얀 맨살을 드러낸 채로 도열해 있는 모습이 마치 위풍당당한 호위무사 같았다.

시내에 들어서자 십여 층 이상의 빌딩과 아파트가 드문드문 들어서 있고 차량들이 거리를 분주히 오간다. 전용 버스로 오십여 분 만에 시내에 있는 호텔에 이르렀다. 공항에서 삼십 분 거리라는데, 이십여 분 정도 지체가 된 것이다. 차량이 많아서 종종 정체가 되기도 하고 전기 버스를 승용차가 들이받은 사고도 있었다.

키르기스스탄(Kyrgyzstan)의 총인구는 약 육백만 명이다. 그중 수도인 비슈케크에 백만 명이 살고 있으며 차량 대수도 백만 대가 넘는다. 자동차를 생산하지는 않고 모두 수입에 의존한다고 하는데, 시민 한 명당 한 대씩 차를 보유하고 있는 셈이다. 자동차 대수만 보면 선진국이나 다름없다. 그래서 우리나라 경제 지표와 비교해 봤다. 내가 잘못 본 건 아닐까? 2018년 1인당 국내총생산(GDP)이 우리나라는 33,346불인데, 이에 반하여 키르기스스탄은 1,266불에 불과하다.

종교는 국민의 60%가 이슬람교를 믿고 25%가 러시아 동방정교를 믿는다. 무슬림들은 경제적 여건에 따라서 아내를 네 명까지 거느릴 수 있다. 다만 차별을 두지 않고 똑같은 주택과 차를 사줘야 하기에, 부자만이 네 명의 아내를 둘 수 있다. 거기에 아내가 왕처럼 떠받든다고 하니, 만약 내가 이곳에서 다시 태어난다면 무슬림이 되어 네 명의 아내를 거느리고 살까? 아니면 베트남에서 태어나 블랙 흐몽족의 눈썹 없는 미녀를 아내로 맞이할까? 그러면 행복할까? 별의별 쓸데없는 생각이 스쳐 지나간다.

호텔에서 짐을 분류했다. 호텔에 보관할 짐과 포터에게 맡길 짐 그리고 배낭에 넣어 갈 짐을 분류해 놓았다. 호텔 옆 식당에서 저녁을 먹는다. 육개장이 나왔으나 색깔만 그럴싸하고 맛은 거리가 멀다. 그러나 한식 전문이고 상호는 '강남 식당'이다.

식당 내부에는 제6대 한인회장으로 당선된 김기수 씨의 당선사례 글이 붙어있다. 그 옆에 걸려있는 액자가 눈길을 끈다.

'만초손겸수익(滿招損謙受益)'

거만하면 손해를 보며 겸손하면 이익을 본다는 뜻이다. 그런데 글자가 이상하다. 자세히 보니, '거만할 만(慢)' 자가 '찰 만(滿)' 자로 잘못 쓰여 있는 게 아닌가. 어찌 이럴 수가. 하지만 나에게 하는 말 같아서 가슴 한편이 뜨끔하다.

한인 식당에 걸려있는 액자

우치텔피크

Day 2

▲ **주요 구간**: 비슈케크(Bishkek)~알라아르차 국립공원(Ala archa
National park)~라첵 산장(Rachek mountain cabin,
3,200m)
▲ **도상 거리**: 알라아르차 국립공원~라첵 산장 6㎞

아침 7시 15분에 잠에서 깼다. 6시에 부탁해놓은 모닝콜도, 알
람 소리도 모두 듣지 못했다. 부랴부랴 옷을 챙겨 입고 식당에
갔다. 식당은 텅 비어 있었다. 시간을 확인해 보니, 아뿔싸, 4시
15분이다. 잠에서 깨어 휴대폰을 대충 보고 시차 3시간을 생각하
지 못한 것이다. 이런 일이 처음이 아니다. 이게 거듭되고 보니 뇌
에 이상이 있는 것은 아닌지 은근히 걱정이 된다.

아침 식사는 호텔 뷔페식이다. 여러 종류의 음식을 조금씩 맛
보듯이 먹다 보니 그럭저럭 배가 채워졌다. 뷔페식은 그래서 좋
다. 음식 중에서 입에 딱 맞는 것은 삶은 계란이다. 삶은 시간에
따라 3분 또는 5분으로 구분해 놓았다. 하나씩 가져와 껍질을 벗
겨 맛을 봤다. 3분 삶은 것은 노른자의 부드럽고 고소한 맛에 촉
촉하기까지 하여 입 안에서 사르르 녹는다. 그러나 5분 삶은 것
은 퍽퍽하기만 하다. 3분 삶은 계란 한 개를 더 가져다 먹었다.

은퇴 산꾼, 고산에 서다

알라아르차 국립공원까지는 전용 버스로 이동한다. 국립공원은 비슈케크에서 남쪽으로 약 40㎞ 떨어져 있으며 오십 분 정도 소요된다. 전용 버스에 현지 산악 가이드 두 명이 합류했다. 남성 산악 가이드는 마흔다섯 살의 '알마스'다. 그의 건장한 체격과 딱 벌어진 어깨에서 산악인의 풍미가 느껴진다. 산악 가이드를 한 지 오 년째이며, 겨울철에는 폭설로 등반객이 없어서 스키어들을 가이드한다. 여성 산악 가이드는 삼십 대이며 초보 티가 물씬 난다.

수확이 끝난 밀밭이 지평선만큼이나 끝없이 펼쳐져 있다. 베어내고 남아있는 그루터기가 황금색 빛을 내뿜는다. 그곳에는 양 떼와 소 떼, 말 떼가 이삭줍기를 하는지, 아니면 지푸라기라도 먹는지 연신 입을 오물거린다.

드문드문 보리밭, 옥수수밭, 수박밭이 나타난다. 그러나 논은 보이지 않는다. 그들의 주식이 빵, 우유, 계란이기에 벼는 재배하지 않는 것일까? 아니, 그건 아니다. 사막 기후 다음으로 건조하고 일사량이 많은 스텝 기후여서 재배조차 할 수 없다고 한다.

탁 트인 하늘 아래 산은 모두 벌거숭이이다. 산이 높지도 않은데 나무 한 그루 없다. 이 또한 기후 때문이다.

국립공원 입구에 이르렀다. 화사하고 산뜻한 분위기를 자아내는 관리 사무소, 흰 표범과 산양의 조형물이 눈길을 사로잡는다. 저 흰 표범과 산양을 볼 수 있을까?

산행 준비를 마치고 9시 정각, 산행이 시작되었다. 유목민의 전

알라아르차 국립공원 입구

통 이동천막집인 '유르트'를 지나 원시림 숲길에 들어선다. 잠시 후 급경사를 올라 사면 길로 나아간다. 사면 길은 구불구불 이어지고 땀은 줄줄 흘러내린다. 국내에서 한여름에 산행하는 것과 다름이 없다.

바위 전망대에 이르러 잠시 쉬어간다. 저만큼 아래에는 시작과 끝이 보이지 않는 길고 긴 협곡에 우윳빛 물이 굽이쳐 흐른다. '콰르르~ 콸콸'대며 흐르는 물소리는 듣기만 해도 시원하다. 물색깔이 우윳빛인 걸 보니 악사이 빙하와 우치텔 빙하가 녹아서 흐르는 물이다.

협곡 건너 산기슭에는 하늘을 향하여 쭉쭉 뻗어 올라간 가문비나무가 숲을 이루고 있다. 이곳 '알라아르차'라는 이름도 가문

은퇴 산꾼, 고산에 서다

바위 전망대에서 바라본 협곡과 가문비나무 숲

비나무가 많아서 붙여진 이름이다. 가문비나무는 해발 500m에
서 2,300m 사이인 고지대에서 자라는 나무로, 우리나라에서는
지리산, 덕유산, 계방산 등에 가야만 볼 수 있다. 푸른 하늘 아래
협곡과 가문비나무의 조화, 그림처럼 아름다운 절경에 한동안
넋을 잃고 바라본다.

산악 가이드에게 이것저것 묻고 싶은 것이 많았으나 우리말은
전혀 하지 못한다. 짜깁기한 영어조차 통하지 않아 모두 꿀 먹은
벙어리가 된 듯하다. 이를 알아차린 막내가 통역을 한다.

"이곳은 위험하니 간격을 띄우고 천천히 가야 한다."

"여기서 쉬었다 간다."

막내인 김 군은 스물네 살의 대학생이다. 듬직하고 의젓해 보이는 게 여느 대학생과는 확연히 다르다.

해발 2,500m 지점 알라아르차 폭포 앞 쉼터에 이르러 점심을 먹는다. 점심은 김밥 도시락이다. 도시락 뚜껑을 열자 김밥에 상추꽃이 피었다. 김밥을 말 때 상추를 넣어 양쪽 끄트머리에 산뜻한 녹색의 상춧잎이 꼬불대는 모습은 꽃이 핀 듯 아름답다. 그 모습이 너무 예뻐 먹기조차 아깝다.

쉼터에 텐트를 치고 그늘에 앉아서 돋보기를 쓰고 책을 읽는 유럽 노신사에게 자꾸만 눈길이 간다. "예쁜 봄꽃보다 잘 물든 단풍이 더 아름답다."라는 말처럼, 노년의 아름다움이 짙게 배어 나온다. 나도 이 노신사처럼 건강하고 아름다운 노년이 될 수 있을까?

점심을 먹으며 멈춰 있으려니 땀이 식으며 몸이 서늘해지기 시작한다. 하나둘 배낭을 메고 다시 길을 이어간다. 잠시 오르자 키 큰 나무는 모두 사라지고 키 작은 관목만 납작 엎드려있다.

계절은 여름에서 가을로 바뀐 듯 더위는 거짓말처럼 물러가고, 향기를 머금은 시원한 바람이 불어와 야생화를 흔들어 깨운다. 산들거리는 야생화를 보며 걸으니 지루하지도 않다. 맑고 깨끗한

은퇴 산꾼, 고산에 서다

텐트 옆 그늘에서 책을 읽는 유럽 노신사

공기를 가슴속 깊이 들이마신다. 이토록 상쾌할 수가. 온몸이 날
아갈 듯하다.

자그마한 지계곡을 건넌다. 우윳빛 물이 바위와 바위 사이를
요리조리 빠져나가며 굽이쳐 흘러간다.

사면 길은 계곡 길로 이어지고, 계곡 길은 너덜 길이다. 좌우
산줄기는 험준한 단애를 이루며 첩첩 병풍을 펼쳤다. 긴 세월 온
갖 풍상을 겪으며 새겨진 멋이 그대로 서려 있다.

포터가 스쳐 지나간다. 그들이 진 배낭의 크기가 어마어마하게
크다. 지난밤에 우리 일행 여덟 명이 분류해서 맡긴 짐과 우리가
먹을 음식 재료는 물론이고 침낭까지 모든 짐을 두 명의 포터가

짊어졌다. 국립공원 규정에 의하여 1인당 최대 40kg까지 질 수 있으며, 1kg당 3달러를 받는다.

맑고 푸른 하늘에 난데없이 먹구름이 끼더니 번개가 치고 천둥 소리가 요란하다. 그러더니 빗방울이 떨어지기 시작한다. 배낭 커버를 씌우고 우비를 둘러썼다. 삼십여 분만에 비는 그치고 다

라첵 산장으로 가는 길

은퇴 산꾼, 고산에 서다

짐 나르는 포터

시 맑은 하늘이 드러난다. 이곳은 고산 지대로 기상이 불규칙하여 날씨를 예측할 수 없다. 고산에 온 것이 온몸에 실감으로 와 닿는다.

멋진 게이트가 눈앞에 나타난다. 게이트 좌측에는 빨간색 키르기스스탄 국기가, 우측에는 노란색 악사이 트레블(Aksai travel)기가 바람에 펄럭인다. 키르기스스탄 국기는 붉은색 바탕에 노란색 태양이 그려져 있다. 붉은색은 용기를, 노란색 태양은 평화와 풍요로움을 의미한다. 태양에 그려져 있는 사십 개의 햇살은 사십 개 부족을 나타낸다. 태양 안에 두 세트의 세 줄 선이 교차하는 것은 유목민들의 전통 가옥인 유르트를 의미한다. 참으로 많은 의미가 국기에 담겨있다.

악사이에서 악(ak)은 키르기스어로 '흰 눈'을, 사이(sai)는 '계곡'을 뜻한다. 글자 그대로 흰 눈이 쌓여있는 계곡, 그곳에 들어선 것이다.

게이트에서 산장에 이르는 길은 양쪽에 돌을 줄지어 놓고 하얀색 페인트를 칠해 놓았다. 꽃만 없지, 꽃길을 따라서 걷는 느낌이다. 그 길을 따라 200여 m를 나아가니 산장이다.

오후 2시 20분, 라첵 산장에 이른다. 산장 앞 커다란 바위에 동판 십여 개가 붙어있다. 이곳에서 스러져 간 산악인들을 추모하는 동판이다. 옆면에는 이곳 산악계의 아버지로 불리는 '블라디미르 라첵(Vladimir Rachek)'의 얼굴 모습과 이름이 쓰인 동판이 붙어있다. 지질 탐사 대원이던 라첵은 고산 탐사를 처음 시작하였고 산악 활동의 기틀을 닦았다. 그래서 이 산장의 이름도 이분의 이름을 따 '라첵 산장'으로 부른다. 잠시 고개 숙여 두 손을 모아 추모의 예를 드린다.

수직으로 깎여있는 단애에서 폭포가 흘러내린다. 그 위에 오색 타르초가 바람에 날린다. 높이라고 해봐야 7~8m에 불과하지만, 주변 수려한 풍광과 어우러져 운치를 더해준다. 개울 옆 공터에는 텐트 십여 동이 늘어서 있고 몇몇 사람이 서성인다. 그들은 등정을 하며 더 많은 추억을 만들기 위해 산장 대신 캠프를 설치한 사람들이다.

은퇴 산꾼, 고산에 서다

산장 앞 바위에 있는 추모 동판

리첵 산장 풍경

산장은 다인실로 나무 침대가 놓여있다. 일행 여덟 명 모두 한 방에 들어갔다. 서울 거주하는 남 선생, 안 선생, 박 선생, 또 다른 박 선생은 모두 육십 대이다. 이들은 백두대간과 9정맥 종주를 마치고 지맥 산행을 하고 있으며 해외 고산도 여러 곳 다녀왔다. 산의 정기를 듬뿍 받아서인지 나이보다 젊고 건강한 모습이다.

예산에서 온 예순세 살의 장 선생은 삼 대에 걸쳐 내려온 가업인 과수원을 경영하고 있다. 작은 사과밭이 아닌 기업농이다. 이곳에 오기 전에 장맛비가 잠시 그쳤을 때 서둘러 농약을 살포하느라 더위를 먹었다며 힘들어한다. 문득 어린 시절이 떠오른다. 나도 집안일을 돕기 위해 농약 분무기를 등에 지고 손으로 펌프질하여 농약을 살포했다. 마스크조차 하지 않아 눈이 시리고 어지러워 혼났던, 그때의 기억이 지금도 생생하다.

울산에서 온 쉰여덟 살의 김 선생은 사업을 하고 있으며 스물네 살의 대학생인 아들과 함께 왔다. 산악 가이드와 통역을 전담한 청년이 바로 이분의 아들인 김 군이다.

화장실은 40여 m 떨어진 언덕에 있다. 돌을 쌓고 지붕에 양철을 얹었으며, 볼일을 보면 계곡으로 떨어져 자연 정화된다. 그나마 한 칸뿐이어서 어느 땐 줄을 서야만 한다. 모두 화장실에 다녀오고는 숨을 헐떡이며 등산하고 온 느낌이라 한다.

언덕에 올라가 주변을 둘러보았다. 사방팔방으로 만년설이 쌓인 악사이 산군 산줄기가 산장을 포위하듯 에워싸고 있다. 마치 적진 속에 갇혀있는 느낌이랄까. 적진을 뚫고 올라가 정상에 설

은퇴 산꾼, 고산에 서다

것을 생각하니 오금이 저려온다.

포터가 가지고 온 짐을 찾아 꺼내 보니 아뿔싸, 패딩 점퍼와 겨울 장갑, 보온병이 보이지 않는다. 지난밤에 짐을 분류하고 포터에게 맡긴다는 것이 그만 호텔에 맡겨놓은 짐 속에 넣은 것이다. 건망증이 와도 보통 건망증이 온 게 아니다. 이것 참, 체온이 떨어지면 고산 증세가 오는데, 이제 어떻게 해야 한단 말인가? 호텔에 다시 다녀올 수도 없고, 저 거대한 산을 패딩 점퍼와 겨울 장갑도 없이 어떻게 오른단 말인가?

현재 기온이 영상 12도이고 정상은 영하 5도 정도 될 거라고 한다. 그 정도 추위가 무서운 게 아니라 체온이 떨어져 고산 증세가 와 포기해야만 하는 상황이 올까 봐 두렵고 두렵다. 아니나

산장에서 바라본 악사이 산군

다를까, 잠시 휴식을 취하고 있는데 몸이 덜덜 떨려온다. 셔츠를 겹쳐 입고 방풍 재킷을 걸쳤는데도 마찬가지이다. 머리가 지끈대고 속이 메슥거리기 시작한다.

방에서 나와 산장 뒤쪽 바람이 닿지 않고 햇빛이 잘 드는 곳으로 갔다. 변온 동물처럼 쪼그리고 앉아 손바닥을 펴고 얼굴을 들어 햇살을 받으며 체온을 올려주었다. 그래서 그런지 두통도 가라앉고 속도 편해졌다.

그렇지만 앞으로가 문제다. 오늘 밤을 어떻게 견디고, 내일 정상에 오를 생각을 하니 끔찍하기만 하다. 고산 증세가 온 사람은 나뿐이 아니다. 설사를 하는 사람도 있고 식사를 조금밖에 하지 못하는 사람도 있다.

저녁을 먹으며 메인 가이드 류슬란에게 도저히 견디지 못할 것 같다고 얘기했다. 류슬란은 자기가 입고 있던 패딩 조끼를 나에게 벗어 주며 입으라고 한다. 나는 오히려 그가 걱정스러워, 어떻게든 견뎌보겠다며 사양을 했다. 그는 여기서 고산 증세가 오면 정상에 오르는 것은 포기해야 한다며, 자기는 괜찮으니 등정을 마칠 때까지 입으라고 재차 벗어 준다. 이토록 감사하고 고마울 수가.

저녁 7시, 식사를 마치고 바로 침낭에 든다. 산장의 밤은 고요 속에 깊어만 간다. 들리는 건 단애에서 떨어지는 폭포 소리뿐이다.

은퇴 산꾼, 고산에 서다

우치텔피크

Day 3

▲**주요 구간**: 라첵 산장(Rachek mountain cabin, 3,200m)~우치텔피크(Uchitel peak, 4,540m)~라첵 산장(Rachek mountain cabin, 3,200m)
▲**도상 거리**: 라첵 산장~우치텔피크 왕복 8㎞

지난밤에는 셔츠 세 개를 겹쳐 입고 그 위에 패딩 조끼와 방풍 재킷까지 껴입고 잤다. 그래서 그런지 자고 일어나니 몸이 개운하다. 이제 정상에 오르기만 하면 된다.

아침 식사는 돼지고기볶음과 북엇국이다. 등정 직전에는 소화가 잘되고 위에 부담이 적은 죽이나 눌은밥이 좋은데, 그렇다고 굶을 수는 없지 않은가. 반 공기 정도 먹고 수저를 놓았다.

7시 정각, 정상을 향하여 길을 나섰다. 시작부터 사오십 도의 급경사 오름길이다. 그것도 크고 작은 바위 조각들이 켜켜이 깔려있는 너덜 지대이다. 한 시간 정도 오르자 땀이 나기 시작한다. 패딩 조끼를 벗어서 배낭에 넣고 오른다. 잠시 후 방풍 재킷까지 벗어서 배낭에 넣었다. 걷다 쉬기를 거듭한다. 십여 분 오르면 오 분씩 쉬어간다. 빨리 가라고 등을 떠밀어도 호흡이 따라 주지 않는다.

정상은 보이지 않고 보이는 건 끝이 보이지 않는 너덜 지대와 뾰족뾰족하게 솟아있는 바위 능선뿐이다. 하늘에 닿을 듯 말 듯, 창끝 같은 수많은 봉우리가 우뚝우뚝 솟아있다. 세월과 바람과 비와 눈에 수백 년, 아니, 수천 년 동안 깎이고 깎여서 만들어진 야생 그대로의 모습이다. 마치 동화 속 세상에 와있는 듯하다. 제 아무리 실력 있는 조각가라도 이같이 깎아 세운다는 것은 어림도 없는 일이다. 사람이 할 수 없는, 오직 자연만이 할 수 있는 일이 아닌가. 신비롭고 경이로운 그림 같은 풍경, 황량하며 험준하고도 장엄한 대자연의 위용에 저절로 고개가 숙여진다.

그곳에 오르려는 인간을 두렵게 하려고 이같이 만든 것은 아닌지. 하지만 인간에게는 두려움을 떨치고 도전하려는 용기가 있지 않은가. 그러나 용기는 용기일 뿐, 저 산이 우리를 받아 줘야만 오를 수 있는 것이다.

지능선에 올라서자 바람이 거세게 불어와 옷자락을 마구 흔들어댄다. 방풍 재킷을 꺼내 입었다. 멀리 앞서가는 사람들의 모습이 마치 개미가 살아 움직이는 듯하다. 대자연 앞에 인간은 한낱 미물에 불과하다는 생각이 스쳐 지나간다.

너덜 길은 가도 가도 끝이 보이지 않는다. 산장에서 정상까지의 도상 거리는 4㎞이다. 그러나 경사가 급하여 지그재그로 오르다 보니 실제 거리는 6㎞ 이상 되는 듯하다. 그 길이 모두 너덜로 덮여있다. 설악산 황철봉 구간이 국내 최대의 너덜 구간이라고 하

은퇴 산꾼, 고산에 서다

끝없이 펼쳐진 너덜 지대

지만, 이곳에 비하면 조족지혈에 불과하다. 그러나 황철봉 같이 큰 바위 너덜이 아니어서 그나마 다행이다.

바위 조각을 잘못 밟으면 벌떡 일어나 정강이를 때린다. 어느 것은 좌우로 흔들려 저절로 춤을 추게 한다. 또 다른 바위 조각은 2보 전진을 위해 1보 후퇴하라는 듯이 쭉 미끄러져 내려간다. 자칫 잘못하면 발목이 꺾일 수도 있고 스틱이 끼어 부러질 수도 있다. 산악 가이드는 밟아야 할 곳과 그렇지 않은 곳을 정확히 아는 듯하다. 그가 밟은 돌조각만 따라 밟으며 오른다.

햇빛에 반사되는 바위 조각들은 흡사 물고기의 비늘처럼 반짝인다. 너덜 군데군데에는 짙은 연녹색의 이끼가 두툼하게 들러붙어서 살아간다. 이곳에서 살아 숨 쉬는 생명체라고는 이것뿐이다. 그 특유의 원시적인 생명력이 아름답고 신비스럽기만 하다.

주 능선에 올라섰다. 눈앞에 나타난 광경에 다리가 풀려 주저 앉을 뻔했다. 정확히 능선의 반은 눈이 쌓여있고 나머지 반은 맨 살을 드러내고 있다. 능선의 동쪽과 남쪽은 눈이 없고 서쪽과 북

아름답고 신비스러운 이끼

대자연이 빚어낸 주 능선의 장관

쪽 사면은 만년설이 쌓여있다. 자연이란 이런 것인가? 대자연이 빚어낸 장관에 입이 다물어지지 않는다.

찬 공기가 스멀스멀 파고들어 한기가 느껴진다. 서둘러서 패딩 조끼를 꺼내 입었다. 이제 정상까지는 500여 m만 가면 된다. 다행히 경사가 완만하다. 만년설을 밟고 가고 싶었다. 만년설은 얼어붙어 있으나 그 아래는 너덜이어서 잘못 밟으면 미끄러져 나뒹굴 수밖에 없다. 몇 걸음 가다가 안전하게 눈(雪)이 없는, 눈(眼)에 보이는 바위 조각들을 밟으며 오른다.

드디어 정상에 섰다. 오후 1시 정각이다. 정상 역시 절반은 눈에 덮여있고 나머지 절반은 맨살을 드러낸 채이다. 주변을 둘러

정상에서, 산악 가이드 '알마스'와 함께

보았다. 파란 하늘 아래 하얀 눈을 머리에 인 만년 설산이 겹겹이 늘어서 있다. 어느 봉우리는 하얀 두건을 쓴 듯, 다른 봉우리는 턱받이를 한 듯, 앞치마를 두른 듯, 셔츠를 입은 듯 만년설이 쌓여있다. 구름도, 바람도, 시간도, 풍경도, 내 마음까지 멈춰있는 듯 천천히 흘러간다. 아무리 봐도 질리지 않는 환상적인 풍경이다.

귀를 기울여보았다. 바람 소리 말고는 아무 소리도 들려오지 않는다. 그 고요, 감미로운 고요와 신비스러운 환희가 내 몸과 마음에 스며든다. 내 몸의 세포 하나하나가 눈을 뜨는 소리가 들려오는 것만 같다.

우치텔피크는 키르기스스탄, 카자흐스탄, 우즈베키스탄, 투르크메니스탄, 타지키스탄 등 중앙아시아 5개국에 걸쳐 2,500㎞ 길이로 뻗어있는 천산산맥 중 악사이 산군에 우뚝 솟아있는 해발 4,540m의 봉우리이다. 이 봉우리에는 키르기스스탄 독립을 기념하여 세운 정상석이 있다고 한다. 그러나 아무리 둘러봐도 정상석은 보이지 않는다. 어찌 된 일인지 그 자리에는 삽이 거꾸로 박혀 있다. 삽에 쓰여 있는 글귀를 보니 유럽인 누군가가 등정을 기념하기 위해 남긴 것으로 짐작된다.

산악 가이드에게 프리코리아 피크(Free korea peak, 해발 4,740m)가 어느 봉우리인지 물었다. 가이드가 가리키는 손끝을 따라가 보니 만년설을 가슴까지 안고 있는 봉우리가 멀리 우뚝 서 있다. 코리아라는 이름으로 불리는 봉우리여서 애틋하게 보인다. 1952

은퇴 산꾼, 고산에 서다

년의 한국 전쟁 당시 러시아 산악인들이 초등하면서 남쪽 인민을 자본주의에서 해방시켜야 한다는 희망을 담아 붙인 이름이라고 한다. 산 이름에 이런 뜻이 담겨있다니, 사상과 이념이란 이런 것인가? 너무 고루하고 편협한 것은 아닐까? 문득 고려인들이 떠오른다. 1937년에 소련이 자국민 보호를 위해 연해주에서 강제 이주시킨 십팔만 명의 고려인들. 그들은 이곳 중앙아시아로 쫓겨났다. 이들을 생각하니 가슴 한편이 뭉클해진다.

정상에서 꿈을 꾸듯 머물다 보니 오들오들 떨려오고 손끝이 아려온다. 그러고 보니 손가락 장갑을 낀 채이다. 머리도 지끈대려 하고 속도 메슥대려 한다. 정상에 선 이 순간을 영원히 기억하고 싶었다. 산악 가이드와 함께 인증 샷 한 컷을 담았다. 그리고 일행 모두 올라오기도 전에, 산악 가이드에게 "고우 라첵 마운틴 캐빈."이라고 양해를 구하고 배낭을 집어 들었다. 빠른 하산만이 고산 증세에서 벗어날 수 있어서이다.

올라왔던 길을 되짚어서 하산 길에 들었다. 삼 분의 일쯤 내려왔을까, 바람이 일더니 멀쩡하던 하늘에 먹빛 구름이 몰려온다. 주변이 어둑어둑해지며 주위 산들을 하나씩 집어삼킨다. '번쩍' 하고 번개가 내리꽂히더니 '우르릉~ 쾅' 천둥이 친다. 그러더니 '후둑 후둑' 빗방울이 떨어지기 시작한다. 걸음을 재촉해 보지만, 떨어지는 비를 피할 수는 없고 피할 곳도 없다. '조금 오다 그치겠지'라는 생각에 그대로 걷다 보니 배낭에 물이 흐르고 옷이 축축하게 젖어온다. 그제야 우의를 꺼내 입었다. 비안개 어스름이 스며들어 온통 잿빛 실루엣으로 몽환적인 정취를 자아낸다. 그 속에 있는 나 자신이 마치 신선이 된 듯하다.

저만큼 앞에 누군가 주황색 우의를 입고 서 있다. 가까이 가보니 여성 산악 가이드이다. 후미에서 일행들을 살피며 오다가 고산 증세가 나타났는지, 어쨌는지, 정상까지는 오지 않고 중간에서 일행들을 기다리고 있었다. 그녀가 나에게 도와줄 게 없느냐 묻기에, 나는 괜찮으니 뒤에 오는 일행들을 도와주라고 하고, 홀로 하산 길을 이어갔다.

갑자기 뭔가 '뚜두둑 뚝 뚝' 소리를 내며 나를 마구 두드린다. 팔과 얼굴이 따끔따끔하다. 바닥에는 하얗고 동그란 콩알만 한 우박이 나뒹굴고 있다. 한바탕 두드리더니 언제 그랬느냐는 듯이 다시 비로 바뀌었다가 그쳐간다.

오후 3시 10분, 산장에 이르러 등정이 마무리되었다. 고산 증세를 떨쳐버리고자 한 번도 쉬지 않고 하산 길을 재촉했더니 두 시간 만에 산장에 이르렀다.

후미까지 모두 하산이 완료된 시간은 오후 4시 40분이다. 빠르고 늦음이 중요한 게 아니라 모두 무사히 등정을 마쳤다는 데에 기쁜 마음이 일었다. 도착하는 대로 하이파이브로 기쁨을 나누었다.

산행을 마치고 평소처럼 씻으려고 개울에 갔다. 등산화를 벗고 발을 물에 담갔다. 잠시 담갔을 뿐인데 얼음물에 담근 듯 종아리까지 찌릿찌릿하다. 역시 만년설이 녹은 물은 다르다.

비에 젖은 배낭을 햇볕에 널어놓았다. 비가 온 뒤라 그런지 햇살 가득한 하늘은 더욱 파랗고 신선한 바람까지 불어와 이루 말할 수 없이 상쾌하다.

악사이 산군에 드리운 석양

일몰을 보기 위해 산장 위 언덕에 올라갔다. 그런데 언덕에 있던 뭔가가 나를 빼꼼히 바라보는 게 아닌가. 깜짝 놀라 자세히 보니, 국립공원 입구에 설치된 조형물 속 주인공, 바로 그 산양이다. 이곳에서 산양을 만날 줄이야. 흰 표범도 볼 수 있을까 싶어서 주위를 둘러보았다. 그러나 흰 표범은 보이지 않았다.

은퇴 산꾼, 고산에 서다

우치텔피크

Day 4

▲**주요 구간**: 라첵 산장(Rachek mountain cabin 3,200m)~알라아르
차 국립공원(Ala archa National park)~비슈케크(Bishkek)
▲**도상 거리**: 라첵 산장~알라아르차 국립공원 6㎞

등정이 끝나고 긴장이 풀려서인지 지난밤에는 꿈도 꾸지 않은
채 정신없이 잠을 잤다. 오늘은 산장에서 알라아르차 국립공원
입구까지 내려가고, 전용 버스로 비슈케크로 이동한다.

국립공원 입구까지는 올라올 때의 길을 그대로 되짚어서 내려
가면 된다. 계곡 길을 지나고 사면 길을 이어가, 올라올 때 점심
을 먹었던 알라아르차 폭포 아래 쉼터에 이르렀다. 올라올 때 미
처 보지 못했던 폭포가 보고 싶었다.

쉼터에서 5분 정도 오르자 눈앞에 폭포가 나타났다. 기암절벽
에서 거침없이 쏟아져 내리며 웅장한 자태를 뽐내는 것이 그야말
로 절경이다. 마치 선녀가 하늘에서 한 폭의 흰 비단을 드리운
듯, 하얀 물줄기가 끊임없이 떨어져 내린다. 폭포 소리가 듣고 싶
어 가까이 갔다. 높이가 20여 m쯤 될까, '쏴아' 하는 소리와 함께

알라아르차 폭포

바위에 부딪히며 작은 포말을 일으켜 바람에 흩날린다. 석양이
구름을 만나야 곱게 물들듯, 역시 물은 바위 절벽을 만나야 아
름답다.

　국립공원 입구에 이르렀다. 시간을 보니 10시 50분, 산장을 나
선 지 세 시간 만이다. 먼저 내려온 가이드가 멜론을 깎아놓고
기다리고 있다. 마침 목이 타던 터이다. 한 입 베어 무니 냉장을
했는지 아이스크림같이 시원하고 수박같이 수분도 많아 엄지손
이 척 올라간다. 센스가 뛰어난 가이드이다.

　이제 사실상 등반이 마무리되었다. 등반하면서 나름 아쉬운 것

　　　　　　　　　　　　　　은퇴 산꾼, 고산에 서다

이 있다면, 명색이 국립공원인데 산장 외에는 화장실이 전혀 없다는 점이다. 남성이야 적당히 볼일을 본다고 하지만, 여성들은 어찌하란 말인가? 하기야, 고산에서는 남녀 구분이 의미도 없겠지만.

안내판 있는 곳엔 쓰레기통이 설치되어 있다. 올라갈 때는 쓰레기가 꽉 차 있었는데 내려올 때 보니 깨끗이 비워져 있다. 제대로 관리가 되고 있다는 것을 알 수 있었다.

한 가지 감동적인 것은 등산로에 인공 시설물이 전혀 없다는 점이다. 나무 계단도, 돌계단도, 난간도, 로프도 없다. 쉼터에 그 흔한 벤치조차 없이 모두가 자연 그대로이다. 우리나라 국립공원은 어떠한가? 위험 구간이 아니어도 즐비하게 계단이 설치되어 있

등산로에 설치된 안내판과 쓰레기통

지 않은가? 달라도 너무 다르다. 과연 어느 게 참된 자연보호인지 생각하지 않을 수 없다. 이 점만은 우리가 배워야 하지 않을까?

전용 버스로 비슈케크에 돌아왔다. 메인 가이드 류슬란을 따로 불렀다. 그가 패딩 조끼를 빌려주지 않았더라면 어찌 되었을까? 정상에 오르는 것은 꿈에 불과하고 낙동강 오리알 신세가 되었을지도 모른다. 마음 넉넉한 그를 만난 것은 운이 좋았다고 할 수 있다. 아무리 기술이 좋아도 운이 나쁘면 이룰 수 없는 것이 고산 등반이 아닌가. 새삼 '운칠기삼'이란 말이 떠오른다. 지난해에 구입해서 몇 번 입지 않았고 이곳에 오려고 깨끗이 세탁해 두었던 패딩 점퍼를 그에게 주었다. 하지만 새 옷이 아니어서 부끄러웠으나, 그가 오히려 고맙다며 두 손 모아 입꼬리를 올리는 게 아닌가. 그저 감사하고 고마울 따름이다.

은퇴 산꾼, 고산에 서다

우치텔피크

Day 5, 6

▲**주요 구간**: 비슈케크(Bishkek)~마나스 공항(Manac Airport)~알마티
공항(Almaty Airport)~인천 공항(Incheon Airport)

오전에 휴식을 하고, 오후에 귀국길에 오른다. 집에 사진과 함께 정상에 무사히 오르고 하산했다는 소식을 전했다.

손주들이 신나게 물놀이 하는 모습이 사진과 동영상으로 왔다. 그 모습을 보니 그동안 쌓였던 피로가 일시에 씻겨 나가는 듯하다.

출국까지의 마지막 일정은 스물다섯 살의 현지인 여성이 가이드했다. 대학을 갓 졸업한 어린 나이에 상냥하고 친절하게 가이드하는 모습이 대견하기만 하다. 손자에게 줄 그림책도 그의 도움으로 살 수 있었다. 어젯밤과 오늘 오전 휴식을 하면서 읽은, 『50대 또 한 번 나 혼자만의 시간』이라는 책을 선물로 주었다. 이십 대에게 오십 대에 읽어야 할 책을 준다는 게 어색하긴 했으나, 내용보다는 우리글을 공부하는 데 도움이 될 것 같다는 생각에서였다. 가이드는 책장을 넘기며 훑어보더니 "많은 도움이 될 것 같아요."라며, 활짝 웃는다.

내가 일 년에 몇 번씩은 꼭 후회하는 것이 있다. 그건 바로 술을 끊은 것이다. 일행 중에서 예산 장 선생과 나만 빼고 모두 술을 즐긴다. 함께 마시고 즐기면 좋으련만, 오늘도 술을 끊은 것에 대해 후회하는 날 중의 하루이다.

장 선생은 과수 전문가답게 현지 사과를 일행들에게 돌린다. 그러나 한 개를 다 먹을 만큼의 맛은 아니다. 예산 사과와는 비교가 되지 않는다.

이 글을 쓰는 중에 기쁜 소식을 전해 들었다. 대한산악구조협회 원정대 112명 중 98명이 5개 봉 등정에 성공했으며, 우리가 오른 우치텔피크에도 53명이 등정했다는 소식이다. 아쉽게도 2개 봉은 낙석과 낙빙으로 중단하였다고 한다. 산악 구조 활동과 안전한 산악 문화 조성을 위해 애쓰는 그들에게 등정 성공 축하와 함께 무한한 경의를 표하는 바이다.

나는 키르기스스탄에 매료되었다. 하지만 다음 생에 이곳에서 다시 태어나면 모를까, 마냥 눌러 있을 수만은 없지 않은가. 사계절을 맛보며 보낸 꿈같은 시간을 뒤로하고 귀국길에 오른다.

비슈케크에서 마나스 공항으로 이동하고, 카자흐스탄 알마티 공항에서 네 시간을 기다리고서야 이튿날 새벽 1시 10분, 인천행 비행기에 몸을 실었다.

사실 등반보다 더 지루하고 힘 드는 게 기다림과 이동이다. 기다림과 이동, 그게 바로 삶의 여정이 아닐까?

굿바이 우치텔피크!
굿바이 키르기스스탄!

은퇴 산꾼, 고산에 서다